Rouge Souvenir

Laurie Faria Stolarz

Rouge Souvenir

Traduit de l'anglais (américain)
par Valérie Le Plouhinec

Titre original :
Red is for remembrance
(Première publication : Llewellyn Worldwide, Woodbury, 2005).

En souvenir de ma grand-mère
Anne M. Anderson, avec amour.
1911-1981

« Jacob s'est peut-être noyé ce soir-là,
mais le mort qui flotte entre deux eaux, c'est moi. »

L. B.

(Extrait d'un entretien avec sa thérapeute.)

Lucy

Je veux rentrer chez moi.

Pendant qu'Amber et moi déballons nos affaires, Janie, notre nouvelle coloc, jacasse non-stop sur le fait que *ses* roses vont jurer avec *mes* rouges, et que les couleurs arc-en-ciel d'Amber mériteraient une chambre à elles toutes seules.

Qu'est-ce que je fais là ?

– Alors, il te plaît ? me demande Janie.

Elle parle de son dessus-de-lit. Il est rose bonbon, traversé de tourbillons blancs. Elle a les draps assortis, ainsi qu'un poster représentant un gros cœur rose dans les nuages, avec de grandes ailes de papillon.

– J'adore, dis-je froidement en me détournant.

– Ne t'occupe pas de Lucy, conseille Amber à notre joyeuse camarade. Elle a traversé quelques mois difficiles.

– Ah oui, toi aussi ? s'enquiert Janie en serrant contre elle son nounours rose. Eh bien, si c'était aussi atroce que *mon* dernier semestre, tu mérites un sticker.

Elle sort de son sac à dos une feuille d'autocollants en forme de fruits souriants et me colle une pastèque hilare sur la main.

Elle fait de même sur la sienne, à ceci près qu'elle s'est choisi un kiwi mort de rire.

– Hum, ça va bien ? fait mine de s'inquiéter Amber.

Le visage constellé de taches de rousseur de Janie se chiffonne. Elle fait le geste de coincer ses boucles noisette derrière ses oreilles, par nervosité peut-être, mais ses cheveux sont bien trop courts. Elle se contente donc de redresser le mince serre-tête couleur pêche que l'on aperçoit entre ses mèches.

– Amber plaisante, lui dis-je pour essayer d'être gentille.

– Pas vraiment, grommelle l'intéressée.

Elle peut parler ! Elle est en première année de fac, mais elle trimballe toujours une boîte à casse-croûte Hello Kitty en guise de sac à main, elle se fait toujours des mini-couettes, et il lui arrive même encore de se déguiser en Wonder Woman.

En ce moment, elle est en train de border son Spiderman gonflable taille nature dans son lit. Elle l'embrasse sur la joue, puis se pelotonne contre lui.

– Qu'est-ce que tu fais ? veut savoir Janie.

– Un petit câlin avant le dîner. Rien de tel qu'un peu de gazou-gazou avant le frichti.

– Pardon ?

– Je couchais avec Superman, avant, mais j'ai fini par être trop « femme » pour lui. Il a explosé l'été dernier. C'est énervant quand ça arrive, non ?

Janie se décompose et Amber alimente sa consternation en chuchotant à l'oreille de Spiderman et en lui faisant des léchouilles.

– Alors, qui est jalouse, maintenant ? roucoule-t-elle.

Cela me ferait *presque* rire. Il y a quatre mois et demi qu'Amber s'escrime à me faire rire, mais je ne suis même pas sûre de me rappeler comment on fait. Parfois, j'étire la bouche pour essayer, mais je n'ai qu'une envie : hurler. Brailler de toutes mes forces. Plus rien ne me paraît drôle. Plus rien ne m'intéresse, même de loin. Mais pourquoi suis-je venue ici ? Comment envisager d'étudier des matières comme la philosophie ou les sciences humaines alors que tout cela n'a plus aucune réalité pour moi ?

– Vous n'avez pas de *vrais* mecs ? demande Janie.

– Seulement Spidounet ici présent, réplique Amber. Ma dernière histoire non gonflable, c'était avec un type qui s'appelait PJ, et c'était trop un Bisounours... Pas de challenge, tu vois ? Et que je t'appelle tout le temps, et que je t'écris des petits poèmes mignons, et que je te colle en permanence, et que je t'accompagne en classe...

– Ça m'a l'air plutôt chouette.

– C'était l'enfer. Je veux dire, il aurait quand même pu m'envoyer bouler de temps en temps.

Janie se tourne vers moi.

– Et toi ?

Je hausse les épaules.

– Motus et bouche cousue sur le sujet des amours, lui chuchote Amber. C'est un peu douloureux.

– Ah, désolée.

Je dézippe la poche latérale de ma valise et y retrouve le flacon de cachets qu'on m'a prescrits, ceux dont mon médecin disait qu'ils m'aideraient à « arrondir les angles ».

– Ça va ? me demande Amber. Tu veux qu'on descende à la cafèt' se chercher des nouilles trop cuites ? Des macaronis au fromage réchauffés sous lampe à infrarouge, peut-être ?

Je décline et empoigne le flacon de médicaments.

– Allez-y, vous. Je vais rester ici et m'allonger. Je n'ai pas trop faim.

Amber me lance un regard pénétrant.

– Sûre ?

– Allez viens, Lucy, intervient Janie. Ce ne serait pas pareil si tu ne mangeais pas avec nous pour notre première soirée de colocs. C'est une sorte de règle non écrite en première année : les colocs mangent ensemble le premier soir.

– Elle n'a pas tort, souligne Amber.

– Et puis comme ça, je pourrai vous raconter tout mon premier semestre et la folle gothique avec qui on m'a fait cohabiter !

– *Toi* dans la même chambre qu'une gothique ? s'exclame Amber. Alors là, il faut que j'entende ça.

J'essuie mes yeux humides et fais de mon mieux pour avoir l'air de m'intéresser à la conversation, en espérant que la gaieté de Janie suffira à détourner l'attention d'Amber.

– Attention, nous avertit Janie. Elle s'appelle Sauge et elle crèche encore à cet étage. En gros, c'est une folle gothique qui fait toutes sortes de trucs de sorcière. Genre, au dernier semestre, juste après les partiels, elle s'est fait arrêter pour être entrée par effraction dans un cimetière et avoir essayé de dévaliser une tombe.

– Qu'est-ce qu'on peut voler sur une tombe ? veut savoir Amber.

Janie fait la grimace.

– Des reliques de mort... Vous voyez, quoi.

– C'est évidemment faux, dis-je en levant les yeux un instant de mon flacon.

– Mais non. D'après la rumeur, elle essayait de trouver des

restes en décomposition pour faire de la magie. Elle a aussi volé les fleurs du parterre.

Je lève les yeux au ciel tant l'histoire est ridicule, tant j'ai l'impression d'être de retour au lycée.

– Deux semaines après, poursuit Janie, un type en première année s'est mis une tresse d'ail autour du cou pour se moquer d'elle. On dit qu'elle lui a jeté un sort qui lui a flingué le cerveau. Il s'est retrouvé tout bizarre et a abandonné la fac à cause de ça.

– C'est peut-être quelque chose de plus fort que de l'ail qui lui a bousillé la cervelle, suggère Amber.

– Je ne crois pas. Il était très sympa.

Je maugrée entre mes dents :

– Tu m'étonnes.

– Qu'est-ce que ça veut dire, ça ?

– Ça veut dire que tout ce que tu racontes n'a rien à voir avec la *vraie* Wicca. Ce serait plutôt de la magie de pacotille bonne pour les films ringards. Et les rumeurs idiotes comme celle-ci.

– Et qu'est-ce que tu y connais, toi ? Tu n'étais même pas là.

– Je peux t'affirmer que je m'y connais beaucoup mieux que toi en magie.

– *Bref*, tranche Janie avec impatience. Je ne *veux* pas m'y connaître. C'est pour ça que j'ai demandé une nouvelle coloc quasiment dès le jour de la rentrée. Malheureusement, on m'a fait attendre tout le semestre. J'espère que celui-ci se passera mieux.

– Eh ben, tu vas être servie, commente Amber en se frottant les mains.

– Comment ça ?

Suivant son regard, Janie tourne la tête en direction de ma table de nuit : vers l'amas de cristaux posé dessus, ainsi que les bouts de chandelles blanches et mon bol de fleurs de lavande.

– Tu veux lui annoncer la nouvelle, ou je m'en charge ? me demande Amber en agitant les sourcils de haut en bas.

– Quoi ? Vous connaissez Sauge ?

Je me désintéresse de leur conversation.

– Je vais m'allonger un moment.

Amber marmonne quelque chose à mon intention, mais je n'écoute pas.

– Allez-y, les filles.

Amber m'envoie le mauvais œil tout en me faisant des signes vers notre pom-pom girl de coloc.

– Ne m'oblige pas à y aller toute seule.

– Mais tu ne seras pas toute seule, grosse maligne ! s'exclame Janie, toujours enthousiaste. Je serai là, moi.

– C'est bien ce que je disais.

Amber m'implore du regard.

– S'il te plaît ? Tu ne devrais vraiment pas rester seule.

– Je vais bien, je t'assure.

Ou du moins, je ne vais pas tarder.

– On te rapporte quelque chose de miam-miam, me promet Janie.

– On va à la *cafétéria*, où les mots « miam-miam » n'ont pas cours ! glapit Amber.

Je continue à leur sourire et à les encourager à y aller. Jusqu'à ce qu'elles partent enfin.

Je fais glisser deux cachets noir et vert dans ma paume : du Librium, d'après l'étiquette du flacon. Je les avale, bien que j'aie la bouche sèche, et m'allonge sur mon lit en espérant qu'ils ne tarderont pas à faire effet.

Ormeau

Ormeau braque sa lampe-torche sur la terrasse arrière et gravit les marches de bois grinçantes. Il fait un froid de loup. Un chien hurle à la mort quelque part dans le lointain, mais le bruit est trop distant pour qu'il craigne d'en être la cause. Il soulève un coin du paillasson marqué « bienvenue » et trouve la clé, précisément là où Argile lui a dit qu'elle serait.

Ormeau s'en saisit et la serre dans son gant tout en se demandant ce que dirait Lys s'il n'allait pas jusqu'au bout. Argile le prendrait-il pour un raté ? Il a une boule dans la gorge, son souffle forme une nuée blanche. C'est avec des doigts tremblants qu'il avance la clé vers la serrure. Peut-être aurait-il dû prendre le couteau que lui proposait Argile. « C'est seulement pour te protéger, disait-il, tu n'en auras même pas besoin. » Mais c'est à peine s'il a pu le tenir dans sa main, et encore moins l'emporter dans sa poche.

La serrure cliquette et il tourne la poignée ; la chaleur de la maison étouffe ses frissons glacés. Il inspire profondément et s'avance dans la pièce en balayant du faisceau de sa lampe-torche une cuisinière, un réfrigérateur avec des aimants en forme de fruits et un minifour. Il revoit Argile lui dire de chercher de l'argenterie dans la salle à manger, un lecteur de DVD ou un magnétoscope au salon, et dans l'armoire à pharmacie, tout médicament susceptible d'être revendu le double sous le manteau.

Il se dirige vers ce qu'il pense être la salle à manger et éclaire une photo au mur. Elle représente un vieux couple. Face à face, ils se regardent dans les yeux comme si se faire cambrioler était le dernier de leurs soucis.

Il s'intéresse au coffret en acajou posé sur le buffet de la salle à manger, en se demandant si c'est là qu'ils rangent l'argenterie. Il fait quelques pas dans cette direction et le parquet craque sous ses pieds. Il s'arrête. Son cœur bat à tout rompre. L'horloge qui sonne sur la cheminée le fait sursauter. Il ferme les yeux, compte les douze coups de minuit en se répétant qu'il doit se dépêcher : Argile et Lys doivent se demander ce qu'il fabrique.

Ormeau s'attaque au fermoir du coffret avec ses doigts gantés et réussit finalement à l'ouvrir. Posée à côté d'au moins dix couverts complets en argent, il trouve une montre de gousset. Il la soulève, remarque son poids respectable, se demande ce qu'elle fait là, pourquoi elle n'est pas plutôt enfermée dans un coffre-fort ou une boîte à bijoux.

De forme circulaire, elle tient dans son gant. Il l'ouvre. Le cadran est un peu jauni. Sur l'autre face est gravée une inscription : *À Candace, pour toujours, avec mon amour.*

Il en tremble. Il serre la montre dans sa paume et remarque que son cœur tambourine encore plus fort qu'avant, qu'il a la nausée.

Il rejette la montre dans le coffret, referme le tout et bat en retraite vers la porte par laquelle il est entré. Le plancher grince sous son poids. Le bruit le surprend. Il trébuche et se cogne dans une chaise, dont les pieds raclent bruyamment le sol.

Il y a un mouvement dans l'autre pièce. Il sait qu'ils l'ont forcément entendu. C'est une maison typique du cap Cod : leur chambre n'est qu'à quelques mètres. Il dirige sa torche vers la porte d'entrée. Au même moment, des pas résonnent dans le couloir. Ils viennent dans sa direction. Ormeau s'accroupit sous la table de la cuisine en espérant être caché par la nappe qui pend jusqu'au sol. Il sait qu'il a choisi une cachette ridicule, mais n'a pas le temps de réfléchir à une autre option viable.

Les pas s'arrêtent à moins d'un mètre de lui. Il se demande s'il a refermé la porte à clé, pour détourner les soupçons. Il est presque sûr que non. La lumière s'allume dans la pièce. Il voit les pieds de l'homme longer la table. Et la batte de base-ball qui touche le sol à côté de sa cheville.

– Qui est là ? s'écrie l'inconnu d'une voix cassée par l'âge et le sommeil interrompu.

Ormeau ne répond pas. Il se mord les joues pour ne pas hoqueter bruyamment.

– Je sais que vous êtes là.

L'homme se rapproche de la porte, vérifie la serrure, remarque sans doute qu'elle n'est pas verrouillée.

Ormeau se demande s'il a remis la clé à sa place sous le paillasson. À moins qu'il l'ait laissée sur la table ?

– Montrez-vous, ordonne le vieux monsieur en dirigeant sa voix vers le salon.

À l'évidence, il ignore où est caché Ormeau.

Une voix féminine l'appelle dans le couloir.

– John ?

Ce doit être Candace.

– Reste dans la chambre, lui intime le vieillard.

Il entre dans la salle à manger, disparaît derrière le mur, remarque peut-être qu'on a touché au coffret d'argenterie. Ormeau entend la batte de base-ball qui tombe au sol, puis un cri étouffé.

– Candace, appelle le 911 !

Ormeau sort à quatre pattes de sous la table et se rue sur la porte. Il veut tourner la poignée, mais elle est verrouillée. C'est sans doute le vieux qui l'a refermée. Il entend des pas qui courent vers lui, mais ne se retourne pas.

– Stop ! crie l'homme.

Ormeau pousse le verrou, sort, dévale les marches à toutes jambes ; il dérape sur une plaque de glace et atterrit à plat dos.

Le vieil homme lui fonce dessus. Du coin de l'œil, Ormeau entrevoit la batte de base-ball.

– John ! lance Candace depuis la porte.

Ormeau se remet maladroitement sur pied. Il repense à Argile lui disant de garder la tête baissée afin que personne ne voie son visage. Il part en courant vers la forêt, entend le vieux monsieur glisser lui aussi sur les marches : son corps émet un bruit sourd mais violent en s'abattant sur le bois. Ormeau s'arrête. Sa première impulsion est d'aller l'aider, de s'assurer qu'il va bien. Une exclamation de douleur retentit.

Ormeau s'efforce de ne pas entendre les cris, il sait au fond de son cœur combien tout cela est mal, comme cela se sent. Il se rapproche de la forêt, conscient que l'obscurité des bois le cachera, mais aussi qu'il aura bien du mal à retourner à la voiture.

Des sirènes de police résonnent au loin. Ça va être l'enfer s'il ne se dépêche pas. Mais ce sera l'enfer de toute manière quand Argile le verra rentrer les mains vides.

Lucy

Je me retourne dans mon lit et jette un coup d'œil au réveil. Un peu plus de onze heures. Je pense d'abord que c'est onze heures du soir, que j'ai dormi toute la soirée, mais ensuite je remarque le soleil. Il dessine une large bande lumineuse sur le plancher usé de notre chambre. Où est donc passée la nuit ? Ai-je vraiment dormi si longtemps et si profondément ? Ai-je rêvé ? Je ferme les yeux quelques secondes pour essayer de me rappeler, mais tout est noir et flou dans ma tête.

Il y a un sandwich enveloppé dans du papier sulfurisé et un paquet de chips gaufrées à côté de mon lit. Amber a dû les laisser pour moi. La dernière fois que je l'ai vue, elle descendait dîner avec Janie. Elles doivent être parties en classe, à l'heure qu'il est. Je devrais sans doute en faire autant.

Sauf que je suis encore épuisée. Toujours couchée, j'attrape mon sac à dos. J'ouvre la poche principale, dans laquelle j'ai fourré mon emploi du temps, et contemple cet assortiment de cours : des endroits où je suis censée me rendre, des matières que je suis censée apprendre, des gens que je suis censée rencontrer. Tout cela me paraît écrasant.

Je ferais peut-être mieux de me recoucher, vu que si je comprends bien, j'ai déjà raté deux cours : sciences de la vie et anglais. Je m'étonne presque qu'Amber n'ait pas essayé de me réveiller pour que j'y aille. Elle me materne tellement depuis quatre mois ! Quelle autre amie aurait retardé d'un semestre son entrée en fac pour s'occuper de moi ? Pendant que Chad, Drea et PJ faisaient leur rentrée, Amber a choisi de rester avec moi dans la maison de vacances. Celle que nous avons tous louée en nous cotisant l'été dernier.

J'étais tout simplement incapable de m'en aller. Même maintenant, je n'ai qu'une envie : y retourner. Tout ce que je veux, c'est aller là-bas et rester assise sur le sable. Je veux regarder l'océan et attendre que Jacob remonte la plage... qu'il vienne me saluer d'un baiser.

Mais au lieu de cela, je suis ici. Je suis ici parce que j'ai promis à ma mère de ne sauter qu'un semestre. Je suis ici parce que ma psy m'a dit que si je voulais surmonter la mort de Jacob, il fallait que je me remette à vivre. Je suis ici parce que j'ai obtenu une bourse d'études alors que je n'étais même pas là pour la rentrée de septembre. Parce qu'Amber aussi était inscrite et que nous pouvions partager une chambre : cela faisait au moins une constante dans ma vie.

Mais que peut bien signifier tout cela alors qu'une énorme partie de moi se refuse à accepter la disparition de Jacob ? Une partie qui ne sera jamais capable de lui dire au revoir, moi qui dors encore avec une veilleuse en espérant que, d'une manière ou d'une autre, cela le guidera vers moi ?

Je regarde la veilleuse en forme de coquillage, toujours aussi étonnée que l'université de Beacon – que j'avais mise sur ma liste de demandes sans y croire un instant – ait accepté ma candidature, et encore plus qu'elle finance entièrement mes études. Car il faut bien l'avouer, avec tout ce que j'ai dû affronter au lycée, mes notes étaient passables, sans plus. À ce qu'on m'a dit, tous les élèves d'ici étaient dans les dix premiers de leur classe en terminale.

Plongeant la main dans la poche latérale de mon sac à dos, j'en sors mon flacon de tranquillisants. Si j'en prenais juste deux, je pourrais peut-être me rendormir ; comme ça, je repartirais d'un bon pied demain matin. Je suis sur le point de faire sauter le bouchon quand le téléphone sonne.

J'attrape le combiné sous le singe en peluche de Janie. Elle l'avait assis dessus, comme s'il attendait un appel.

– Allô ?

– Bonjour, me répond une femme. Je cherche à joindre Lucy Brown.

– De la part de qui ?

Je ne reconnais pas cette voix.

– Alice McNeal, du bureau du président.

– Qui ?

– Alice McNeal. Je suis l'assistante administrative du Dr Wallace.

– Le Dr Wallace ?

– Le président de l'université de Beacon. Êtes-vous Lucy Brown ?

– J'ai eu une panne d'oreiller.

– Pardon ?

– Ça ne se reproduira pas.

Il y a un silence à l'autre bout du fil, avant qu'elle reprenne la parole.

– Je vous appelle parce que le Dr Wallace souhaite vous rencontrer.

– Pour quoi faire ?

Elle poursuit sans relever ma question.

– Seriez-vous disponible aujourd'hui ?

J'attrape mon emploi du temps et constate que j'ai un cours de santé holistique de quatorze heures à quatorze heures cinquante.

– Quinze heures trente ?

– C'est parfait. Son bureau se trouve dans le bâtiment Ketcher. Vous savez où c'est ?

Aucune idée.

– Oui oui.

– Bien, alors à tout à l'heure.

Je me demande bien pourquoi le président de la fac veut me voir. Est-ce parce qu'on m'a attribué une bourse ? Une bourse que je n'ai même pas sollicitée ?

J'ouvre brusquement la porte du frigo à la recherche de quelque chose de sucré, quelque chose qui me permette d'alléger ma mauvaise humeur, m'attendant presque à trouver un arsenal de Coca Light et de barres chocolatées – des friandises à la Drea, mon ancienne coloc et meilleure amie au lycée. Mais à la place, tout à l'intérieur est étiqueté : les briques de jus de fruits, les pots de yaourt, les œufs, les bouteilles de lait-fraise, les paquets de gâteaux au chocolat. Tout porte le nom de Janie au feutre indélébile : c'est sa manière de marquer son territoire gastronomique. Je claque la porte et enfouis la tête dans mes mains : je me sens complètement perdue et moins à ma place que jamais.

Je frémis intérieurement. Saisie d'une soudaine envie de

parler à ma mère, je reprends le téléphone. Elle n'est qu'à deux heures d'ici. Elle pourrait peut-être venir me chercher. On pourrait dîner ensemble ce soir et je lui expliquerais que c'était une énorme erreur de venir dans cette fac. Je compose le numéro ; je vais même jusqu'à l'avant-dernier chiffre, mais je raccroche, sachant qu'elle serait terriblement déçue, qu'elle ne comprendrait pas.

Pas comme Jacob aurait compris.

Attrapant ma boîte à sorts sous mon lit, j'en sors une grosse bougie rouge. Je la consacre à l'huile de citronnelle en passant le doigt sur toute sa longueur et toute sa circonférence. « Au-dessus », dis-je à voix basse en touchant le sommet. « Comme en dessous », dis-je en touchant la base.

L'huile a son odeur, celle qu'il avait chaque fois que je plongeais le nez dans son col de chemise, chaque fois qu'il me prenait dans ses bras et me chuchotait à l'oreille, qu'il répétait qu'il ne voudrait jamais être séparé de moi.

Je ferais n'importe quoi pour le percevoir, là, tout de suite, pour ressentir sa présence à côté de moi. Les premières nuits qui ont suivi l'accident, je faisais des rêves très frappants sur lui, sur nous : nous deux en train de réaliser des sorts ensemble, de se tenir la main, et l'odeur collante et sucrée de notre amour. Je fermais les yeux et l'imaginais : ses cheveux bruns et bouclés, sa mâchoire ferme, et ces yeux bleu ardoise, si pénétrants. C'était comme si nous étions encore connectés, d'une certaine manière.

C'est à peine si je rêve encore.

Je me regarde dans la glace de l'armoire, en face de mon lit, et note à quel point j'ai changé depuis sa disparition : je ne suis plus que l'ombre de moi-même. Une ombre sans vie.

Depuis quatre mois, j'attache mes cheveux châtain terne avec un élastique. Mes yeux aussi sont fatigués, pochés. Même mes joues ressemblent à des sacs vides, ou à des roses flétries.

Je prends une lame de rasoir dans mon sac. En commençant par le haut de la bougie, je grave le nom de Jacob sur le côté, et de minuscules miettes de cire rouge rubis sombre tombent au sol. Je fais tourner la chandelle trois fois dans le sens inverse des aiguilles d'une montre, puis trace le mot « RÊVE » de l'autre côté, à l'opposé de son nom. Je ferme les yeux en me concentrant sur la senteur de citronnelle, en imaginant qu'elle ouvre mes sens et stimule ma lucidité psychique. J'ai déjà fait énormément de sorts de ce genre, mais depuis que Jacob n'est plus là, aucun n'a fonctionné.

– Je prie aujourd'hui d'une force sans pareille, pour que ton souvenir vienne visiter mon sommeil, dis-je tout bas. Dorénavant et pour toujours brillera en moi la flamme de ton amour. Béni soit le chemin.

Je pose la bougie sur ma soucoupe plaquée de nacre et j'allume la mèche. Je contemple la flamme pendant quelques instants en imaginant l'esprit de Jacob à l'intérieur.

Je place la bougie allumée sur ma table de nuit et consulte mon réveil. Presque midi ; encore deux heures avant le cours de santé holistique. Je jette un coup d'œil à mon flacon de tranquillisants et renonce à en prendre un. En me blottissant contre mes oreillers, j'espère faire un rêve. J'espère que Jacob retrouvera le chemin qui mène jusqu'à moi.

Ormeau

Ormeau fuit de toutes ses jambes à travers la forêt tandis que résonnent non loin les sirènes de police. Il espère presque se faire attraper. Le vieux monsieur de la maison le suit de près, sa batte de base-ball à la main.

Ormeau s'éclaire avec sa lampe-torche en se frayant un chemin dans le sous-bois, écartant de son visage les branches et les broussailles.

– Je t'aurai, crie le vieux derrière lui. Je connais ces bois mieux que personne.

Il fait absolument noir et l'air est glacial. Il y a des plaques de glace et de neige par terre. Ormeau fait de son mieux pour éviter de glisser, mais il ne porte qu'une paire de baskets à semelles de caoutchouc et s'est déjà rattrapé deux fois de justesse.

Ses yeux sont pleins de larmes de froid, sa vision est brouillée, ce qui entame encore un peu plus son assurance. Il pensait pouvoir s'en tirer ; il pensait, vu l'âge du vieillard, que ce serait facile de le distancer, mais il entend des brindilles craquer juste derrière lui : l'homme se rapproche.

– Autant t'arrêter tout de suite ! l'avertit ce dernier.

Mais il ne peut pas. S'il s'arrête, le vieux le tuera sans doute. À part Argile, Lys et quelques pionniers, personne ne sait qu'il est là. Iraient-ils déclarer sa disparition ? Sans doute pas, car cela risquerait de les dénoncer également. On ne peut pas dire qu'ils n'aient jamais rien volé.

Ormeau court à perdre haleine encore quelques secondes. Alors, il se rend compte que le piétinement derrière lui a cessé, ainsi que les craquements de branches. Il s'arrête à son tour, balaie les environs du faisceau de sa torche, à la recherche du vieil homme. A-t-il fait demi-tour ? Est-il tombé ? Il s'est peut-être blessé.

Ormeau ferme les yeux très fort. Que faire ? Ne devrait-il pas essayer de trouver le vieux monsieur ? Au même instant, quelque chose lui tombe sur la tête : il sursaute et pousse un cri étouffé. L'objet glisse par-dessus son épaule et il parvient à l'attraper : une simple branchette. Il pousse un soupir de soulagement, décide qu'il faut qu'il se tire de là, que le vieil homme peut se débrouiller tout seul. Il se retourne pour partir, mais glisse sur une plaque de glace et tombe durement sur le derrière. Il a mal à la cheville : une douleur lancinante qui le ronge et lui remonte dans le mollet.

– Je sais que tu es seul, souffle une voix quelque part derrière lui.

Il fait volte-face, braque sa torche dans cette direction, mais il n'y a rien : rien qu'un étroit sentier couvert de neige qui serpente entre les buissons. Ormeau parvient à se remettre debout et s'éloigne de son mieux en clopinant, à la recherche d'une issue quelque part, d'une sortie.

Il avance à grand-peine dans les bois pendant plusieurs

minutes et croit voir quelque chose devant lui : une petite maison, peut-être. Il se dirige vers elle en espérant que quelqu'un y vit, et qu'il y a le téléphone.

– Je sais que tu es seul, répète la voix dans son oreille.

Ormeau se retourne. Le vieux est là. Il lui attrape le cou à deux mains et manque lui couper la respiration.

Ormeau pousse une plainte étranglée.

C'est sa propre voix qui le réveille de son cauchemar.

Argile est là, assis à son chevet, il le regarde de haut.

– Que s'est-il passé ? demande Ormeau, tout essoufflé.

Sa cheville lui fait mal.

– C'est l'heure du petit déj', lui répond Argile avec un grand sourire.

Il se lève et sort de la pièce, laissant Ormeau plus déconcerté que jamais.

Ormeau

Au petit déjeuner, Ormeau s'efforce de chasser le frisson glacé que lui a laissé son cauchemar, mais celui-ci paraissait si réel qu'il est tout bouleversé de l'intérieur. S'il a réussi à échapper au vieux après sa mission ratée d'hier soir, en revanche il ne peut se défaire du son de sa voix. Elle repasse en boucle dans sa tête : il entend les gémissements de douleur de ce vieil homme.

Il baisse les yeux vers son assiettée de riz, déjà sûr qu'il ne pourra pas le digérer. Il déplace le tas gluant avec sa fourchette et fait semblant de manger, pour ne pas avoir l'air d'un ingrat.

Lys est assise en face de lui ; Argile à côté d'elle ; les anciens et les petits enfants, aux deux bouts de la longue table pleine d'échardes ; quant à Brique et Marguerite, ils sont à sa droite et à sa gauche.

Tout est à sa place, et pourtant tout paraît différent.

Maïs, l'une des fillettes, se plaint en pleurnichant que son riz est déjà froid, qu'elle aimerait mieux des tartines de confiture, mais Pluie, sa mère, la fait taire immédiatement d'une réprimande sévère.

Ormeau se demande combien de pionniers sont au courant qu'il a échoué à cambrioler la maison du vieux hier soir. Il relève la tête et tente de croiser les yeux d'Argile ou de Lys, mais sans succès. Le petit déjeuner est toujours un moment calme au camp, mais il n'a pas souvenir d'en avoir jamais vu d'aussi silencieux et oppressant. Le bruit des fourchettes raclant les assiettes lui envoie des frissons nerveux dans le dos. Pourquoi Argile est-il entré dans sa chambre avant le repas ? Pourquoi voulait-il qu'il vienne ?

Lorsqu'il a su qu'Ormeau était rentré de chez les vieux sans même une pièce d'argenterie à mettre au clou, il l'a très mal pris. Il a donné des coups de poing dans le volant en lui assenant qu'il avait trahi la confiance de ses amis et de sa famille et qu'il ne valait pas le gîte et le couvert qu'on lui offrait. Est-ce pour cela qu'il fait la tête ?

Ormeau continue de chipoter dans son riz et envoie des regards vers Lys, mais elle l'ignore toujours. En revanche, elle lui touche deux ou trois fois le pied sous la table du bout de sa botte, ce qui le surprend et le rassure à la fois.

Il tourne la tête vers elle pour admirer ses longs cheveux blonds ondulés et les fossettes qui se creusent dans ses joues quand elle mange. Il se demande si elle est déçue, elle aussi. Il est certain que les autres le sont. À part la visite d'Argile dans sa chambre ce matin, personne ne lui a adressé la parole. Ils sont vingt-deux à vivre sous ces toits, et pourtant pas un seul ne lui donne le moindre indice sur ce qui s'est passé hier soir, une fois qu'il est parti se coucher. Clay a-t-il convoqué une réunion derrière son dos ?

Lys chuchote quelque chose à l'oreille d'Argile et tous deux éclatent de rire à l'unisson.

– Ce sera notre petit secret, lui répond-il.

– Je peux sortir de table ? demande Ormeau.

Argile, enfin, se tourne vers lui.

– Nous devons nous réunir. Tous ensemble.

Il promène son regard gris acier sur toute la tablée, captant l'attention de la plupart des membres du camp, à l'exception de deux ou trois petits enfants. Ormeau se dit qu'il ne doit pas avoir plus de dix-sept ans, et pourtant il semble avoir autant de pouvoir que les aînés... autant même que Maçon en personne.

– Quand ?

– Quand je le dirai, répond-il sèchement.

Il coince derrière son oreille une mèche de ses cheveux noirs et flottants.

– On va faire ça tout de suite, dit Maçon.

Ce dernier frise la soixantaine, mais il a la santé et la force d'un trentenaire. Il est au camp depuis plus longtemps que quiconque – depuis l'époque où ce n'était qu'un taudis abandonné et où il n'y avait que lui et Rosa, sa femme, décédée peu après leur installation. C'est lui qui a construit ces huttes rustiques, avec l'aide de quelques visiteurs de passage – des vagabonds, comme il les appelle – qui aspiraient à une vie plus paisible et satisfaisante.

Il les payait en leur offrant le gîte, le couvert et ses enseignements, et bientôt les vagabonds sont devenus des pionniers à part entière. Il aime à répéter : « Personne ne quitte le camp. Personne n'en a jamais envie. Et personne ne doit le faire. »

Brique a raconté un jour à Ormeau que certains membres étaient bien retournés vers la société normale. Il lui a aussi révélé que personne – pas même Argile – n'avait le droit d'en parler.

Ormeau se demande si ce sont des missions comme celle de la veille qui les ont poussés à partir.

Lys lui adresse un sourire discret et Argile se lève pour ouvrir la séance.

– Nous devons parler des événements d'hier soir, commence-t-il.

Sa voix forte et sonore compense en intensité ce qui lui manque en taille et en muscles.

– L'un d'entre nous avait une tâche à accomplir. Il était chargé d'entrer dans une maison en ville et de prendre les objets de valeur qu'il y trouverait – tout ce qu'il voulait.

Plusieurs aînés réagissent par une exclamation étouffée. Maçon entoure étroitement Pluie de son bras, puis caresse ses cheveux de jais sur toute leur longueur. Maçon et elle sont ensemble depuis au moins quelques mois, en dépit de leur différence d'âge évidente. Bien que Pluie soit considérée comme une aînée parce qu'elle est adulte, Ormeau pense qu'elle ne peut pas avoir plus de vingt ou vingt et un ans, à peine plus que lui.

– Comme nous le savons tous, continue Argile, prendre un objet sans s'interroger au préalable sur sa valeur pour son propriétaire, cela s'appelle du vol. Ce pionnier devait voler tout ce qu'il voulait, le plus possible, afin que nous, en pionniers aimants, puissions perpétuer notre mode de vie pacifique... poursuivre notre mission d'amour, vivre sans les maux de l'humanité.

Plusieurs pionniers, y compris Lys et Brique, prennent un air réprobateur.

– Nous n'avons pas besoin des maux de la télévision. Nous

n'avons pas besoin des maux du téléphone portable... de l'ordinateur... du micro-ondes.

– Non, pas du tout, marmonnent quelques pionniers.

– Nous nous écoutons les uns les autres. Nous nous parlons. Chacun satisfait les autres en discutant de tout en face à face. Pour communiquer, nous n'avons pas besoin d'objets manufacturés en plastique, de ces objets qui transmettent des ondes cancérigènes. Nous n'avons pas besoin de ces boîtes contre-nature qui sonnent et détruisent tous les nutriments de nos aliments. Nous cuisinons sur le feu. Nous préparons les repas en pensant aux autres. Nous aimons. Nous partageons. Nous vivons en paix.

– Oui, approuvent plusieurs personnes dans l'assistance.

Lys baisse la tête en signe de gratitude.

– Donc, enchaîne Argile, quand nous avons demandé à ce pionner d'exécuter un acte contraire à la paix – de *voler* volontairement autrui –, il a montré de la peur... il a montré de la répugnance. Il ne voulait pas le faire. Mais dans le même temps, il ne voulait pas nous décevoir.

Ormeau est de plus en plus troublé par la situation. Lys lève les yeux vers lui, sourit et tend le bras à travers la table pour lui prendre la main.

– Ormeau, reprend Argile en levant son verre d'eau. Tu es venu à nous il y a exactement quatre mois. La mission que nous t'avons confiée hier soir était un test : il s'agissait de tester ta loyauté mais également, et c'est tout aussi important, ton caractère. Je suis fier aujourd'hui d'annoncer que tu l'as réussi haut la main. Tu as entrepris cette mission pour plaire à tes copionniers, mais en même temps, tu n'as pas abandonné tes convictions morales.

Tous lèvent leur verre dans un bel ensemble.

– À Ormeau !

– Nous sommes heureux et fiers de t'appeler notre frère.

Argile porte son verre à ses lèvres et les autres l'imitent, comblant Ormeau d'un énorme sentiment de soulagement et d'acceptation.

– Je ne sais pas quoi dire, avoue-t-il.

Il cherche ses mots. Sans ces pionniers, il ne sait pas où il serait en ce moment. Ils sont sa famille. Ils lui ont donné un toit et sauvé la vie. Sans eux, il serait sans doute mort de faim dans la rue.

Lys se penche au-dessus de la table pour l'embrasser sur la joue.

– Tu es si courageux, murmure-t-elle. On a eu du mal à te cacher ça toute la matinée et hier soir.

Brique lui serre la main.

– Quel bonheur que tu aies rejoint notre camp. Tu es devenu un bon ami pour moi.

– Et toi aussi, répond Ormeau en lui rendant fermement sa poignée de main, conscient que Brique a encore des choses à dire.

Mais il doit s'interrompre, car les autres pionniers font la queue pour lui témoigner eux aussi leur soutien. Deux femmes aînées en pleurent d'émotion, y compris Pluie, qui se blottit contre Maçon.

– Nous sommes fiers de toi, lui confie ce dernier.

Ormeau se lève pour lui serrer la main avec respect.

– Merci pour tout.

Maçon sourit et hoche la tête. Ses yeux bleu pâle étincellent un petit peu plus que d'habitude. Il gratte sa barbe broussailleuse, une touffe de poils argentés assortis à sa longue crinière attachée avec un élastique. L'heureux couple s'en va, ce qui permet aux autres pionniers de se détendre un peu. On sort des réserves les bouteilles de cidre et les boîtes de biscuits aux fruits confits. On pousse des acclamations, on s'embrasse, on s'étreint... tout le monde est de la fête.

– Je t'aime, lui dit Lys.

Elle entoure Ormeau de ses bras et l'embrasse en plein sur les lèvres. Mais l'instant est gâché par sa surprise : elle l'*aime* ? Ce qui ne l'empêche pas de lui rendre son étreinte, heureux de son affection. Derrière elle, il aperçoit Argile, dont les yeux semblent s'embraser à les voir tous les deux enlacés de la sorte.

Lucy

J'ai dû prendre un mauvais virage en me rendant à mon cours de santé holistique. Il semblerait que je sois dans le sous-sol de l'aile scientifique, là où se fait tout le travail en labo. Je tourne encore dans un long couloir sombre – les murs et le sol sont en béton – et sors de ma poche mon emploi du temps. Il y est clairement stipulé que mon cours a lieu en salle 111, c'est pourquoi j'ai choisi de descendre ici, mais je ne vois aucun signe de quoi que ce soit : pas de portes, pas de fenêtres, et pas un chat. On dirait presque que je suis entre deux bâtiments, dans un passage souterrain peut-être.

Je marche rapidement, le martèlement de mes pas résonne en écho. J'espère atteindre l'autre aile avant d'être en retard, mais j'ai l'impression que plus j'avance, plus il fait sombre dans ce tunnel.

– Il y a quelqu'un ?

Ma voix se répercute sur les murs. Je m'arrête un instant, le cœur battant, et me retourne pour regarder derrière moi. Mais il fait tout aussi noir ; c'est à peine si je vois mes mains devant mon visage.

Je refais demi-tour. Il y a une sorte de lumière tout au bout du tunnel : une blancheur vive, éblouissante, qui brille comme un feu d'artifice.

– Lucy, chuchote une voix féminine.

Je m'avance vers la lumière, vers cette voix, en m'efforçant d'y voir quelque chose, de distinguer un mouvement. Un frisson me parcourt les épaules. Je serre mon sweat-shirt autour de moi et remarque que je suis prise d'un tremblement incontrôlable, et que tout dégage une odeur d'agrume.

– Lucy.

– Qui êtes-vous ?

Une ombre passe devant la lumière, la fait vaciller.

– Viens par ici, ou tu le paieras.

Je me rapproche en me demandant si elle s'est glissée de l'autre côté, en espérant que c'est la sortie.

– Viens par ici ou tu le paieras, répète la voix.

Une voix d'enfant, mais que je ne reconnais pas.

– Qui êtes-vous ?

Je suis sûre que ce n'est pas Maura.

Elle apparaît une fois de plus devant la lumière et je vois sa silhouette. Ses longs cheveux flottants sont rejetés en arrière par l'intensité du rayonnement. On dirait qu'elle est drapée d'une sorte de longue robe et qu'elle tient quelque chose : peut-être un bâton ou une baguette. Des pointes effilées se déploient en étoile à un bout.

J'élève le ton :

– Je n'irai pas plus loin tant que vous ne m'aurez pas dit qui vous êtes.

Elle prend quelque chose dans sa poche. Je crois que c'est une balle. La fillette la pose par terre et je l'entends rouler vers moi : elle crépite légèrement contre le sol. Comme elle se rapproche, je remarque qu'elle laisse derrière elle une traînée liquide. Je me baisse pour l'arrêter, mais à ce moment-là elle sombre dans le ruisselet qui enfle rapidement.

– Pourquoi te renfrogner ? Peur de te noyer ?

– Non !

J'ai répondu dans un cri strident, déclenché par la pure toxicité du mot « noyer ».

Je lève le pied pour sortir de l'eau, mais elle m'entoure à présent, elle m'arrive aux chevilles et monte d'instant en instant. J'y plonge la main pour chercher la balle, en espérant que si je la repêche, l'inondation cessera. Je crois la sentir : il y a quelque chose de rond et de caoutchouteux à côté de mon mollet gauche. Je suis sur le point de l'attraper quand quelque chose m'agrippe les poignets. Je m'entends hurler. L'eau monte de plus en plus, j'en ai jusqu'aux genoux à présent. En m'appuyant de toute mon énergie sur mes jambes, je tire vers le haut. Des mains d'une pâleur extrême sont fermées sur mes poignets. C'est la fille. Elle est forte, presque plus forte que moi, et elle veut m'attirer sous l'eau.

Je pousse un nouveau hurlement.

– Non !

Ma respiration s'accélère. J'ai les jambes qui tremblent. Je tortille mes poignets, j'essaie de la décrocher. Je donne des coups de pied sous l'eau, mais la pression du violent courant me rend la tâche difficile.

J'inspire un grand coup, prends appui de tout mon poids sur mes pieds et jette les bras en l'air. La fille me lâche les poignets et je vois une vague énorme s'écraser contre mes cuisses.

Une lueur remonte le courant, sous l'eau, vers la source de lumière au bout du tunnel.

– Qui êtes-vous ?

Tout est silencieux pendant quelques secondes, mais ensuite je l'entends respirer ; le son est tout autour de moi.

– Tu me vois en fillette, c'est ironique ; mais je suis la mère d'une fille mélancolique. Elle a besoin de ton aide, je ne te mens pas. Et si tu ne m'aides pas, le garçon mourra.

– Mourra ? Mais qui ?

– *Mort, mort, mort, mort, mort*, scande-t-elle.

Je me réveille en cherchant de l'air. Le téléphone sonne toujours. Amber est assise à côté de moi dans le lit. Et je suis encore en pleine panique.

– Lucy, murmure-t-elle en me pressant la main. Ça va ?

J'essaie de reprendre mes esprits.

– Oh là là, ne me dis rien, poursuit Amber. Encore un cauchemar ?

Je fais oui de la tête.

Exaspérée, elle tire sur ses couettes rouge cerise.

– Bon sang de bois de bon dieu de bonsoir. Ça ne va pas recommencer !

Le téléphone sonne toujours. Amber décroche.

– Allô ? (Elle me regarde d'un air consterné.) Elle n'est pas disponible pour le moment... Elle a une gueule de bois carabinée. (Elle éloigne le combiné de son oreille et imite des bruits de vomissements pour rendre son excuse crédible.) Pas joli-joli, explique-t-elle à son interlocuteur. Je peux prendre un message ? Je lui dis de vous rappeler dès que ses spasmes se seront calmés.

Elle me fait un clin d'œil et attrape le marqueur dont se sert Janie pour étiqueter ses victuailles. Elle note le message sur sa main sans cesser de grimacer.

– Je ne peux pas croire que tu m'aies fait ça, lui dis-je une fois qu'elle a raccroché.

– Tu as de plus gros matous à fouetter, ma douce.

– Quoi ? Qu'est-ce qu'il y a ?

– Le bureau du président, voilà ce qu'il y a.

– Oh, bon Dieu.

Je regarde le réveil : quatre heures passées.

– J'ai loupé le rendez-vous.

– Quel rendez-vous ?

– Aucune importance.

Je reprends mon souffle et remarque que j'ai encore les jambes molles.

Elle se laisse tomber à mes côtés.

– Qu'est-ce qui n'a aucune importance ? Lucy, qu'est-ce que tu as ?

– J'en sais rien. Tout ce que je sais, c'est que je refais des cauchemars.

Elle prend un moment pour m'inspecter.

– Oui, ben en tout cas, pas de vomi apparent. Pas de sang, pas d'urine, pas de sécrétions corporelles. C'est bon signe, non ?

Ces dernières années, Amber m'a vue en proie à plusieurs accès de cauchemars : des rêves récurrents qui se sont révélés être des prémonitions m'avertissant qu'il allait se produire quelque chose d'horrible. Chaque fois, j'avais des effets secondaires physiques : des fuites au lit intempestives la première fois ; des nausées explosives la suivante ; des saignements de nez neuf mois plus tard. Des années avant que je la rencontre, mes tout premiers cauchemars s'accompagnaient de migraines épouvantables. J'ai fini par comprendre que chacune de ces réactions était le moyen que trouvait mon corps pour me forcer à affronter mes prémonitions et, en même temps, pour me guider vers les solutions, vers ce que je devais faire afin d'éloigner la menace.

– Ce n'était peut-être qu'un simple cauchemar, dis-je. Il n'était peut-être pas du tout prémonitoire.

Alors pourquoi est-ce que je tremble toujours ? Et pourquoi ai-je si froid ?

– Mais oui. À moins que tu aies un petit cadeau sur toi dont tu ne me parles pas (elle s'écarte de quelques centimètres sur le lit), à ta place je ne me ferais pas de bile.

– T'es trop dégueu.

– *Moi* ? C'est toi qui as le cadeau.

Je la rembarre sèchement, non sans remuer légèrement pour m'assurer qu'elle se trompe bien.

– Il n'y a *pas* de cadeau. Mais je ne sais pas. Ça avait l'air d'un rêve prémonitoire. C'était comme si elle voulait que je la rejoigne, que je sois avec elle.

– Mais qui ?

La gorge serrée, je tire les couvertures autour de mes épaules pour calmer mes frissons.

– Elle avait l'air petite, peut-être huit ou neuf ans, mais ensuite elle m'a dit qu'elle était la mère d'une fille mélancolique, une fille qui a besoin d'aide... sinon, un garçon mourra.

– Ralentis un peu. Tu as rêvé de *quelqu'un de mélancolique* ? Tu vois, j'étais pas loin quand je te parlais de *colique* !

– Sois sérieuse, un peu.

– J'essaie.

Je pousse un gros soupir.

– Je sais, ça n'a aucun sens, et ça ne m'aide pas qu'elle ait parlé en vers.

– En vers. Tu es sûre que tu n'as pas piqué à Janie un peu de poudre qui fait rire avant d'aller te coucher ?

– Tu me connais mieux que ça.

Mais je pense à mon flacon de tranquillisants.

– Je plaisante, bien sûr. Est-ce que sa voix ressemblait à celle de...

– Maura ?

Amber acquiesce en silence.

Je secoue la tête et détourne les yeux.

Maura était la petite fille que je gardais il y a cinq ans. Je n'ai pas prêté attention à mes prémonitions la concernant, je me suis dit que ce n'était rien, juste de mauvais rêves. Et là, Maura a disparu ; elle s'est fait enlever, victime d'un pédophile. Peu après, on a retrouvé son corps dans une vieille bicoque abandonnée dans les bois.

Trois ans plus tard, j'ai fait des cauchemars sur Drea. Je rêvais qu'elle allait être tuée par un mystérieux sadique. Finalement j'ai réussi à la sauver, mais je n'ai rien pu faire pour Veronica Leeman, une camarade de classe impliquée dans l'histoire. J'ai trouvé son corps par terre, dans la salle de français. Elle avait reçu un coup sur la tête ; son cou et ses épaules baignaient dans une mare de sang. Parfois, en fermant les yeux, je la vois encore qui me regarde de ses yeux vert mousse, déçue que je ne sois pas arrivée à temps.

L'été dernier, j'ai perdu Jacob, mon amour, mon âme sœur. J'étais tellement occupée à tenter de sauver Clara, une fille que je venais de rencontrer, que je n'ai pas su l'aider, lui. Peu après mon arrivée dans notre maison de vacances au cap Cod, j'ai commencé à faire des cauchemars sur Clara : je rêvais qu'elle allait se noyer, que son corps serait retrouvé sur la plage. Je me sentais oppressée, le souffle court. J'attribuais cette sensation au stress, à la pression liée au devoir de lui sauver la vie. Mais je savais qu'il y avait autre chose. Simplement, je n'arrivais pas à comprendre quoi. Je n'ai pas passé assez de temps à écouter mon corps et ce qu'il s'efforçait de me dire.

Et à présent, Jacob n'est plus là.

Je baisse les paupières et me remémore le torrent qui courait dans mon cauchemar. J'aimerais savoir ce qu'il symbolise. Et soudain, je comprends quelque chose.

– Lucy ?

Amber me frotte le dos, comme le faisait Drea.

– Ça va ?

Je fais oui de la tête et m'essuie les yeux, troublée par mes battements de cœur.

– C'est Jacob.

– Quoi, Jacob ?

– Mes cauchemars... l'eau...

– Quelle eau ?

– Il y avait de l'eau dans mon rêve. Peut-être qu'elle représente simplement l'océan. C'est peut-être une chose que Jacob veut me faire savoir.

Amber me prend la main.

– Lucy. Écoute-toi un peu. Je sais bien que tu as traversé beaucoup de choses, mais là, tu commences à parler comme une cinglée.

Je retire vivement ma main.

– Tu ne comprends pas. Il y a *des mois* que je n'ai pas rêvé.

– Et alors ?

– Maintenant que je recommence, je vais peut-être voir Jacob.

– Je crois que tu analyses trop. Tu sais comme moi que tous les rêves ne sont pas prémonitoires. Regarde, moi, je fais constamment des cauchemars – j'ai des verrues sur le derrière, je vais en classe avec les culottes de mémé de ma mère –, et pourtant ça ne risque pas d'arriver.

– Je n'en reviens pas que tu me dises ça... après ce que j'ai traversé. Mes rêves à moi se *réalisent.*

– Je n'ai pas dit le contraire.

– Alors quoi ? Si j'ai une chance de retrouver Jacob – ne serait-ce qu'en rêve –, je suis prête à sauter dessus. Tu ne peux pas comprendre ça ?

– Bien sûr que si, mais tu ne crois pas que s'il était vraiment question de Jacob, tes rêves seraient tout doux et romantiques ? Qu'il n'y aurait pas de fille-de-la-mort blafarde qui chante des vers tordus à propos d'une fille mélancolique ? Je veux dire, c'est pas pour te démoraliser, mais ce n'est pas parce que tu as rêvé de flotte que tu rêves de Jacob.

Je respire à fond pour ne pas m'énerver.

– Il n'y a pas que la flotte. Et le garçon, alors ?

– Quel garçon ?

– Je te l'ai dit ! Le garçon qui risque de mourir si je n'aide pas la fille mélancolique. Et si ce garçon, c'était Jacob ?

–Lucy, chérie... Jacob est déjà mort. Je sais que tu ne veux pas l'entendre ni l'affronter ni rien, mais c'est comme ça.

– Crois ce que tu veux, mais je pense que le seul fait de rêver de lui, c'est bon signe... un signe d'espoir.

Amber se soulève sur les coudes pour me regarder comme si j'étais une énigme sur pattes.

– Admettons, conclut-elle.

Je vais au frigo me chercher quelque chose de froid, désaltérant et pétillant, ayant oublié une seconde que tout son contenu était étiqueté et réservé. Je claque la porte et m'effondre de nouveau dans mon lit, en essayant de me sortir de la tête les doutes d'Amber et de me fier plutôt à mon instinct.

Lucy

Amber passe un marché avec moi : si j'accepte d'aller arranger les choses avec monsieur le président, elle m'offre un Sundae chocolat chez *Ice Cream Coma* en ville : un marché équitable, d'autant que le sandwich au thon qu'elle m'a rapporté de la cafétéria hier soir est tiédasse et ramolli, à l'heure qu'il est. Et en plus, je veux vraiment me débarrasser de cette histoire de président. Soudain, l'idée de rentrer chez moi pour me retrouver face à une mère atrocement déçue, elle qui n'a jamais eu la chance d'aller en fac – gratuitement ou pas –, n'est plus si tentante.

Je rappelle la secrétaire du président, qui prend un ton revêche pour me dire que le Dr Wallace m'a attendue plus d'une demi-heure avant de se rendre à une réunion où il est arrivé en retard, par ma faute évidemment. Je tente de m'excuser mais elle ne me laisse pas en placer une ; elle me décrit l'emploi du temps surchargé de son patron et me répète combien il est occupé, pour bien souligner qu'il n'a pas de temps à perdre à attendre des élèves retardataires. Elle finit par me trouver un autre créneau horaire, apparemment juste avant un rendez-vous avec le doyen de la fac.

– Pouvez-vous être là dans une heure ?

Je bredouille une réponse affirmative, raccroche, puis appelle ma messagerie. J'ai quatre messages : un de ma mère, un de Drea, un de Chad et un du directeur des Activités estudiantines m'annonçant une semaine de festivités au campus. J'efface immédiatement sa voix pour me concentrer sur les autres. Drea est ma meilleure amie depuis notre rentrée au lycée. Elle et Chad, son ex-futur-ex-futur-ex, qui est également *mon* ex, sont entrés en septembre à la fac de Payton, à plus de six cent cinquante kilomètres d'ici. Tous deux veulent que je les rappelle, mais ça n'a pas l'air important. Depuis la disparition de Jacob, ils ont pris l'habitude de m'appeler tous les deux ou trois jours pour prendre de mes nouvelles... ou plutôt pour s'assurer que je suis toujours en vie. Ma mère aussi souhaite que je la rappelle. Tant pis pour eux, ils devront tous attendre.

Je rejoins les bâtiments principaux pour chercher le bureau du directeur. Devant le foyer des étudiants, face à la haute horloge en fer, je rassemble mes forces et consulte mon plan du campus, comme me l'a suggéré Amber. Les lieux sont absolument gigantesques, à peu près vingt fois plus grands que notre lycée. Il y a des bâtiments partout : certains en brique couverte de lierre, quelques-uns massifs et tout en verre, des hauts, des plats, plus quelques allées pavées entre tout cela pour donner du cachet. Amber a tracé une grosse croix rouge sur la pelouse centrale et une ligne sinueuse qui me mène jusqu'au bâtiment Ketcher. À ce qu'il semblerait, le chemin le plus direct m'oblige à longer trois allées en brique, traverser une mare aux canards, emprunter une passerelle et couper à travers deux terrains de sport. Je soupire rien que d'y penser. En me mettant en route tout de suite, je devrais y arriver en un peu moins d'une heure, en espérant ne pas me retrouver transformée en glaçon : avec le vent, il doit faire à peu près moins vingt degrés.

– Tu es perdue ?

Je lève le nez de ma carte. Il y a un type à côté de moi. Il est habillé en Gap de la tête aux pieds : casquette de base-ball usée, sweat-shirt bleu canard artistement délavé sous un caban gris anthracite tout aussi artistement délavé, treillis en toile kaki et chaussures de marche.

– Quoi ? dis-je, même si je l'ai clairement entendu.

– Tu as l'air un peu perdue. Tu es en première année ?

Il redresse sa casquette, ses cheveux châtains coupés court et coiffés au gel dépassent juste un peu sur les côtés.

– Ça se voit tellement ?

Il plisse imperceptiblement ses yeux marron, l'air amusé.

– Ne t'en fais pas pour ça. Ce sera notre petit secret.

– Justement, je déteste les secrets.

– Alors je vais le raconter à tout le monde. (Il pivote en regardant autour de lui jusqu'à repérer quelqu'un qu'il connaît.) Eh, Nelson ! Je viens de me trouver une première année perdue.

– Veinard ! lui répond Nelson de loin.

Je me sens soudain un peu mal à l'aise.

– Je vais y aller.

– Attends. Qu'est-ce que tu cherches ?

– Le bâtiment Ketcher.

– Pas de problème.

Il m'explique l'itinéraire en se servant de mon plan, ajoutant seulement que j'ai intérêt à faire attention en traversant la mare aux canards car le verglas peut rendre le pont très glissant.

– Je t'y emmènerais bien, mais je suis déjà en retard à un rendez-vous.

– Je me débrouillerai. Tu m'as beaucoup aidée.

Je commence à tourner les talons, mais il m'arrête en me touchant l'avant-bras.

– Je ne sais même pas comment tu t'appelles.

Je me dégage, encore plus gênée.

– Lucy.

– Enchanté, Lucy. Moi, c'est Tim.

Il me tend la main avec un grand sourire.

– Peut-être à un de ces jours, poursuit-il.

Je tente de prendre un air aimable et me détourne, soulagée de m'éloigner. Ce n'est pas que je lui prête des intentions louches ; c'est juste... je ne sais pas. Je ne veux pas qu'on se fasse des idées fausses sur moi. Même s'il n'y a pas de risque. Car voyons les choses en face : je ressemble à Morticia Addams sans son maquillage.

Après seulement une vingtaine de minutes de marche, je repère le bâtiment Ketcher droit devant. Je pousse les lourdes portes et gravis un escalier en bois luisant ; l'odeur de vieux pin et d'acajou est partout autour de moi. Je gagne une vaste salle d'attente ouverte et Mrs McNeal, une robuste femme grisonnante en robe de velours côtelé marron, m'intime de rester assise un moment pendant qu'elle va voir si le président est prêt à me recevoir. Les lieux sont plongés dans une pénombre oppressante, éclairés uniquement par de petites lampes jaunes. De la musique classique résonne en bruit de fond et d'épais rideaux veloutés empêchent la lumière d'entrer. Je choisis de m'installer sur un canapé de cuir brillant garni de gros clous d'or terni, et remarque le craquement du parquet sous mes pas.

Une autre fille est là aussi, âgée peut-être de quatorze ans, quinze au maximum. Elle est vêtue de superpositions sombres : un mélange de gris fumée et de bleu marine. Ses longs cheveux blonds lui pendent dans la figure, on voit à peine ses yeux derrière sa frange. Elle est assise par terre dans un coin de la pièce, entourée de livres posés à la verticale, peut-être pour dissimuler ce qu'elle fait. Elle me surprend à la regarder et m'observe avec méfiance.

– Lucy ? m'appelle Miss McNeal depuis son bureau. Le Dr Wallace va vous recevoir tout de suite.

Je sens mon front se plisser très légèrement.

– Elle était là avant moi, dis-je avec un geste vers la fille.

– Ne vous inquiétez pas pour elle, me répond la secrétaire.

La fille me lance un regard haineux. Elle tire vers elle sa barricade de livres, comme si on était encore à l'école primaire et qu'elle avait sept ans. Cela me donne presque envie d'aller voir ce qu'elle fabrique. Miss McNeal ouvre en grand la porte du bureau du Dr Wallace et s'éclaircit la gorge, peut-être pour m'inciter à me dépêcher.

J'entre dans le bureau et Miss McNeal referme derrière moi, me laissant seule avec le Dr Wallace. Il est très différent de ce que j'imaginais : ce n'est pas le président d'université à cheveux blancs, costume de tweed et lunettes à double foyer auquel je m'attendais. À part son énorme cravate à imprimé girafe, il a l'air presque normal : taille moyenne, cheveux bruns grisonnants et lunettes à monture d'acier noire.

– Lucy, me salue-t-il en se levant.

Il pose sa boule magique n° 8 – un jouet en forme de boule de billard qui répond au hasard aux questions que l'on se pose – pour me tendre la main.

– Je suis le Dr Wallace. Heureux de vous rencontrer.

– Navrée pour tout à l'heure.

Je remarque combien la pièce est vaste.

– Ne vous en faites pas, me répond-il sans cesser de me serrer la main. Vous êtes là, c'est tout ce qui compte.

Je m'efforce de faire bonne figure.

– J'ai beaucoup entendu parler de vous, Lucy Brown.

– Ah bon ?

– Asseyez-vous, je vous en prie.

Il me lâche enfin la main et m'indique les sièges en cuir souple qui font face à son bureau.

– Alors… dis-je à voix basse en me faisant toute petite dans mon fauteuil.

L'homme me dévisage ouvertement, presque comme s'il voulait m'évaluer, pas d'une manière louche mais plutôt comme s'il pensait : « Je veux savoir de quoi elle est faite, cette fille. » Puis il reprend soudain ses esprits et se penche en avant sur son siège.

– Oui. Vous vous plaisez sur le campus ? Vous avez pu vous inscrire à tous les cours que vous demandiez ?

J'acquiesce. Je me demande bien ce que je fais là, pourquoi il s'intéresse à mon emploi du temps.

– Vous avez un entretien avec tous les étudiants boursiers ?

Au lieu de me répondre, il continue de me fixer, ce qui me liquéfie d'angoisse.

– Je ne manquerai plus de classes, dis-je par nervosité. Ma mère tient beaucoup à ce que je fasse tout ça… à ce que je sois ici, je veux dire.

– Vous le voulez aussi, j'espère.

Je jette un regard vers sa boule magique en me demandant ce qu'elle révèle, si elle est porteuse d'un message prophétique sur mon sombre avenir entre ces murs. Je lui réponds au bout d'un long moment.

– Il faut croire.

– Pas si sûre ?

Je hausse les épaules et regarde ailleurs. J'ai soudain l'impression d'être de retour dans le cabinet du Dr Atwood, qui voulait absolument me débarrasser de tous mes bagages émotionnels.

– En tout cas, moi, je sais ce que j'attends de vous, m'annonce Wallace. C'est pour cela que vous avez obtenu cette bourse.

– Pardon ?

Il ouvre un classeur posé sur son bureau et commence à lire une liste :

– Lucy Brown, diplômée du lycée de Hillcrest ; mention passable, de justesse. Pas d'activités extrascolaires notables ; pas de difficultés économiques particulières ; pas d'orientation claire ; recommandations très tièdes de ses professeurs.

Hein ? Quoi ?

– Mais en dépit de tout cela, cette même Lucy Brown est admise à l'université de Beacon, l'une des plus cotées de la côte Est, avec sa bonne amie Amber dont les résultats sont tout aussi médiocres. Elle obtient une bourse d'études complète – nourrie, logée, sans contrepartie – tout ce qu'elle doit faire étant d'obtenir au moins la moyenne. Allons, dit-il en se renversant en arrière dans son fauteuil dont les roues grincent légèrement, même mes élèves admis uniquement pour leurs performances en football américain sont tenus à de meilleurs résultats.

– Qu'essayez-vous de me faire comprendre ? Il y a une erreur quelque part ?

– Une erreur… non. Mais cela paraît un peu injuste, vous ne trouvez pas ?

Ma voix s'emballe toute seule.

– Je n'ai fait aucune demande de bourse.

– Comprenez-moi bien. J'étais sincère en affirmant que je souhaitais votre présence ici. Je vous trouve assez extraordinaire, c'est pour cela que vous avez obtenu le financement de vos études. (Il referme mon dossier et s'incline de nouveau pour me contempler fixement.) Mais dois-je vous rappeler que votre bourse est de celles qui doivent être renouvelées tous les ans… et sont soumises à l'approbation du président ?

Je comprends enfin. Apparemment, il veut obtenir quelque chose de moi. Il a dû entendre parler de mon rôle dans les événements qui se sont déroulés à Hillcrest depuis deux ans.

– Ce serait bien dommage de perdre une telle bourse – une telle occasion – pour un détail, conclut-il. Vous n'êtes pas d'accord ?

– Un détail ?

– Vous êtes disposée à aider votre prochain, n'est-ce pas, Lucy ?

Je sens tout mon corps se raidir.

Wallace fait rouler son fauteuil et me désigne le mur derrière lui, où sont accrochés toutes sortes de diplômes encadrés – des diplômes de facs prestigieuses comme Columbia et Stanford. Mais ensuite, j'en remarque un autre : un diplôme de Hillcrest, très semblable au mien.

– Alors vous aussi, vous êtes un ancien de Hillcrest.

Il opine.

– Je m'implique beaucoup dans les activités du lycée depuis

que j'en suis sorti, il y a presque trente ans. J'ai toujours gardé un œil sur ce qui s'y déroulait ; je siège bénévolement dans de nombreux comités d'anciens élèves.

– Donc vous avez dû entendre parler de tout ce qui s'est passé là-bas.

– Une fille assassinée ; une autre kidnappée et presque tuée ; un garçon arrêté et placé en centre fermé pour homicide involontaire ; un homme incarcéré pour tentative de meurtre ; un club se consacrant à la résurrection des morts...

J'avale péniblement ma salive en me demandant où il veut en venir.

– D'après la rumeur, vous aviez tout prédit. Est-ce vrai ?

Je reste muette. Je n'ai qu'une envie : me tirer d'ici.

– Je pense que ça l'est, murmure-t-il. Un sixième sens... c'est bien comme cela que ça s'appelle ?

– Que voulez-vous ?

– Votre aide.

– Désolée, je ne suis même pas capable de m'aider moi-même.

– Vous êtes mon dernier espoir.

– Désolée, dis-je de nouveau.

Je me lève.

– Lucy... attendez. Je vous en prie, asseyez-vous et écoutez ce que j'ai à vous dire.

– Il faut que je m'en aille.

Je me rapproche de la sortie.

– Pas encore. Pas tant que je ne vous aurai pas parlé de ma fille. Elle a des ennuis... et je pense que vous pourriez l'aider.

Je m'arrête à quelques centimètres de la porte et fais demi-tour.

– Avez-vous vu une jeune fille dans la salle d'attente avant d'entrer ?

Il s'est levé à son tour. Son attitude a changé : moins arrogante, plus suppliante. Il sort de derrière son bureau, retire ses lunettes et les jette sur son sous-main.

– C'est ma fille. Elle fait des cauchemars, elle aussi.

Le Dr Wallace est visiblement bouleversé ; il a les yeux rouges et son visage, également, rougit d'instant en instant.

– Cela fait un an maintenant. Au début, nous avons cru que ce n'était rien... peut-être une réaction à la mort de sa mère. Mon épouse est décédée il y a peu.

– Je suis navrée.

Il se tourne vers le mur de diplômes pour dissimuler son émotion.

– Mais les cauchemars ne font qu'empirer. Elle dit qu'elle rêve d'un camp... de gens qui travaillent toute la nuit, qui vivent à rebours de la société et qui volent. Elle prétend qu'un garçon va être assassiné... et puis il y a une histoire de lys.

– De lys ?

Mon cœur fait une embardée, car moi aussi je rêvais de lys ; et ma grand-mère m'a appris que ces fleurs symbolisaient la mort.

– Enfin juste *un* lys, je crois, m'explique le Dr Wallace. Je pense que c'est peut-être le nom de quelqu'un, mais je n'en suis pas sûr. C'est difficile de ne pas perdre le fil. Ces cauchemars l'ont complètement transformée. Son corps est encore là, mais ses yeux... ils semblent vides.

J'ouvre la bouche pour dire quelque chose, mais je ne sais vraiment pas quoi : j'ignore ce qu'il attend de moi, quelles paroles pourraient tout arranger. J'aimerais pouvoir lui affirmer que les cauchemars passeront un jour, mais je suis bien placée pour savoir que c'est faux.

– Pardonnez-moi, reprend-il en se retournant vers moi. J'ai passé les bornes.

– Ce n'est pas grave.

– Alors, vous allez m'aider ?

– Vous aider ?

– Nous avons vu plusieurs médecins : des psychiatres, des neurologues, des acupuncteurs, tout.

– Et ?

– Et ils veulent la faire interner. (Il reprend son souffle.) Ils affirment que c'est la meilleure solution.

– J'en suis tout à fait désolée, mais quel rapport avec moi ?

– Vous pourriez travailler avec elle, l'épauler. Vous avez connu tout cela.

– J'ai déjà beaucoup de problèmes en ce moment.

– Je ne sais pas quoi faire d'autre. Je crains de la perdre entièrement. Je pense qu'elle commence à croire les médecins quand ils prétendent qu'elle est malade.

J'ai un poids sur la poitrine.

– Il faut que je m'en aille.

– Lucy... je vous en prie. Vous êtes mon dernier espoir.

Ormeau

Après la petite fête, tous les membres de la communauté âgés de seize ans et plus se dispersent pour vaquer à leurs tâches quotidiennes, tandis que les enfants gambadent jusqu'à la cabane des aînés pour aller prendre leur leçon du jour. Ormeau et Brique ont reçu la mission épuisante de couper du bois pour le feu du soir. Malgré ses mains calleuses et endolories, Ormeau s'attaque de bon cœur au tas de bois, la tête pleine de l'image de Lys.

Était-elle vraiment sincère lorsqu'elle a déclaré l'aimer ? Il l'espère confusément. Mais comment serait-ce possible ? Même s'ils se connaissent depuis plusieurs mois, jusqu'à ces deux dernières semaines elle ne s'est guère intéressée à lui.

– C'était bien, cette fête, constate Brique.

Ormeau acquiesce et ses pensées s'égarent un instant vers la maison du vieux couple, celle qu'il a failli cambrioler.

– Tu as fait ce qu'il fallait, poursuit son compagnon. Tout le monde est très fier de toi.

– Merci, répond Ormeau en repensant à la montre de gousset qu'il a trouvée et au message qu'elle contenait : *« À Candace, pour toujours, avec mon amour. »*

Il se demande pourquoi cela le bouleverse tant. Mais le problème ne vient peut-être absolument pas de la montre. Il a entendu dire que les victimes essayaient souvent de donner à leurs bourreaux des fragments d'informations sur elles-mêmes ou de leur montrer des objets personnels afin d'être considérées comme des individus de chair et de sang, ce qui rend le crime plus difficile à commettre. La montre rendait peut-être le vieux couple un peu trop réel.

– La plupart d'entre nous n'auraient pas eu le courage de suivre leurs convictions, ajoute Brique. Nous aurions fait ce qu'on nous ordonnait.

– La plupart d'entre nous ? Tu veux dire que certains désobéissent ?

– De temps en temps seulement.

Brique s'arrête un instant de couper du bois. Ses cheveux blonds et ondulés flottent au vent.

– Et toi, tu as déjà volé ?

– Ce n'est du vol que si l'on considère la valeur d'un objet pour son propriétaire ; c'est ce que dit Maçon. Par exemple, il y a des gens qui ont trois ou quatre téléviseurs chez eux, mais ont-ils *vraiment* besoin d'en posséder autant ? Sans doute pas. En revanche, un objet personnel, hérité... ça n'a probablement pas de prix pour son propriétaire. Ce serait du vol de prendre ce genre de choses. Tu comprends ?

Ormeau hausse les épaules, encore un peu perplexe.

– Maçon dit que c'est dans la nature humaine de vouloir donner, continue Brique. Le problème est que certains *ignorent* qu'ils veulent donner. Nous aidons ces gens ; ils nous donnent lorsque nous prenons ce qu'ils ont en trop, les possessions dont ils n'ont rien à faire. Ils nous aident à perpétuer notre mission de paix.

Ormeau rumine l'explication sans qu'elle soit encore vraiment claire dans sa tête. D'ailleurs, qui décide de ce dont ils n'ont rien à faire ?

– Tout le monde est ravi que tu aies suivi ton cœur, déclare encore Brique, dont le froid emplit de larmes les yeux bleu glacier. Le cœur est essentiel pour la paix... tout comme la bravoure. Ça aussi, Maçon le répète souvent.

Ormeau est soudain embarrassé.

– Maçon dit beaucoup de choses, à ce que je vois.

– Il trouve qu'on travaille bien tous les deux, insiste Brique en dévoilant à peine l'étroit espace entre ses deux dents de devant. Il va nous regrouper le plus souvent possible pour les corvées.

Ormeau lui rend son sourire. Brique est devenu son confident ces derniers mois, toujours prêt à lui donner de petits conseils et à l'aider dans ses tâches.

– On fait une pause ?

Ormeau opine, bien content de reposer un peu ses mains. Il a deux phalanges qui saignent, crevassées par le froid.

Tous deux s'assoient sur un tronc et ouvrent leur sac à casse-croûte du jour : barres de céréales faites maison et Thermos de thé chaud. Ils restent assis en silence un long moment et Ormeau en profite pour contempler leur camp. Il y a huit baraquements en tout : un pour Maçon et Pluie ; un pour les enfants et leurs parents ou les personnes chargées de les garder ; un pour les chefs placés juste en dessous de Maçon (les pionniers comme Argile) ; un pour les femmes aînées, qui fait parfois office d'infirmerie ; un pour les autres femmes (comme Lys et Marguerite) ; encore un pour les autres hommes (comme lui et Brique) ; et un dernier comportant une grande cuisine et une salle commune. Il y a aussi une cabane sanitaire où l'on se douche et fait sa toilette.

En toile de fond, c'est l'océan. Une vaste forêt s'étend aussi vers la droite, juste derrière l'endroit où l'on coupe le bois. Après ses premières semaines passées ici, Brique a révélé à Ormeau que Maçon avait hérité ces terres de Rosa, sa femme décédée. Apparemment, elles étaient dans sa famille depuis des générations, et à sa mort, Maçon a pu tout garder. Le regard d'Ormeau s'arrête un instant sur le grillage qui entoure le camp et le fil de fer barbelé qui s'enroule au sommet. Il y a un moment qu'il a envie de questionner son camarade à ce sujet, mais il ne sait pas encore jusqu'où il peut lui faire confiance.

Brique interrompt sa rêverie.

– Regarde.

Il pointe le doigt vers le ciel. Bien qu'il soit encore tôt, la lune a fait son apparition, juste au-dessus des arbres nus. Un pâle croissant grisâtre qui approche de son premier quartier.

– Elle croît, dit-il. C'est le bon moment pour faire un vœu.

– Et qu'est-ce qu'on peut souhaiter ?

– Quoi d'autre que la paix ?

– La paix, approuve Ormeau.

– La paix nous libérera.

Brique ramasse deux cailloux par terre, l'un lisse et d'un blanc éclatant, l'autre pointu. Avec la pointe, il gratte la surface plate de la pierre blanche et trace une étoile à cinq branches entourée d'un cercle.

– C'est un pentacle, explique-t-il. Chaque pointe représente un élément : la terre, l'air, le feu, l'eau et l'esprit. Le cercle représente l'amour infini de l'esprit.

Il retourne la pierre et dessine une autre étoile, en s'attardant sur chaque pointe.

– Tu vois, dit-il, quand tu le dessines comme ceci, de gauche à droite, cela te donne la force de faire arriver quelque chose... de faire naître le changement... un changement pour le *bien*.

– Tu es sorcier ? lui demande Ormeau en tâchant de se rappeler où il a déjà vu ce symbole, où il a entendu parler de l'invocation du pentacle.

Brique fait oui de la tête.

– Mais ne le répète à personne. Je ne sais pas trop comment le prendraient les aînés. Pluie m'a surpris une fois à faire un sort purifiant avec des feuilles de thé et une chandelle roulée à la main. Elle s'est mise dans tous ses états et est allée chercher Maçon. Les gens ont peur de ce qu'ils ne connaissent pas. Ils ne comprennent pas la paix qu'il y a dans la Wicca, en réalité.

Ormeau ramasse deux cailloux. À son tour, il trace un pentacle à la surface et prie en silence pour la paix.

Ormeau

Aux cuisines, les femmes du camp préparent le repas du soir : pilons de poulet, conserves de betteraves et purée de pommes de terre. Des bougies et des lanternes sont posées sur la table et sur les surfaces de travail pour l'éclairage, et un feu ronfle dans la cheminée. Ormeau, debout devant l'âtre, se frotte les mains ; il sent la chaleur du feu sur son visage.

– Tu as faim ? lui demande Marguerite.

Ormeau répond par l'affirmative : la seule odeur de la nourriture fait gargouiller son estomac. Il jette un regard vers le fourneau où Marguerite vérifie la cuisson d'une pomme de terre en la piquant avec une fourchette. Les baraquements sont assez primitifs mais plutôt bien équipés : le chauffage et l'électricité sont fournis par un générateur, et il y a un puits pour l'eau. Mais ils économisent tant qu'ils le peuvent, pour ne pas gaspiller.

Une tape sur son épaule fait sursauter Ormeau. Il pivote : Argile est juste derrière lui.

– Pardon. Je ne voulais pas te surprendre. Tu as une seconde ? Il faut qu'on parle.

Ormeau le suit dans la salle commune, juste derrière la cuisine. Argile s'assoit sur l'épais tapis velouté couleur prune que Pluie a rapporté de la foire au troc le mois dernier ; c'est un tapis d'Orient en très bon état, à peine usé et pratiquement sans tache. Il paraît qu'elle l'a échangé contre une paire de boucles d'oreilles en aigue-marine et un rouleau à pâtisserie fait à la main par Maçon lui-même.

– On est de sortie ce soir.

– Où ça ?

Au lieu de répondre, Argile lui fait signe de s'asseoir. Ormeau cherche quel siège choisir dans la pièce : un fauteuil poire rapiécé, un banc de square en fonte, ou le tapis, en face d'Argile. Il opte pour le banc en se disant que, vu l'allure grave de ce dernier, il peut avoir besoin de sa stabilité.

– Si je te préviens à l'avance, c'est uniquement parce que je ne veux pas que tu t'inquiètes en pleine action et que cela perturbe les autres pionniers ; j'ai besoin qu'ils soient avec moi ce soir.

– Comment pourrais-je les contrarier ?

Ormeau plonge la main dans sa poche pour empaumer la pierre qu'il a gravée tout à l'heure, celle au pentacle. Il la serre fort en s'imprégnant de son énergie naturelle, en se forçant à la paix intérieure.

– Tu es encore nouveau ici. Tu as encore beaucoup à apprendre sur notre communauté... sur le fait de grandir dans notre monde de paix.

Argile se tait un instant pour admirer les craquements du feu et la lueur orangée des bûches.

– J'apprends tous les jours, répond Ormeau, désireux de débarrasser Argile des doutes qu'il peut nourrir à son sujet.

– Bien sûr, concède aimablement ce dernier. Et tu le fais très bien. C'est simplement que, même si tu n'es là que depuis quelques mois, j'ai remarqué que tu avais beaucoup d'influence ici. Les pionniers sont attirés par toi. Regarde Lys, par exemple.

Ormeau serre la pierre encore plus fort : il craignait précisément ce moment.

– Eh bien quoi ?

– Je suis curieux de connaître tes intentions envers elle.

– J'aime bien Lys, dit Ormeau, une boule dans la gorge.

– Beaucoup ?

– Ça pose un problème ?

– Si c'est la vérité, non. Il ne faut jamais avoir peur de la vérité.

– C'est la vérité.

Argile hoche la tête. Son regard n'exprime rien. Il toussote et regarde ailleurs.

– C'est bien ce que je pensais. Je voulais juste m'en assurer. Et te parler de ce soir. Lys sera là et je sais qu'elle t'apprécie. Je ne voudrais pas que tu l'influences d'une manière qui risquerait de nous éloigner de notre mission de paix. Tu comprends ?

– Je ne sais pas trop, répond Ormeau, complètement perdu. Tu préférerais que je ne vienne pas ?

– Bien sûr que non. Si quelqu'un doit être là, c'est bien toi. Comment apprendrais-tu nos usages pacifiques, sinon ?

Argile se lève et regarde encore Ormeau.

– Tu réussiras très bien ici, conclut-il. J'en suis sûr.

Tard ce soir-là, Argile, Lys, Brique, Ormeau et Marguerite s'entassent dans la voiture communautaire, une grosse Ford

Grand Marquis beige crème au capot tout éraflé, décorée d'un autocollant du cap Cod qui représente un gros crabe souriant. Entièrement vêtus de couleurs sombres, depuis leurs bonnets tricotés jusqu'à leurs gants et bottes d'hiver, tous sont équipés de sacs de sport, de lampes-torches et d'outils de serrurier.

C'est Argile qui conduit. Il fait un signe de la main aux pionniers patrouilleurs – ceux qui ont reçu la mission de rester debout pour surveiller le camp – puis s'engage dans l'allée.

– Le camp est gardé toutes les nuits ? demande Ormeau à Brique.

L'idée qu'ils sont peut-être armés lui traverse l'esprit.

– Oui. Juste au cas où.

– Au cas où *quoi* ? chuchote Ormeau.

Mais son camarade ne répond pas. Il se contente d'observer discrètement Argile dans le rétroviseur.

Agacé par ce silence et un peu gêné par la tension qui règne dans la voiture, Ormeau regarde dehors pendant tout le trajet en s'efforçant de se détendre, et en s'interrogeant sur cette histoire de patrouille. Comment pourrait-on les trouver ? Et que pourrait-on bien vouloir leur prendre ? Ils ne roulent pas sur l'or.

Ils passent devant la ferme d'apiculture, dont les propriétaires – un couple d'Allemands âgés, d'après Brique – élèvent des abeilles et vendent des bougies. Ormeau mémorise les panneaux indicateurs pour tenter de se situer. Il se passe dix bonnes minutes avant qu'ils voient autre chose que des arbres nus et des rues désertes.

– Ça, c'est la tour Bargo, déclare Brique en montrant quelque chose par la fenêtre.

Ils s'arrêtent à un feu rouge au bout de la rue. Une haute

tour de brique s'élève sur une éminence, juste à leur droite. Ormeau doit se recroqueviller dans son siège et lever la tête pour embrasser toute sa hauteur.

– Depuis le sommet, on voit entièrement la péninsule, ajoute Brique.

Ormeau, silencieux, prend mentalement des notes. Il remarque le panneau de la ville de Brutus, au pied de la colline.

Ils conduisent pendant encore au moins une demi-heure, traversent encore deux petites villes, et finissent par rouler au pas dans une zone résidentielle. Argile ralentit et éteint les phares.

– La famille qui habite cette maison n'est pas là de la semaine, dit-il en engageant la voiture dans une longue allée étroite.

Il ordonne aux pionniers d'entrouvrir leurs portières, afin de ne pas attirer l'attention et de ne faire aucun bruit, puis se gare devant une villa de taille moyenne, bien éloignée des autres habitations de la rue.

– Comment le sais-tu ? demande Ormeau tout en remarquant que la lumière intérieure du véhicule ne s'allume pas malgré l'ouverture des portes... comme si on avait retiré l'ampoule.

– Je l'avais à l'œil. (Argile désigne la façade.) Regarde : volets fermés, rideaux tirés, lumières éteintes, et un tas de journaux encore roulés sur les marches. Ils sont absents depuis lundi.

– Allons-y ! s'exclame Marguerite en tirant sa cagoule de ski sur son visage.

La tension s'est soudain évanouie, les autres suivent avec leur cagoule... tous sauf Ormeau.

– Allez, l'encourage Lys. Ce sera marrant. On donne à cette famille une chance de partager avec nous. C'est beau, tu ne trouves pas ?

Ormeau a envie de la croire, mais cela ne lui paraît toujours pas logique. Peut-être que cette famille n'a pas de surplus à donner. Peut-être arrive-t-elle tout juste à joindre les deux bouts.

– Regarde la maison, lui dit Argile. Elle est en parfait état. L'allée est ratissée. Pas un signe de peinture écaillée. Pas de bois pourri. Une couronne de Noël sur la porte. Ces gens-là, ça va pour eux.

Mais comment Argile peut-il voir tout cela dans le noir ? Il n'y a qu'un réverbère, et il est à plusieurs maisons de là.

– Je crois que je ne veux pas y aller, annonce finalement Ormeau qui se rappelle sa première effraction chez le couple de personnes âgées et la peur qu'il a ressentie au creux de l'estomac. Ça va si j'attends ici ?

– Non, rétorque sèchement Argile. Ça ne va pas.

– Mais ça allait, avant, hasarde Ormeau, de plus en plus troublé.

– *Avant*, tu avais au moins la volonté d'essayer. Tu es entré dans la maison. Ce n'était pas une décision aveugle. Maintenant, tu refuses de participer avant même d'avoir mis un pied à l'intérieur. Comment veux-tu apprendre nos usages pacifiques si tu te fermes à tout ce qu'on essaie de t'enseigner ?

Ormeau coule un regard vers Brique pour chercher du réconfort.

– Tu peux rester avec moi, lui assure ce dernier.

– Et avec moi ! ajoute Lys, rayonnante.

Elle pose la tête sur son épaule et le regarde en battant des paupières sous sa cagoule. Ce contact le rassérène un peu.

– D'accord. Je vous suis.

– C'est tout ce qu'on te demande, dit Argile en souriant avant de couper le contact et de rappeler à tout le monde de laisser les portières entrouvertes.

Ils se faufilent derrière la maison, où il fait encore plus noir. À l'aide de sa torche, Argile cherche une clé autour de la porte, vérifie sous le paillasson et passe les doigts au-dessus de la corniche.

– Trouvé ! chuchote Marguerite en brandissant la clé.

Elle était apparemment cachée dans le pot de fleurs au pied des marches.

Argile la lui prend des mains, ouvre la porte, et le groupe entre en refermant derrière lui.

– Bon. Vous connaissez les règles : soyez rapides, choisissez bien, et laissez les choses comme vous les avez trouvées. Parfois, ces gens sont tellement prêts à donner qu'ils ne remarquent même pas qu'il manque quelque chose.

Pendant que Marguerite et Lys enfilent rapidement le couloir et qu'Argile reste dans la cuisine, Ormeau emboîte le pas à Brique. Ils commencent par le salon. Brique dézippe son sac de sport et débranche le lecteur de DVD familial, comme un vieux professionnel.

– Tu n'es pas obligé de prendre quoi que ce soit si ça te met mal à l'aise, lui murmure-t-il à voix basse. Je raconterai que tu m'as aidé.

Il inspecte les tiroirs et fourre dans son sac une poignée de DVD, une télécommande et un lecteur de CD portatif.

Quelques instants plus tard, Lys entre dans la chambre, son sac déjà plein.

– Viens, souffle-t-elle à Ormeau.

Elle pose son sac, lui prend la main et l'entraîne dans le couloir, vers ce qui est apparemment la chambre à coucher des parents. Elle l'attire dans une penderie, allume la lumière et ferme la porte.

– Ils doivent être hyper-riches, dit-elle. Riches comme des stars de cinéma.

Elle retire sa cagoule de ski et attrape une étole en vison sur son cintre. Elle la fait glisser sur ses épaules et ajoute une toque en vison et un sac perlé orné de strass pour compléter sa silhouette.

– Je suis comment ?

Ormeau doit bien admettre qu'elle est plus belle que jamais. Ce ne sont pas les vêtements en soi ; c'est plutôt sa manière de les porter, son air ravi.

Lys attrape une écharpe d'homme, gris anthracite avec des surpiqûres noires. Elle débarrasse Ormeau de sa cagoule de ski, enroule l'écharpe autour de son cou et l'attire à elle en le regardant droit dans ses yeux bleu argenté tout en passant les doigts dans ses cheveux courts et noirs.

– C'était sincère, ce que je t'ai dit tout à l'heure, tu sais ? Je t'aime... de tout mon cœur.

Sur ces mots, elle l'embrasse : un baiser long et doux qui lui fait penser à du miel tiédi. Elle-même sent le miel, le pain perdu à la cannelle accompagné de sirop d'érable chaud. Ormeau se demande depuis quand il n'a pas goûté à quelque chose d'aussi merveilleux.

– On s'en va, annonce Marguerite en frappant à la porte.

Lys s'écarte de lui et se rembrunit.

– Je ne devrais pas prendre ça, hein ? hésite-t-elle en parlant des vêtements. Ce serait de la vanité de garder des choses aussi belles, et je n'aurais pas le cœur de les vendre.

– Sans doute.

– Mais ils ne s'en apercevraient peut-être pas...

– Et si tu prenais juste une chose ? lui propose Ormeau qui n'a qu'une envie : la voir de nouveau heureuse, la voir rayonner encore.

Lys sourit et lui redonne un baiser.

– Tu es une si belle âme ! Je n'ai jamais rencontré personne comme toi.

Elle range soigneusement l'étole et le sac sur leurs cintres mais conserve la toque, qu'elle fourre dans sa poche.

– Et toi, je veux que tu aies ceci, ajoute-t-elle en lui décrochant l'écharpe du cou.

Elle la met dans sa poche à lui et tous deux sortent de la penderie pour aller rejoindre les autres dans la cuisine, main dans la main, tout rougissants de bonheur.

Lucy

Après mon entretien avec le président Wallace, je rentre tout droit à la chambre et m'empare de mon bol de lavande. Je roule les fleurettes séchées entre les bouts de mes doigts et leur parfum sucré m'aide à me calmer quelque peu.

Mais ce n'est pas suffisant. Je détache mon amulette de mon cou. C'est une minuscule fiole vert émeraude en verre roulé par la mer, attachée à une chaîne en argent. Un cadeau de ma mère pour mon dernier anniversaire. Je retire le mini-bouchon de liège et verse quelques gouttelettes d'huile de lavande sur mon doigt. J'en frotte les points de pulsation de mon cou tout en souhaitant que la senteur familière apaise mes émotions.

Amber et Janie m'ont toutes les deux laissé un mot. Janie est à une réunion de son groupe religieux et Amber est partie à la chasse aux garçons. Je froisse les messages en imaginant Amber rôdant d'un étage à l'autre, la poitrine bien remontée par son soutif *push-up* et le derrière couvert d'un petit morceau d'imprimé fourrure, cherchant à attirer l'attention des mâles.

Et pourquoi pas ? N'est-ce pas ce qu'on est censé faire en fac ? S'amuser, rencontrer des têtes nouvelles, sortir avec toutes sortes d'apollons et faire la fête du jeudi soir au dimanche matin ?

Pendant ce temps, moi, je suis là. J'avale un de mes tranquillisants et m'étends sur mon lit, terriblement impatiente de m'endormir, de rêver d'eau... de voir si Jacob fera une apparition dans mes rêves.

Je passe les jours qui suivent au lit. Je ne me lève que pour piller les distributeurs de bonbons et de boissons dans le hall du dortoir, aller aux toilettes, reprendre des pilules et fuir la sainte colère d'Amber. Mais je ne fais pas le moindre rêve.

– Tu pues ! me crie Amber au quatrième jour de mon marathon de sommeil. Depuis quand tu ne t'es pas lavée ?

Pour toute réponse, je sors de mon tiroir un bâton d'encens au bois de rose. Je l'allume et agite la main pour diriger la fumée vers son côté de la chambre.

– C'est mieux, comme ça ?

– Janie ne veut même plus dormir ici. Ton odeur va achever de lui flinguer la cervelle. Elle dit qu'elle a eu la migraine toute la semaine à cause de toi.

Toujours couchée, je lui tourne le dos et remonte les couvertures par-dessus ma tête. Elle essaie de les tirer.

– Ne t'imagine pas que tu vas encore sécher les cours. Il est neuf heures. T'as pas cours à dix heures ?

Je hausse les épaules.

– Parfait. Juste le temps pour sortir tes fesses du pieu, prendre une douche et mettre des fringues propres. Tu peux piquer à Janie un Petit Filou Tub's en sortant ; on lui dira que c'est un rat qui l'a bouffé.

Gros soupir.

– Demain, peut-être. Je veux dormir, là.

– Tu plaisantes ? Ça fait des jours que tu comates.

– Laisse-moi tranquille.

Elle réussit à m'arracher mes couvertures.

– Tu tiens vraiment à rentrer chez toi ? Parce qu'à ce rythme, c'est exactement ce qui va se passer.

Je cherche à tâtons le flacon de tranquillisants caché sous mon oreiller et constate qu'il est vide. J'ai tout pris. Un mois entier de médicaments englouti en quelques jours. Je ne pourrai pas faire renouveler mon ordonnance avant deux semaines.

– Alors ? insiste-t-elle.

– J'ai déjà une mère, merci bien.

– Tu as parlé avec elle récemment ? Est-ce qu'elle sait que tu es en train de gâcher tes chances ici, que tu vas te faire virer sans même avoir mis les pieds en cours ? Non mais tu te rends compte ? À côté de toi, même moi je commence à passer pour une bonne élève !

Elle vient s'asseoir sur le coin de mon lit.

– C'est pour ça que le président voulait te voir l'autre jour ?

Je fais non de la tête et amorce un mouvement pour m'asseoir.

– Il veut que j'aide sa fille.

– Qu'est-ce qu'elle a ?

En soupirant, je lui raconte son petit plan de manipulation : comment il a intrigué pour que je vienne ici en m'attribuant une bourse.

– J'aurais dû me douter qu'il y avait quelque chose de louche, dis-je. Personne n'entre dans un endroit comme celui-ci avec les notes que j'ai eues au lycée.

– Moi, si ! claironne gaillardement Amber.

Je me mords les joues pour ne pas lui révéler que le Dr Wallace l'a mentionnée dans la conversation, qu'il m'a laissé entendre que son admission n'était due qu'à notre amitié.

– Et sa fille, donc ?

– Apparemment, elle fait des cauchemars.

– Des cauchemars comme les tiens ? Cadavres, mares de sang, petites filles chantant des vers flippants ?

Je confirme.

– Dommage pour elle, commente Amber.

Elle se penche vers le frigo et ouvre grand la porte pour passer en revue toutes les précieuses victuailles de Janie. Elle pique un Mister Freeze dans le compartiment congélateur, déchire l'emballage.

– Qu'est-ce que tu vas faire ?

– Comment ça ?

– Ben, tu vas l'aider ?

Je tire sur le drap qu'elle m'a laissé et me le remonte jusqu'au menton.

– Je peux à peine sortir de mon lit.

– « Je peux à peine » ou « j'en sortirai plus jamais » ?

– Ça veut dire quoi, ça ?

– Je vais être claire. (Elle brandit son Mister Freeze pour renforcer son effet.) Je t'aime comme une sœur et je sais que tu vas m'en vouloir – à tort – de te dire ça, mais tu es encore plus raplapla que cet été... comme Spidounet après une bonne nuit.

Elle me montre la poupée gonflable affalée sur son lit et me tend son glaçon à lécher.

– Un peu de sucre comme remontant ?

– Non merci.

Je remarque que sa langue et ses dents sont teints en rouge vif.

– Tu ne veux pas passer un petit coup de fil au Dr Atwood ? me suggère-t-elle. Tu n'es pas censée continuer ta thérapie ?

– Je n'ai pas forcément envie d'entendre la déception dans sa voix.

Amber soupire.

– Elle n'est pas la seule à être déçue, tu sais.

– Pourquoi tu dis ça ?

Elle hausse les épaules sans un mot.

J'insiste.

– Vas-y, déballe !

– C'est juste que... tu étais mon roc, Lucy, mon héroïne... la personne la plus courageuse que je connaissais. Quoi qu'il arrive, aussi stressant que ce soit... tu sauvais la situation. Tu en as gros sur la patate en ce moment, et je sais que ça prend du temps, mais c'est juste que... au lieu d'avancer, même un petit peu, on dirait que tu recules.

Je sens ma mâchoire se crisper.

– Eh bien, excuse-moi, mais devine quoi ? Je ne suis pas un super-héros ; je suis une vraie personne avec de vraies émotions et de vrais sentiments.

Je respire profondément pour tenter de dissoudre un peu de la tension qui me pèse sur la poitrine.

– Ce n'est pas ce que je voulais dire.

– Ah non ? Tu ne comprends pas ? Jacob a disparu...

– Oh non, pas encore ça ! me coupe-t-elle. Il est parti, Lucy, *parti*... ça signifie *mort*. Quand est-ce que tu vas comprendre ?

Je réprime mon envie de me boucher les oreilles.

– Mais toi, tu es encore là, poursuit-elle. Et moi aussi. Et je veux t'aider ; je veux que tu surmontes tout ça.

Je fuis son regard.

– Je n'ai vraiment aucune envie de parler maintenant.

– Je regrette, Lucy. Je veux juste que tu ailles mieux.

Cette fois je la regarde bien en face, et je réponds fermement.

– Non. C'est moi qui regrette. Tout. Je regrette d'être venue ici. Je regrette de ne pas pouvoir être une héroïne pour toi, une belle réussite pour le Dr Atwood, une fille parfaite pour ma mère, et maintenant, un *sauveur* pour la fille du président Wallace.

– Lucy...

– Fous-moi la paix.

Je me recouche en tirant le drap par-dessus ma tête pour ne plus la voir. La seule chose qu'il me reste à faire, c'est me rendormir... et essayer, une fois de plus, de retrouver Jacob dans mes rêves.

Lucy

Après le départ d'Amber, je me tourne et me retourne dans mon lit. J'essaie de me rendormir, mais en vain. Je ne peux pas m'empêcher de penser à tout ce qu'elle a dit : que j'avais été son héroïne, la personne la plus courageuse qu'elle connaissait, et qu'à présent ce rôle n'est plus le mien, que je le veuille ou non.

Je m'assois dans mon lit. J'aimerais bien avoir un de mes petits amis les tranquillisants pour m'aider à sauter l'obstacle, mais je n'en ai pas. Et je décide donc de faire la seule chose à laquelle je ne me sois pas encore risquée depuis que j'ai mis les pieds sur ce campus... la chose la plus courageuse que je puisse imaginer.

Je vais en cours.

S'il faut en croire mon emploi du temps, j'ai sciences de la vie dans trois quarts d'heure. Je repêche un sweat-shirt et un jean propres dans ma valise, que je n'ai pas encore défaite, et fonce dans le couloir pour aller me doucher et me brosser les dents ; en chemin, je manque renverser une fille qui correspond à la description de Sauge, l'ancienne coloc de Janie. Une caricature ambulante : vêtements noirs, cheveux noirs, teint blafard, des tonnes de maquillage noir sur les yeux et une ribambelle de bijoux en argent. Son look stéréotypé me pousse à me demander si c'est une de ces filles qui rêvent de faire de la Wicca, de celles qui ne connaissent quasiment rien à cet art mais trouvent que ce serait cool de le pratiquer quand même. Y a-t-il seulement du vrai dans toutes les rumeurs qui courent sur elle ?

Moins de quarante minutes plus tard, je franchis en courant les portes du bâtiment des sciences. Le labo est plein à craquer : au moins trente étudiants feuillettent des cahiers, pointent le doigt sur des schémas dans leurs livres et se testent à l'aide de fiches de questions. Je m'installe à l'une des deux seules places libres, vers le fond.

Je me renseigne auprès de la fille assise à côté de moi.

– C'est quoi, cette frénésie de révisions ?

Elle arrondit son sourcil orné d'un piercing.

– Tu plaisantes ? C'est le jour de l'interro.

Une interro ? Quelle interro ?

– Mais ce n'est que le troisième cours !

– C'était prévu au programme.

Formidable. Je me mordille la lèvre inférieure en me retenant de cacher mon visage entre mes mains. La fille a dû remarquer mes sueurs froides : elle émet un petit ricanement sadique en haussant encore un peu plus son piercing.

– C'est sur quoi ? dis-je.

Elle me montre une fiche de révisions intitulée « La membrane cytoplasmique ». On y voit deux rangées de cercles avec des zigouigouis pris en sandwich entre les deux, et une sorte de cheeseburger de traviole au milieu.

J'en reste comme deux ronds de flan.

– Qu'est-ce que c'est que ça ?

– Tu n'as pas lu le chapitre sur les lipides et les protides ? Il va aussi nous interroger sur toute l'enveloppe nucléaire.

Hein ? Je déglutis. J'ai un poids sur la poitrine.

Je regarde en coin le professeur, qui sort un livre et des notes d'un cartable en cuir patiné. Je tente d'évaluer mes chances qu'il se montre compréhensif envers ma récente crise d'absentéisme aigu. Comme il a l'air plutôt jeune – moins de trente ans en tout cas –, je me dis que ce doit être un de ces assistants qui remplacent souvent le vrai prof et corrigent les copies, en échange d'une petite augmentation et d'une recommandation sur leur CV.

Je m'approche de son bureau.

– Excusez-moi... vous êtes l'assistant du professeur Rosin ?

Il s'interrompt dans le déballage de ses affaires pour lever la tête vers moi ; ses petits yeux disparaissent presque derrière une paire de lunettes noires à monture carrée.

– Non.

Il fait craquer sa mâchoire et regarde sa montre.

– Question suivante ?

– Professeur Rosin ?

Cette fois, j'ai carrément des sueurs froides.

– Muller, me corrige-t-il en se remettant à sortir ses livres. Dr Wayne Muller... sauf erreur de ma part.

– C'est ça.

Un coup d'œil sur mon emploi du temps m'apprend que Rosin est, en fait, le nom de mon prof d'anglais.

– Bien, euh, je m'appelle Lucy Brown. J'ai été malade toute la semaine... c'est pour cela que j'étais absente.

Au lieu de me répondre, le Dr Muller me tourne le dos pour écrire quelque chose au tableau.

– Je crois comprendre qu'il y a une interrogation aujourd'hui, dis-je encore, d'une voix que la nervosité fait légèrement couiner.

– Vous avez bien compris, Miss Brown.

Il trace le sujet du jour à la craie.

– Alors je me demandais si je ne pourrais pas passer l'épreuve une autre fois... vu mon absence. Vous comprenez, je n'ai même pas le programme.

Il se retourne pour me faire face. Ses lèvres blanchâtres s'étirent pour former un petit rictus menaçant.

– Vous n'êtes plus au lycée, Miss Brown. Ici, c'est « marche ou crève ».

Il sort un programme de sa serviette et le pousse vers moi.

Qu'est-ce qu'il a dit ?

– Pas de bouées de sauvetage, ici.

Muller me tourne de nouveau le dos comme pour graver dans le marbre l'évidence : je suis complètement foutue et je le hais cordialement.

Ensuite, il distribue le sujet de l'interro : une longue liste de mots que je n'ai jamais vus : *chromatine, nucléoplasme, nucléole...* Je jette un regard rapide vers la fille au piercing, qui répond à la vitesse de l'éclair : il me semble qu'elle en est déjà au verso de la feuille.

J'inscris mon nom, rends copie blanche et sors, les joues en feu.

Mes autres cours du jour ne se passent pas beaucoup mieux. Il fallait rendre un court texte personnel en anglais – encore un zéro pointé – et évidemment je n'ai pas résumé les deux premiers chapitres de mon cours d'initiation à la santé holistique, pas plus que je n'ai tapé en simple interligne les réponses aux questions de révision figurant en fin d'ouvrage.

Ce n'est plus un poids que j'ai sur la poitrine, c'est une enclume. Apparemment, la plupart des professeurs de cette fac sont de grands adeptes du « marche ou crève »... alors que moi, c'est à peine si je tiens debout.

Lucy

Je rentre tout droit au dortoir et réussis presque à ne parler à personne. Mais à mi-hauteur des marches de notre bâtiment, j'entends qu'on m'appelle par mon nom. Je me retourne et avise un type, au milieu d'une troupe de filles, qui me fait un grand sourire.

– Tu as failli me renverser, dit-il en s'éloignant un peu de ses groupies.

Je le regarde sans comprendre pourquoi il s'adresse à moi : je ne le situe pas du tout.

– Tim, me rappelle-t-il.

– Ah, oui !

Ça y est, ça me revient : c'est le type de l'autre jour, avec ses fringues Gap, ses cheveux châtains coiffés au gel, celui qui m'a indiqué le chemin du bâtiment Ketcher.

– Où vas-tu comme ça ?

– Dans ma chambre.

Il me semble que c'est évident.

– Tu ne veux pas manger un morceau d'abord ?

– *Manger ?*

Comme si le mot m'était aussi étranger que *chromatine* ou *nucléoplasme*.

Je lorgne la bande de filles avec qui il était. Il les a subitement oubliées, ou quoi ? L'une d'elles m'observe les bras croisés. Son visage archi-maquillé n'est pas franchement avenant.

– Manger, répète Tim. (Son sourire s'élargit et il repousse sa casquette en arrière.) Tu ne manges jamais ? La serveuse de la cafèt' m'a à la bonne, elle me garde toujours des petits plats tout chauds.

– Bien sûr.

– Super ! Allons-y.

– Non. Je veux dire, non.

Il tord le nez, l'air perplexe.

– Enfin si... oui oui... Je mange... tout le temps, en fait. Mais pas maintenant. J'ai pas mal de cours à rattraper.

– Ça ne se fait pas le ventre vide.

– Nous les filles, on peut survivre rien qu'en grignotant.

– Tu sais de quoi tu parles, on dirait.

– Curly et Oreo... mon alimentation de base quand j'étais au lycée.

– Tu parles d'un régime diététique !

– Je n'ai pas le temps pour autre chose... du moins si je veux tenir plus d'une semaine en fac.

– Bon, alors on peut prendre date ? On pourrait aller dîner un de ces soirs ? (Il marque un silence, regarde par-dessus son épaule droite, puis la gauche.) Je ne voulais pas en parler, mais ils m'ont aussi à la bonne chez *Pizza Prison*, en face. Une double calzone du criminel pâte croustillante avec un peu de pain à l'ail du perceur de coffres-forts, ça te dirait ?

J'éclate de rire.

– Pardon ?

– Je parie que tu n'as encore jamais mangé là-bas.

J'avoue mon ignorance.

– Alors, ça te tente ?

Je prends un instant pour observer son grand sourire, les petits plis aux coins de ses yeux bruns et doux, sa manière attendrissante de passer timidement d'un pied sur l'autre.

– J'ai un copain, dis-je au bout d'un moment.

Il recule d'un pas.

– Ah. Pardon, je ne voulais pas...

– Non, pas de problème. Bon, faut que j'y aille.

Je tourne les talons et je m'en vais, comme ça. Je me fais l'effet d'une imbécile irrécupérable. C'est simplement... je ne sais pas, trop bizarre et gênant... trop intime, familier. Et je suis loin d'être prête pour la familiarité.

Je monte jusqu'à notre étage, le troisième, et croise de nouveau Sauge. Elle porte un panier de linge. Son pentacle en argent, suspendu à une grosse chaîne autour de son cou, me rappelle ce que je représente aux yeux des autres. Je me dis que ce serait idiot de la juger sur ses fringues ou sur des rumeurs.

Je la salue à tout hasard.

Elle me remarque avec un temps de retard, comme si elle était étonnée que je lui parle. Avec un bref signe de tête, elle passe son chemin.

Arrivée à ma chambre, je m'empare de mes produits de toilette – y compris un flacon d'huile d'eucalyptus pour me débarrasser de toute cette angoisse, et du vinaigre de cidre pour sa capacité à purifier l'esprit – et reprends le couloir pour me rendre à la salle de bains. Ma grand-mère, qui m'a enseigné l'essentiel de mes connaissances en magie populaire, insistait toujours sur l'importance de la purification du corps lorsqu'on se prépare à faire un sort. Celui que je veux accomplir cet après-midi tourne autour de l'idée de réparation : j'ai besoin de commencer à rassembler les fragments de ma vie.

Après trente-cinq bonnes minutes d'extase sous une douche d'eau brûlante mêlée à des vapeurs d'eucalyptus et de cidre, j'enfile mon uniforme de révisions (mon pyjama en pilou préféré) et regagne ma chambre. Janie est là ; assise sur ses draps roses à volutes, elle se vernit les ongles de pieds en rose fraise assorti.

– Salut, lui dis-je.

Elle m'adresse un sourire forcé. Visiblement, elle n'est plus d'humeur à partager ses autocollants.

– Une certaine Drea a appelé, elle voulait te parler.

– Merci.

En tendant la main vers le téléphone, je me sens un peu coupable de ne pas l'avoir rappelée plus tôt. Mais Janie m'arrête.

– Elle m'a dit qu'elle sortait. Elle te rappellera à son retour.

Je repose le téléphone sur le bureau, un peu déçue... un peu esseulée, peut-être.

– C'était comment, ton club de religion ?

Janie hausse une épaule.

– Pas mal.

– Vous parlez de quoi, là-dedans ?

– De toutes sortes de choses. De ce qui nous arrive, de ce qu'on traverse, des parents, des pressions, de Dieu...

– Tu sais, les sorcières aussi croient en Dieu.

Elle soupire pour bien me montrer qu'elle n'a aucune envie de s'engager sur ce terrain, puis change de sujet.

– Amber et moi, on s'est beaucoup inquiétées pour toi ces derniers jours.

– Je sais. Désolée. Mais j'ai pas mal de soucis en ce moment.

– C'est ce qu'elle m'a dit, lâche-t-elle tout en effaçant délicatement une bavure de vernis à l'aide d'un coton imprégné de dissolvant.

– Elle t'a dit pour Jacob ?

Janie s'arrête pour me regarder.

– Ça ne pose pas de problème, au moins ?

Je fais signe que non et détourne les yeux... vers ma réserve de matériel de magie.

– En tout cas, si tu as besoin d'en parler un jour, je sais bien écouter, tu sais. Mes amies me le disent tout le temps.

J'essaie de m'imaginer me livrant à Miss Stickers, mais sans succès. Il n'y a qu'à voir le collage qu'elle a réalisé et affiché au mur. Une ribambelle de chats et chatons découpés dans des magazines, avec une inscription en rose vif : « Bienvenue par Minou ! » Mais je culpabilise un peu : à l'évidence, elle fait ce qu'elle peut pour être sympa.

– Ça fait du bien de te voir enfin propre, ajoute-t-elle d'un ton encourageant. Ça commençait à sentir la vieille chaussette, par ici.

Bon, *sympa* n'est peut-être pas le mot juste. J'arrive à composer un petit sourire. Je me rappelle Amber me disant que ma puanteur donnait la migraine à Janie. Je pourrais faire brûler un peu d'huile de foie de morue, histoire de lui donner de *bonnes* raisons d'avoir mal à la tête ! Mais je respire à fond en me remémorant la règle des trois : tout ce que j'envoie dans l'univers me reviendra au triple. La dernière chose dont j'aie besoin en ce moment, c'est un mal de crâne carabiné pour couronner tout le reste.

Je prends du matériel de magie dans ma valise – un plateau-repas en plastique, un paquet de terre à modeler sans cuisson, un stylo et une feuille de papier, une éponge, un bocal d'eau de pluie baignée dans le clair de lune – et pose l'album de famille par terre à côté de moi. C'est un gros cahier aux pages jaunies, tachées de gouttelettes de cire durcie dans les coins, qui se transmet dans ma famille de génération en génération. Il contient tout un assortiment d'éléments jetés pêle-mêle – sorts, remèdes de grand-mère, poèmes aimés, recettes de fête –, tous écrits par des femmes de ma famille qui, comme moi, avaient un don pour la voyance.

Je tourne les pages jusqu'à un sort rédigé par Kayleigh, la cousine germaine de mon arrière-arrière-grand-mère. Puis je pose le plateau, étale le matériel dessus et déballe la terre à modeler.

– C'est pour un cours d'arts plastiques ? me demande Janie.

– Pas tout à fait.

Elle rebouche son flacon de vernis.

– Minute. Tu ne vas quand même pas faire la sorcière *ici*, hein ? Déjà que je n'aime pas trop ces pratiques...

– Je fais de la magie, dis-je en allumant un bâton d'encens et en le plaçant sur son support. De la vraie, pas comme dans *Charmed*.

– Et alors ?

– Je l'utilise de manière positive : pour être plus clairvoyante, pour aider les autres. Je ne fais de mal à personne et je ne profane pas les cimetières, même pour voler les fleurs du parterre.

Elle croise les doigts et regarde ailleurs comme si le seul fait de nous voir, moi et mes sorts, risquait de la changer en pierre.

– Je n'y crois pas, c'est tout.

– Eh bien, que tu y croies ou non, ça existe.

– Non, je veux dire que c'est contraire à mes convictions.

Je perds patience.

– Écoute. J'irais bien exécuter mon sort dehors, mais il fait moins trente – ou tout comme – et je n'ai nulle part où aller.

Je passe mes outils de potier improvisés – une fourchette en plastique, une cuillère en bois et un demi-étui à CD cassé – dans la fumée d'encens pour les charger. Puis je prends mon amas de cristaux sur ma table de nuit et le serre dans ma paume.

– J'habite ici aussi, au cas où tu l'aurais oublié, me rappelle-t-elle sèchement.

– Janie, ce n'est pas ce que tu crois. Tu serais étonnée, si tu savais. Nous avons sûrement beaucoup plus de points communs que tu ne le penses, en termes de croyances.

– J'en doute.

Elle farfouille dans son sac à main couvert de pastèques hilares autocollantes, à la recherche de son portable.

– Je m'en vais, bougonne-t-elle.

Elle sort en composant un numéro et claque la porte derrière elle.

Son départ constitue une nette amélioration, car de toute manière une telle négativité ne pouvait que gâcher mon sortilège. J'exhale une longue bouffée d'air pour me purifier, puis prends le bâton d'encens fumant et le fais tourner trois fois au-dessus de mon matériel étalé. Cela pour clarifier l'atmosphère et créer un espace sacré. Les volutes de fumée grise s'attardent au-dessus de la zone et emplissent la pièce d'un parfum de citronnelle qui me rappelle immédiatement Jacob. Je contemple le cristal dans ma main et me souviens qu'il me l'a donné pour me protéger... en me promettant que nous serions toujours ensemble. Et pourtant, je me sens si absolument seule...

Je consulte de nouveau l'album. Kayleigh suggère de représenter son problème en terre à modeler, puis de l'aplatir comme une crêpe jusqu'à le contrôler entièrement. Je pose le cristal et plonge mon éponge dans l'eau de pluie. Je mouille la terre jusqu'à ce qu'elle soit complètement imprégnée. L'humidité la ramollit, ce qui me permet d'arrondir les angles et de la travailler jusqu'au centre. Après plusieurs minutes de pétrissage et de modelage, la masse grise et fraîche est souple sous mes doigts et je peux l'aplatir.

Sauf que je suis bien consciente d'une chose : il me faudra bien plus qu'un tas de glaise pour résoudre mon problème. Je ferme les yeux et sens mes larmes, chaudes comme de la cire, couler dans les creux de mon visage et tomber sur ma crêpe d'argile. Honnêtement, je ne sais pas si je serai jamais capable de tourner la page. Mais comme le dit Amber, je me dois d'essayer. Il faut que je reconstruise les murs de mon univers avant que les fondations ne se fendillent et qu'il ne reste plus rien.

Concentrée sur ma respiration, je détache un morceau de terre à modeler que je roule entre mes paumes pour former un colombin. Je le pose sur la base et en ajoute d'autres, que je superpose pour former les parois d'une sorte de vase.

– Que ces murs restent droits et forts, dis-je tout bas, et que mon univers perdure encore. Où trouver la force, je ne sais pas ; mais la vie continue, je ne l'oublie pas. Béni soit le chemin.

Je passe la fumée d'encens au-dessus de mon vase en me focalisant sur l'idée de reconstruction. Puis je prends le stylo et le papier, sur lequel j'écris ma question : « QUE DOIS-JE FAIRE POUR QUE MA VIE REPRENNE SON COURS ? » Je plie le papier et le dépose dans le vase. J'espère que mon rêve de ce soir m'apportera la réponse.

Ormeau

Ormeau se réveille en sursaut et se redresse sur son séant, le cœur tambourinant. Brique et les autres dorment toujours. Le réveil indique cinq heures du matin ; il a encore une heure devant lui avant de se lever. Mais comment pourrait-il se rendormir alors qu'il tremble comme une feuille ?

Il ramasse un crayon et un papier par terre, à côté de son lit, et trace les mots : *« À Candace, pour toujours, avec mon amour. »* Comme dans la montre de gousset trouvée chez les petits vieux. Pourquoi a-t-il rêvé de cette phrase, pourquoi le tourmente-t-elle autant ? Pendant son sommeil, il n'a cessé de l'entendre en boucle dans sa tête, de plus en plus fort, jusqu'à ce qu'elle soit insupportable au point de l'éveiller.

Connaît-il Candace d'une manière ou d'une autre ? L'a-t-il connue en un lieu dont il ne se souvient plus ?

Son amnésie l'exaspère. Mais en même temps, il est heureux d'avoir perdu la mémoire. À part sa vie au camp ces derniers mois, il ne se rappelle rien. Maçon dit que c'est parce que son passé est tellement horrible que son cerveau essaie de le protéger en lui cachant tout. Il a vaguement fait allusion à son errance dans les rues, à une maladie qui a failli lui être fatale, à un séjour en prison, à la mendicité constante, pour de la nourriture et de l'argent. Maçon lui a aussi assuré qu'il était bien mieux sans ces souvenirs, que des détails aussi affreux lui auraient encore davantage bloqué le cerveau.

Mais à présent, il veut savoir.

Il prend une nouvelle feuille de papier et y trace un point d'interrogation. Son esprit risque-t-il de se détériorer entièrement, irrémédiablement ? Il plie les deux papiers et les glisse sous son oreiller, à côté de la pierre au pentacle, en priant silencieusement pour que ses souvenirs lui reviennent.

Moins d'une heure plus tard, il se réveille de nouveau – tout ragaillardi, cette fois.

Il a rêvé de Lys.

C'était bon de la voir si heureuse hier soir, de sentir son corps contre lui et de la toucher ainsi. Cela rendait presque ce qu'ils étaient en train de faire – selon Argile, Maçon et les autres, non pas voler mais fournir à des gens aisés une occasion de donner alors qu'ils ne l'auraient sans doute pas fait spontanément – moins rude... plus acceptable.

Presque.

L'étincelle dans les yeux de Lys quand elle s'est drapée dans l'étole en vison et s'est coiffée de la toque lui a remué le cœur. Ormeau se demande si les propriétaires apprécient ces objets autant qu'elle. Il ferme les yeux, se remémore leur baiser, et ses lèvres le chatouillent rien que d'y penser.

– L'heure du petit déj' est avancée, ce matin, grommelle Brique d'une voix ensommeillée en se levant. On a intérêt à se dépêcher.

Son lit est juste en face de celui d'Ormeau. La pièce est plutôt grande, suffisamment en tout cas pour loger six lits, deux commodes et une armoire. Il y a aussi un débarras dans une petite pièce attenante, mais comme en général les pionniers n'ont pas de besoins matériels excessifs, la place n'est pas vraiment utilisée.

Ormeau et Brique partagent le baraquement avec trois autres garçons : Sarcelle, Chêne et Horizon. Tous les trois ont quelques années de moins que Brique – environ treize ans – et sont inséparables. Ormeau imagine qu'il doit avoir au moins quatre ou cinq ans de plus que les garçons ; dix-sept ou dix-huit ans sans doute, comme le lui apprend son reflet. Quand ils l'ont trouvé dans la rue, il n'avait aucune pièce d'identité, et l'âge semble avoir de moins en moins d'importance au camp.

Ormeau répond à Brique d'un signe de tête. Il sait qu'il faut qu'il se prépare. Aujourd'hui, c'est jour de troc et Maçon aime partir à temps. Pendant que Brique rassemble des vêtements propres et des articles de toilette pour aller prendre sa douche, et que Sarcelle, Chêne et Horizon restent au lit pour profiter de leurs derniers instants de sommeil, Ormeau récupère les papiers pliés sous son oreiller, la tête bourdonnante de questions. Il sait qu'il a fait un sort hier soir, mais il ignore absolument pourquoi. Comment est-il possible qu'il s'y connaisse en magie ?

Il serre les paupières, concentré sur les feuilles de papier qu'il presse dans ses paumes pour en sentir le grain. Et là, il se rappelle autre chose de son rêve, quelque chose dans le cou de Lys. C'était un grain de beauté, ou une sorte de tache. En forme de X.

Ormeau

Ormeau, Brique, Lys, Argile et Marguerite s'entassent à l'arrière du minibus, tandis que Maçon et Pluie s'assoient à l'avant. C'est Maçon qui conduit. Ils prennent la route du champ de foire. Tous les mois environ, des communautés pacifiques du même genre que la leur se retrouvent pour échanger de la nourriture, du matériel et des services. C'est une sorte de grand marché aux puces sauf que l'argent n'y a pas cours, puisqu'il est considéré comme l'un des plus grands péchés de l'humanité : la source de la cupidité, à utiliser uniquement en cas de nécessité absolue.

– On a passé une sacrée nuit, dit Lys avec un petit rire en regardant vers Ormeau.

Ce dernier a un léger sourire qui n'échappe pas à Argile, et détourne les yeux.

– Une nuit *formidable*, renchérit Argile. Rapide, facile... l'esprit de groupe a bien fonctionné.

– Et n'oublions pas Ormeau, roucoule Lys.

– Bien sûr. Il a fait preuve de bravoure et d'ouverture d'esprit. Nous devrions tous être aussi courageux que lui.

– Absolument, approuve Maçon en faisant à Ormeau un signe du menton dans le rétroviseur. On m'a raconté que la nuit avait été un succès total.

Lys émet un nouveau gloussement. Maçon fronce le sourcil. Ormeau jette un coup d'œil à la jeune fille. Encore troublé par son rêve, il se demande si sous son écharpe tricotée elle porte réellement dans le cou une marque en X.

Lui aussi a une écharpe. Sous son manteau, il porte celle, en laine, que Lys lui a fait prendre hier soir. Il aimerait savoir si elle sent qu'il la porte, puis s'interroge : pourquoi devrait-il s'en soucier ?

– Tu vas troquer le collier en platine ? demande Brique à Argile. Je me demande ce qu'on pourrait en tirer.

– Quel collier ?

– Le cœur en platine d'hier soir. Celui qui était dans un coffret en velours... dans la boîte à bijoux de la femme.

– Je ne l'ai pas pris, répond Argile. Ses initiales étaient gravées dessus : c'est beaucoup plus difficile à fourguer dans ce cas... Et puis j'ai pensé qu'il avait une valeur sentimentale.

Maçon observe Argile dans le rétroviseur sans en perdre une miette.

– Sage décision, conclut-il après un silence, en prenant la main de Pluie. Se servir sans penser à la valeur sentimentale d'un objet pour son propriétaire, c'est aller contre tout ce que nous essayons de faire.

– C'est-à-dire offrir aux gens une chance de donner, récite Marguerite.

Elle pose la tête sur l'épaule de Brique, le visage en partie caché par ses bouclettes rousses.

– Très bien, la félicite Maçon.

Le reste du trajet s'effectue en silence. Ormeau est soulagé de ne pas avoir pris la montre chez le vieux couple, puisqu'ils y sont sans aucun doute attachés. Mais il n'est toujours pas entièrement convaincu par la philosophie du camp. Qu'est-ce qui leur donne, à eux, le droit de décider de la valeur des possessions des autres ? Il ne trouve pas cela logique.

Il regarde par la vitre la tour Bargo qu'ils sont en train de dépasser. Ils entrent dans une petite ville nommée Dalmouth, qui semble déjà avoir un peu plus d'avenir que Brutus. Ormeau continue de noter mentalement ce qui l'entoure. Il y a un moulin à vent au centre de Dalmouth, ainsi qu'un alignement de boutiques : *Bagels-Plage* ; *La Coquille du Cap* ; *Glagla à Gogo*, un marchand de glaces ; et *Le Raz-de-Bonbons*, une confiserie. Toutes les rues sont pavées de brique au lieu d'être goudronnées. L'aspect vieillot de la ville le rend nostalgique, comme s'il y était déjà venu.

Ils roulent encore un moment, bien au-delà du centre-ville, et le paysage est de plus en plus désolé. Des deux côtés s'étire une vaste étendue de prairies non cultivées – des terres en jachère, peut-être. Ils prennent encore quelques rues et atteignent enfin le champ de foire, qui est presque complètement occupé.

Les troqueurs forment quatre longues rangées. Ils ont étalé des cartons et des couvertures sur la terre gelée pour exposer leurs babioles et proposer leurs services.

Ormeau et les pionniers installent leur stand. Lys offre ses services de tressage de cheveux et de massage des épaules pendant que Maçon et Pluie échangent les bijoux fantaisie acquis au cours de leurs campagnes nocturnes, et que Marguerite troque des pulls et des manteaux ainsi que tous les ustensiles domestiques qu'ils n'ont pas pu mettre au clou.

Brique et Ormeau, eux, sont chargés d'arpenter les allées en observant les échanges pour faire leur rapport au groupe sur les affaires du jour. Agile les suit à quelques mètres, hors de portée de voix.

– Qu'est-ce qu'il fait ? demande Ormeau.

Brique a un mouvement d'impatience.

– Maçon a dû lui dire de nous garder à l'œil. Pour qu'on ne s'attire pas d'ennuis.

– Quel genre d'ennuis ?

– Je n'en sais rien. Ils veulent éviter qu'on se barre ou qu'on fasse quelque chose de bizarre, sans doute.

Ormeau jette un regard par-dessus son épaule. Il semble qu'Argile ait légèrement ralenti pour leur laisser de l'avance.

– Ne prête pas attention à lui, dit Brique. Moi, c'est ce que j'essaie de faire.

Ormeau suit son conseil. Ils enfilent l'une des longues allées, impressionnés par la variété des biens à échanger. C'est la deuxième fois qu'Ormeau vient à la foire. Brique, quant à lui, ne compte plus ses visites. Mais tous deux s'émerveillent de l'abondance du choix : tirage de cartes et lecture des lignes de la main, manucure et teinture de cheveux, plaids en patchwork cousus main, bols en bois, coquillages exotiques, victuailles en tout genre.

Ils passent devant un groupe de jeunes filles qui s'attachent mutuellement dans le dos des ailes d'ange, étincelantes de blancheur.

– Tes ailes sont cassées ? crie l'une d'elles à Ormeau.

Il s'arrête un instant puis s'approche tout en remarquant

que chaque paire d'ailes est unique, que toutes se différencient par leur forme : pointues, arrondies, ondulées, quelques-unes ajourées en losanges.

– Je ne crois pas, dit-il enfin.

Il se retourne vers Argile, qui les observe à quelques tables de là.

– Je peux ? s'enquiert la fille.

Elle inspecte son dos en passant la main sur ses épaules.

– Qu'est-ce qu'il t'est arrivé ? lui demande-t-elle en lui faisant faire demi-tour.

Ormeau se décompose, troublé.

– Tes ailes ne sont pas seulement cassées, lui explique-t-elle d'une voix étranglée. Elles sont anéanties.

Ses compagnes secouent la tête avec compassion.

– Il arrive que des ailes se brisent ainsi, continue-t-elle, mais en général seulement après un événement terrible : un amour perdu, une mort évitée de justesse, une maladie soudaine... Tu as été malade ?

– Je crois.

Les filles approuvent sans s'étonner.

– Alors il te faudra des ailes temporaires jusqu'à ta guérison. Je crois que j'en ai une paire qui sera parfaite.

Elle fouille dans un coffre posé derrière elle et trouve au fond une paire toute simple, aux lignes pures, sans fioritures. Elle les tient devant lui.

– Voilà. Et toi, qu'as-tu à donner en échange ?

– Je reviendrai peut-être plus tard.

Ormeau cherche un soutien de la part de Brique, qui reste inexpressif.

– Eh bien, n'attends pas trop longtemps, lui répond la fille. Le monde est dangereux pour toi sans tes ailes.

Il hoche la tête et s'en va avec Brique. Argile les suit toujours à quelques pas.

– Tu es sûr que tu n'en veux pas une paire ? insiste Brique.

– Tu rigoles ?

Ormeau scrute son expression pour voir s'il plaisante, mais il est toujours aussi impassible.

– Pourquoi pas ? Elle voit peut-être quelque chose dans ton passé. Tu ne crois pas que certaines personnes ont un sixième sens ?

Ormeau réfléchit et doit s'avouer qu'il est bien obligé d'y croire. Sinon, tout à l'heure dans la voiture, pourquoi se serait-il demandé si Lys savait qu'il portait l'écharpe en laine sous son manteau ?

– Et toi, tu sens des choses ?

– J'essaie.

– Comment ça ?

Brique jette un regard en arrière pour voir ce que fait Argile. Celui-ci s'est soudain arrêté et parle à des gens à l'une des tables.

– Tu sais garder un secret ?

Ormeau opine.

– Dans la voiture, chuchote Brique, quand Argile a prétendu qu'il n'avait pas pris ce collier en platine, j'ai senti qu'il mentait.

– Tu es sérieux ?

– Oublie tout. J'ai dépassé les bornes. Je t'en prie... pardonne-moi.

– Bien sûr, dit Ormeau.

Mais les questions se bousculent sous son crâne.

– Je me suis entraîné à développer mes sens, par la méditation, les sorts, ce genre de choses, poursuit Brique. Mais parfois, cela se retourne contre moi et mon imagination me joue des tours. J'aurais mieux fait de ne rien dire. Argile est bon. Je t'en prie, ne répète rien de tout ça. Tu me le promets ?

Ormeau promet, de plus en plus troublé. Ils retournent vers le stand du groupe en s'éloignant d'Argile, qui discute toujours à une table chargée de fromages.

Alors qu'ils ne sont plus qu'à quelques mètres de leurs camarades, Ormeau attire Brique sur le côté.

– Tu crois vraiment qu'il y a une chance pour que cette fille ait senti des choses sur mon passé ?

– Peut-être. S'il est aussi horrible que le dit Maçon... elle l'a peut-être perçu. Moi aussi, parfois, j'ai la sensation qu'on sait des choses sur moi.

– Qui ça ?

– Aucune idée, mais j'ai l'impression d'avoir un ange gardien quelque part.

D'une certaine manière, Ormeau comprend exactement ce que veut dire Brique. Il jette un coup d'œil vers le stand des ailes d'ange, soudain pris d'une forte envie de retourner parler à cette fille, de la questionner sur son passé. Mais il ne la voit plus, ni son stand, parmi tous les autres troqueurs. Et puis quelle explication donnerait-il à Argile ? Il continue de regarder autour de lui avec angoisse, dans toutes les directions, et finit par trouver Lys, Marguerite et Maçon. Ils lui font signe de revenir à leur stand, avec Brique. C'est là qu'est leur place.

Lucy

Je me retourne dans mon lit et cherche à tâtons l'amas de cristaux sous mon oreiller. Quelques secondes plus tard, le téléphone sonne. Puisque de toute manière je n'arrive pas à dormir, j'attrape le combiné sur ma table de nuit en espérant que c'est Drea au bout du fil.

– Lucy ? demande une voix féminine.

– Oui. Qui est-ce ?

Je m'assois dans mon lit et allume ma lampe de chevet, remarquant au passage que je suis seule : les lits d'Amber et Janie sont vides. La fenêtre, du côté de Janie, est mal fermée, ce qui fait claquer le store contre l'encadrement.

– Allô ?

Toujours pas de réponse.

J'entends mon interlocutrice respirer à l'autre bout. Je me redresse encore pour regarder l'heure : trois heures du matin.

– Qui est-ce ?

Le store cogne toujours contre la fenêtre et l'air glacial de janvier qui pénètre dans la chambre me fait frissonner.

– Je sais que tu es seule, chuchote la voix.

– Janie ?

Me ferait-elle une mauvaise blague parce que mon sort de tout à l'heure l'a mise hors d'elle ?

– Tu es bien seule, n'est-ce pas, Lucy ?

Je parcours la chambre des yeux, sûre qu'on ne peut me voir que par la fenêtre, quand le courant d'air écarte le store.

– J'attends...

– Dites-moi qui vous êtes ou je raccroche.

– Tu ne vas pas faire ça, susurre-t-elle.

Eh bien si, c'est exactement ce que je fais. Je repose violemment le combiné sur son support, le cœur battant à tout rompre. Je tente de reprendre mes esprits. Je me demande où est Amber. Je cherche des yeux un mot sur son lit.

La sonnerie retentit de nouveau.

Je fais de mon mieux pour l'ignorer et sors de mon lit pour aller vérifier la porte. Fermée à clé. Je me tourne vers la fenêtre. Le store qui bat bruyamment vers l'intérieur me fait sursauter. Je m'en approche à petits pas, terrifiée à l'idée qu'il y ait quelqu'un, que l'on m'observe.

Les doigts tremblants, je tente de refermer la fenêtre, mais on dirait qu'elle est coincée. J'appuie dessus à deux mains et pèse de toutes mes forces. Toujours rien. Alors j'essaie le store. Je tente de le descendre à fond, mais il me glisse des doigts et remonte entièrement, révélant un visage de fille qui me regarde fixement.

Je pousse un cri étouffé et bondis en arrière avant de comprendre que c'est mon reflet.

– Je sais que tu es seule, souffle une voix masculine juste derrière moi.

Je m'immobilise, le cœur battant à grands coups. Je

m'efforce de distinguer autre chose dans le reflet, mais il n'y a que moi. Après plusieurs secondes, je coule un regard prudent par-dessus mon épaule. Personne. Mais la porte du placard est entrouverte.

Le téléphone sonne toujours. Je colle le combiné contre mon oreille. Peut-être n'ai-je fait qu'imaginer la voix, je suis si fatiguée... Et il se peut que le placard soit ouvert ainsi depuis le début.

Mais je pourrais presque jurer que non.

– Je sais que tu es seule, répète doucement la voix masculine dans le téléphone.

– Qui est-ce ?

Personne ne me répond.

Je lâche le combiné et rejoins la porte pour partir. Je la déverrouille et tente de tourner la poignée. Pas moyen. Je tire dessus et donne même des coups de pied dans le chambranle, sans résultat.

Je suis enfermée depuis l'extérieur.

Je m'empare du combiné qui pend au bout de son fil pour appeler la police du campus. J'appuie sur les boutons mais il ne se passe rien. Pas de tonalité... rien que le silence à l'autre bout. Je raccroche et me dirige vers la fenêtre. J'espère pouvoir me faufiler par là, mais c'est trop étroit. J'ai les bras qui tremblent, j'essaie d'ouvrir plus grand. Mais tout est bloqué.

Lorsque je me retourne, j'entends un gémissement s'échapper tout seul de mes lèvres. La porte du placard me paraît plus largement ouverte. Lentement, je m'en approche et prends au passage la pince à épiler d'Amber sur sa commode. Je la serre dans mon poing pour me protéger.

D'un mouvement rapide, je saisis la poignée et ouvre

brusquement la porte. Une phrase est tracée en rouge sur le mur du fond : « JE SAIS QUE TU ES SEULE. » Elle est constellée de taches rouges qui dégoulinent vers le sol. Je claque des dents, le souffle court. Je me sens reculer pas à pas, la main plaquée sur la bouche.

Le téléphone me fait encore sursauter. Je me rue sur la table de nuit pour répondre.

– Allô ?

– Lucy Brown ?

Une voix de femme, de nouveau.

– Qui est-ce ?

– Miss McNeal, du bureau du président Wallace.

– Vous devez m'aider. Je vous en supplie… J'ai besoin d'aide…

– Non. C'est vous qui devez aider.

– Quoi ?

– Porsha a besoin de votre aide, m'explique-t-elle.

– Qui ?

– Porsha, la fille du président Wallace. Sa mère a voulu que je vous appelle… pour vous dire que Porsha a besoin d'aide… sinon ce garçon mourra.

– Quel garçon ?

Elle poursuit sur sa lancée sans répondre à ma question.

– Avez-vous votre cristal ?

– Quoi ?

– Votre amas de cristaux… celui que Jacob vous a donné pour vous protéger.

J'ouvre la bouche pour parler, mais rien n'en sort. Au même instant, je sens quelque chose… un souffle sur ma nuque.

– Je sais que tu es seule, me murmure la voix d'homme à l'oreille.

Mon cœur fait une embardée. Je lâche brusquement le téléphone et me retourne pour voir. Au même instant, une main se referme autour de mon cou et me coupe la respiration. Les ongles s'enfoncent dans ma gorge.

Je veux reculer d'un pas, lui donner un coup de pied dans le tibia, mais il serre plus fort et m'empêche de respirer.

À cet instant, j'entends une porte claquer, violemment. Le bruit m'arrache à un profond sommeil.

Je m'assois avec un haut-le-corps.

Amber est là, à la porte.

– Salut, toi, me dit-elle en laissant tomber son sac par terre. T'as faim ? Paraît que c'est soirée *burritos* à la cafèt'.

Mais je tremble encore.

– Qu'est-ce que tu as ? On dirait que tu as avalé un cafard... Tu en reviens, de la soirée *burritos*, c'est ça ?

Je finis par retrouver la parole.

– Il faut que je m'en aille.

Je me débarrasse de mes couvertures et m'arrête un instant pour regarder le vase en terre à modeler à côté de mon lit. Je prends le morceau de papier dedans et le déplie. Ma question me saute au visage : « QUE DOIS-JE FAIRE POUR QUE MA VIE REPRENNE SON COURS ? » Maintenant, au moins, j'ai une réponse.

Lucy

J'enfile rapidement mon manteau par-dessus mon pyjama, chausse mes bottes et glisse mon amas de cristaux dans ma poche.

– Pouce ! s'écrie Amber, toujours debout à la porte. Tu fais quoi ? Tu vas où ?

– Faut que je sorte, dis-je en cherchant un élastique pour m'attacher les cheveux.

Les images de mon cauchemar sont toujours vives dans ma tête, elles me donnent des palpitations.

– *Mais où tu vas* ? insiste Amber.

– J'ai encore fait un cauchemar.

– Sur quoi ?

– Sur Jacob.

– *Quoi*, Jacob ?

– C'est une longue histoire, je réponds en attrapant un élastique sur la commode. Il faut que j'aille au bureau du président avant qu'il soit parti.

Il est un peu plus de seize heures.

– Pourquoi ? Qu'est-ce qui se passe ?

– Je dois aider Porsha.

– Qui ?

– La fille mélancolique de mon cauchemar, évidemment, celle que je dois aider, sinon le garçon mourra.

– Hein ?

J'empoche mes clés et ma carte d'étudiant.

– Je t'expliquerai tout à l'heure. Je t'appelle si je rentre tard.

Amber se prend la tête à deux mains.

– Attends. Quel rapport avec Jacob ?

– J'en sais rien, mais je vais trouver.

– Tu racontes n'importe quoi.

Je l'étreins rapidement.

– Je sais. Je t'appelle si je rentre tard.

– Lucy ! Tu es en pyjama !

– Et alors ?

– Bah, je peux au moins te prêter un boa ou quelque chose ?

Elle en décroche un gros à fanfreluches de son lit.

– Ça risque de faire un peu trop, dis-je en reluquant ses babies Doc Martens rouge vif.

Remarquez, avec son serre-tête à froufrous assorti et son gros blouson, c'est vrai qu'elle est mignonne.

Amber me lance une bouteille de jus de pomme piquée dans le frigo de Janie et me bourre les poches de mouchoirs en papier et de chewing-gums pour me materner encore un peu... mais d'une bonne manière, une manière qui me réconforte. Elle m'annonce qu'il faudra qu'on ait une longue conversation.

Je sors et traverse le campus à fond de train en slalomant entre les plaques de glace et les tas de neige. Toutes les lumières sont déjà allumées, car le soleil commence à baisser dès quatre heures de l'après-midi. J'atteins enfin le bâtiment Ketcher et grimpe l'escalier quatre à quatre, pour trouver Miss McNeal toujours assise à son bureau.

– Il faut que je parle au Dr Wallace, dis-je tout essoufflée.

– Je regrette, c'est impossible.

Elle me décoche un regard filtrant, peut-être à cause de mon pyjama en pilou qui dépasse sous mon manteau.

– Je vous en prie, c'est très important. Vous ne vous souvenez pas de moi ? Je suis venue l'autre jour... Lucy Brown. Le Dr Wallace voulait me voir...

– Je peux lui laisser un message pour l'informer que vous êtes passée.

J'insiste en faisant un pas vers la porte du bureau.

– S'il vous plaît. Je n'en ai que pour une minute.

– Il n'est pas là, me répond Miss McNeal en se levant comme pour m'arrêter. Il avait un rendez-vous en fin d'après-midi et il ne repassera pas par son bureau. C'est un homme très occupé, vous savez.

Je sens mon menton trembler. J'agrippe l'amas de cristaux dans ma poche pour trouver force et inspiration. Que faire ?

Mon cauchemar me revient en flash-back dans la tête.

– Vous connaissez Jacob ? dis-je brusquement tout en sachant, avant même d'avoir prononcé les mots, que c'est une question idiote.

– Jacob qui ?

– Non, rien.

Je recule d'un pas et cache mon visage dans mes mains.

– Y a-t-il quelque chose que je puisse faire ? s'enquiert Miss McNeal. Souhaitez-vous parler à un conseiller d'orientation ? Vous n'avez qu'à téléphoner d'ici pour prendre rendez-vous. Je suis sûre que quelqu'un vous recevra dès aujourd'hui, si vous voulez.

Je décline sa proposition. La dernière chose dont j'aie besoin en ce moment est de parler à un conseiller inutile.

– Bon, puis-je vous offrir un verre d'eau ?

Je ne relève même pas.

– Pouvez-vous appeler le Dr Wallace chez lui ? Je sais qu'il acceptera de me parler.

Miss McNeal recule d'un pas, comme si ma présence lui donnait soudain la chair de poule.

– Je crois que vous feriez mieux de partir. Je lui dirai que vous êtes passée.

Je secoue la tête et sens un flot de larmes me monter aux yeux. Je me rapproche de la porte et, pile à ce moment-là, elle entre.

Porsha.

– Mon père est là ? demande-t-elle à Miss McNeal.

Elle est de nouveau vêtue de superpositions sombres : gris anthracite, bleu marine et noir. Les pointes de ses longs cheveux blonds sont teintées d'un vert olive foncé. Ils lui pendent dans la figure et lui cachent pratiquement les yeux.

– Porsha ? je murmure, le cœur battant.

Elle me regarde fixement : apparemment, elle se demande ce que je fais là.

– Porsha, ma chérie, viens donc t'asseoir à mon bureau, l'invite Miss McNeal.

Je comprends alors que j'ai bien deviné son nom, que mon cauchemar a prédit la vérité. Ma poitrine va exploser.

– Ton père voulait qu'on se rencontre, lui dis-je. Je m'appelle Lucy. Est-ce qu'il t'a parlé de moi ?

Porsha secoue négativement la tête.

– Je ne veux pas lui parler, murmure-t-elle à Miss McNeal.

Elle se mordille le bout des doigts en regardant partout dans la pièce : du mur au plafond, du plafond à la porte, puis de la porte à moi, peut-être en attendant que je m'en aille.

– Je crois que vous feriez bien de partir maintenant, Miss Brown, reprend Miss McNeal. Tout de suite !

Mais je continue de m'adresser à Porsha.

– Pardon. Si je suis passée, c'est parce que ton père m'a raconté... ce qui t'arrive. Il pense que je peux t'aider.

– Je ne veux pas lui parler, répète-t-elle à Miss McNeal.

Elle danse d'un pied sur l'autre, comme si elle était anxieuse.

– Faut-il que j'appelle la sécurité ? me menace Miss McNeal.

Elle décroche son téléphone et attend de voir ce que je vais faire. Je ne me démonte pas.

– Je suis au courant pour tes cauchemars. Je sais ce que c'est de rêver des morts. Moi aussi, j'en rêve.

Porsha cesse de contempler le plafond pour m'observer attentivement. Elle a les yeux rouges, avec des cernes sombres, comme si elle n'avait pas dormi depuis des jours, comme si peut-être elle se forçait à rester éveillée la nuit... pour échapper à ses songes.

Comme moi, avant.

– Je ne rêve pas des morts, répond-elle enfin. Je suis morte... morte, morte, morte, morte, morte, chantonne-t-elle, exactement comme la fillette de mon cauchemar.

Le ton léger de sa voix lorsqu'elle prononce ces mots envoie des frissons tout le long de mon dos.

Porsha interrompt brusquement sa litanie pour hurler : « Je ne veux pas lui parler ! » Puis elle empoigne un crayon sur le bureau de Miss McNeal et se l'enfonce profondément dans la main. Elle se poignarde la chair avec la pointe, encore et encore, jusqu'à ce que le crayon se brise entre ses doigts.

Miss McNeal essaie de la retenir, de lui prendre le crayon et de la forcer à s'asseoir, mais Porsha frappe le mur du plat de la main à présent, laissant des taches de sang, criant et répétant qu'elle ne veut pas me parler.

Je m'en vais en claquant la porte derrière moi pour qu'elle m'entende partir. Peut-être que les docteurs avaient raison. Peut-être qu'il faut l'interner. Peut-être qu'elle est réellement folle. Je respire un grand coup pour chasser les frissons, consciente que ce qui est vraiment fou dans cette histoire, c'est que je sais d'où elle vient ; je sais ce que c'est que de se sentir au bord de la démence. Et je sais d'expérience ce que c'est que de se sentir morte.

Lucy

À mon retour, ma chambre est vide. Je me roule en boule sur mon lit et compte silencieusement jusqu'à dix. Je vois encore les taches de sang laissées sur le mur par la main de Porsha... exactement comme dans mon cauchemar.

La sonnerie du téléphone déchire le silence, mais je ne décroche pas. Mon cœur bat à tout rompre, ma tête tourne comme un manège. Je n'arrive pas à me défaire de l'impression que quelque chose en moi va éclater, que tous les nerfs de mon corps vont entrer en éruption.

Quand le téléphone se tait enfin, je roule sur le lit et soulève le combiné pour appeler ma mère. Avant même que j'aie pu prononcer un mot – pour lui expliquer que j'ai l'impression de craquer, que je ne sais pas si je vais tenir ici –, elle me noie sous un flot de paroles. Elle passe cinq bonnes minutes à me dire combien elle est fière de moi et à me raconter comme elle s'est vantée auprès de tout le monde que je sois admise à la prestigieuse université de Beacon, tous frais payés en plus.

Et voilà, je suis son héroïne à elle aussi.

J'inspire profondément et sens mes yeux se mouiller. Je presse un bout d'édredon dans ma main en l'assurant que tout se passe très bien... encore mieux que ce que j'espérais, même. Puis je mets fin à la conversation en lui racontant qu'Amber et moi allons à une fête ce soir, et qu'on se fait bien plus de copains en fac que je n'aurais pu l'imaginer.

Au lieu de me sermonner sur le fait que je suis là pour bûcher et pas pour faire la bringue, que je dois penser à ma moyenne et que boire et conduire peuvent « tuer l'amitié », comme le disent les campagnes anti-alcool – toutes choses qu'elle aurait dites ADJ (avant la disparition de Jacob) –, elle me recommande de bien m'amuser et de la rappeler dans deux ou trois jours.

Je raccroche, saisie d'une douleur fulgurante dans la poitrine. Je respire encore à fond, deux fois, et prends mon bol de fleurs de lavande. Je passe les doigts dedans en attendant de ne plus avoir les nerfs à vif, mais je n'arrive pas à me concentrer. J'hésite à appeler Amber sur son portable, mais pour être honnête je n'ai pas envie de la décevoir davantage. Je choisis donc plutôt de téléphoner à Drea. C'est sa coloc qui décroche. Elle me dit que Drea et Chad sont sortis pour la soirée et qu'ils ne rentreront pas avant plusieurs heures.

Cela indiquerait-il qu'ils se sont *encore* remis ensemble ? Tout en me posant la question, je cherche mon flacon de pilules dans ma table de nuit. Je sais déjà qu'il est vide. Ce que j'ignore, c'est si je vais pouvoir m'endormir ce soir sans un petit coup de pouce. Un sortilège de rêve suffira-t-il ?

Je reprends le téléphone ainsi que mon répertoire et cherche le numéro de portable du Dr Atwood, qu'elle m'a donné pour les urgences.

Je pianote à toute vitesse. Mon cœur rate déjà une marche rien qu'à anticiper sa réaction. Mais je tombe sur sa messagerie.

– Bonjour, Dr Atwood, dis-je d'une voix balbutiante. C'est moi... Lucy. Je me demandais si vous pourriez éventuellement me rappeler dès que vous aurez ce message. J'aimerais vous demander quelque chose. Pouvez-vous me rappeler ? Merci.

Je repose bruyamment le combiné sur son support, je me sens encore plus mal qu'il y a quelques secondes. Au bout de deux minutes, la sonnerie retentit.

– Allô ?

– Bonjour Lucy, c'est le Dr Atwood.

Gros soupir de soulagement.

– Merci beaucoup de me rappeler.

– De rien, voyons. Est-ce que ça va ?

– Oui, oui. Je voulais juste vous parler.

– Comment se passe ta première semaine à l'université ?

– Très bien. Enfin c'est dur, mais c'est chouette.

– Ah, tiens.

Elle semble étonnée.

– Enfin, c'est surtout dur. (Ma voix se brise.) Mais je fais beaucoup d'efforts pour rencontrer des gens... pour travailler.

– C'est bien, me répond-elle d'un ton très réservé. As-tu vu le Dr Sonja ?

– Qui ?

– La thérapeute que je t'ai recommandée sur place.

Je me mords la lèvre, presque jusqu'au sang.

– Pas encore, mais je l'appellerai à la première heure lundi. Je voulais m'installer d'abord.

– Bien, cela me paraît raisonnable. Mais il faut vraiment que tu l'appelles pour prendre rendez-vous. Elle attend ton coup de fil.

– Je sais. Je vais le faire.

Un silence.

– Tu disais que tu voulais me demander quelque chose.

– Ah oui, dis-je en changeant le combiné d'oreille par pure nervosité. Il me faut encore des tranquillisants.

– Qu'as-tu fait de ceux que je t'ai prescrits ?

Je me lance dans une lamentable petite histoire de flacon perdu dans le déménagement, lui dis que je pourrais jurer l'avoir mis dans une de mes valises. Je lui raconte que j'ai même demandé à ma mère de chercher partout à la maison, mais que personne, pas même mes colocs, n'a réussi à le retrouver.

– Je peux te dépanner, concède-t-elle d'un ton ennuyé. Mais c'est la dernière fois. Il faut que tu voies le Dr Sonja, d'accord ?

– Bien sûr. Lundi matin. Promis, je l'appelle.

Le Dr Atwood me dit qu'elle va commander mes médicaments dès ce soir et qu'ils seront prêts demain matin. J'hésite, j'ai presque envie de demander à ce qu'ils soient livrés dans une pharmacie ouverte vingt-quatre heures sur vingt-quatre, mais je décide de ne pas abuser. Je raccroche, roule dans mon lit et vois Amber. Elle est debout à la porte, les bras croisés.

Je me fige, la main toujours posée sur le combiné.

– Tu es là depuis combien de temps ?

– Un bout de temps.

– Comment ça ?

– Qu'est-ce que tu trafiques ?

Je hausse les épaules.

– Non mais, qu'est-ce que tu as avec tes cauchemars ? Tu t'es barrée d'ici comme si on te courait après avec une pince à épiler... et pas pour te faire les sourcils !

Je reprends mon souffle, soulagée qu'elle n'ait pas entendu ma conversation avec le Dr Atwood.

– Tu veux vraiment le savoir ?

– *Évidemment !* s'écrie-t-elle d'un air excédé. C'est un peu pour ça que je t'ai posé la question.

– La petite fille de mon cauchemar est la mère de Porsha. La femme du président Wallace. La morte.

– Attends un peu, tu ne m'as pas dit que cette petite fille avait huit ou neuf ans ? Comment c'est possible, ça ?

– Je ne peux pas te l'expliquer ; je veux dire, je ne sais pas pourquoi elle apparaît si jeune dans mes rêves. Mais si je n'aide pas sa fille, un garçon va mourir.

– Et tu penses que ce garçon, c'est Jacob.

– Je n'en sais rien.

– C'est trop bizarroïde, ça.

– Quoi, ça ?

– Tout. Le président Wallace te demande d'aider Porsha. Et maintenant tu as sa femme morte aux trousses. Tu parles d'une pression !

– Alors, tu me crois ?

– Que tu fais des cauchemars sur feue la bourgeoise du président Wallace sous forme de petite fille ? Oui.

– Et que le garçon pourrait être Jacob ?

Amber contemple sa collection de boas pour esquiver ma question.

– On n'a jamais retrouvé son corps, lui dis-je.

– Je sais.

– Alors ?

– Comment ça se fait que tu ne rêves jamais de morts *marrants* ? Tu vois, genre Elvis ?

– C'est sérieux.

– Tu vois quelqu'un plaisanter, ici ? Tu as besoin de te changer les idées.

– J'ai besoin de dormir.

– Pas question. C'est ton premier week-end à la fac. Je refuse de te laisser le passer au lit... toute seule, je veux dire.

– Mais tu ne comprends pas ? La vie d'un garçon est en jeu !

– Sans doute pas ce soir, réplique-t-elle en me jetant un mini-tee-shirt imprimé léopard pris dans son tas de vêtements. Tu m'accompagnes à une fête. Il faut que tu changes d'air, un peu.

– Je ne vais nulle part.

– Oh que si. J'ai rencontré des gars hyper-mignons cette semaine... dont un que tu connais déjà.

– *Qui ça* ?

– Tim. Tu lui as fait de l'effet, on dirait.

– Pardon ?

– Il dit que tu es exactement son genre : sexy mais secrète, sérieuse et pourtant séduisante.

– Tu délires, là ?

– Je le cite. Apparemment, il aime qu'on lui résiste. Je lui ai dit qu'il avait du pain sur la planche.

– Comment tu le connais, d'abord ?

– Quand je lui ai raconté que je partageais une chambre avec Lucy-ma-meilleure-amie-du-lycée, il s'est mis à me tirer les vers du nez pour être sûr que *toi*, c'était bien *toi*, la Lucy qu'il avait déjà rencontrée.

– D'accord, mais où avez-vous fait connaissance ?

– Dans le hall. Il est copain avec des filles qui crèchent ici. Le monde est petit, hein ?

Je me cache la tête sous les couvertures.

– *Trop* petit.

– Arrête, insiste Amber en me les arrachant. Tim nous a invitées à une fiesta pleine de bière en dehors du campus. Alors grouille ! Sors tes fesses de ton pyjama pour les mettre dans quelque chose de chic. Tu veux essayer mon nouvel « imbédébile » ?

– De l'antimoustique ? dis-je à la vue du mince flacon qu'elle tient à la main.

– Non, mon nouvel eye-liner. Garanti sans bavures : ce truc-là c'est indébédile. Imbédébile. Bref, ça ne part pas. Ça pourrait t'aider à faire un peu moins *Nuit des morts-vivants* au niveau du regard.

– Merci de proposer si gentiment, mais j'ai besoin de dormir.

– Tu rigoles ? Tu as déjà dormi plus longtemps que ma tante Paula, celle qui est morte. Et il faut que tu sortes de cette chambre avant que Janie revienne t'autocoller à mort. (Elle me jette un short en fausse fourrure, puis ses grandes bottes en agneau toutes neuves.) Allez hop, habille-toi ! Ce soir je suis ton porte-bonheur, que ça te plaise ou non.

Lucy

Amber a beau tout faire pour me convaincre d'aller à la fête avec elle et Tim le dragueur, je la persuade que j'ai réellement besoin de passer du temps à réviser si je veux rester en deuxième semaine.

Comme elle ne peut pas me contredire sur ce point, elle finit par s'en aller en boudant. Un seul problème : je n'ai absolument pas sommeil. Je décide de m'offrir une douche en espérant que l'eau brûlante, couplée à quelques gouttes d'huile essentielle de camomille et de lavande, m'aidera à me détendre.

Et ça marche. Je sors de la douche et me drape dans mon peignoir, bien plus sereine, plus équilibrée. Je pense avoir de bonnes chances de m'endormir. Mais je ne suis pas plus tôt rentrée dans la chambre que j'ai de nouveau les nerfs en pelote.

Un écriteau « Ne pas déranger » est suspendu à la poignée de porte – on y voit deux grands yeux aux cils recourbés dont un me fait un clin d'œil. Je sais qu'il n'est pas à Amber : un truc pareil, elle me l'aurait montré. Je frappe légèrement deux fois, mais n'obtiens aucune réponse. C'est peut-être une simple blague.

– Il y a quelqu'un ? Amber ?

À ce moment, je vois la dénommée Sauge se glisser hors de sa chambre. Elle a un sac à dos accroché à l'épaule, comme si elle s'en allait réviser, ou comme si elle sortait faire un sort, peut-être. Elle porte une longue robe soyeuse sous un manteau en velours violet avec un grand col en fausse fourrure à la Amber. Elle me surprend à regarder dans sa direction et me fait un signe de la main. Je lui rends son salut, mais trop tard : elle s'est déjà engouffrée dans l'escalier.

Et moi, je suis toujours plantée là en peignoir. Je soupire, repêche ma clé dans ma trousse de toilette, ouvre et tombe sur Janie. Au lit. Avec son gigolo.

Juchée sur lui, elle ne porte qu'un simulacre de soutien-gorge (deux minuscules bouts de tissu reliés par une ficelle) et le string assorti. Le type aussi est à peine habillé : juste un caleçon... et un voile de sueur luisante.

Ma mâchoire tombe toute seule pendant que Miss Stickers en personne s'arrête un instant de lécher la figure du gars.

– Oh pardon, dis-je, les yeux hors de la tête.

– T'as pas vu l'écriteau ? On est un peu occupés, là.

– Pardon. J'étais à la douche.

– Reviens dans deux minutes, me conseille son copain.

Janie le regarde sévèrement.

– Plutôt une heure, tu veux dire.

Comme ils reprennent leurs activités, je détourne les yeux, attrape mon sac de classe, ramasse quelques fringues au pied de mon lit – notamment les hautes bottes en agneau d'Amber – et regagne la salle de bains pour me changer. Le pire, dans cette histoire – mis à part le fait que la reine des autocollants fait des galipettes dans *notre* chambre, ce qui m'oblige à évacuer les lieux –, c'est que non seulement je me retrouve vraiment obligée d'aller à la bibliothèque (étant donné que je ne vois pas d'autre endroit où aller), mais en plus je dois mettre la tenue ridicule qu'Amber avait choisie pour moi, mini-tee-shirt compris. Je n'arrive pas à croire que j'ai récolté justement ces fringues-là. Dieu merci, j'ai pris aussi mon sweat à fermeture Éclair cassée.

Donc, pendant qu'Amber passe son vendredi soir dans une beuverie en ville, je passe le mien dans un box de travail, habillée très court, à me gaver de sujets comme les lipides, les protides et la rédaction narrative. La seule chose qui rachète le tout est mon cours de santé holistique. Je sais bien qu'au niveau des notes je suis déjà dans les plus nulles, mais je pense que ce sera l'un de mes meilleurs cours. En effet, j'ai déjà pas mal de notions parce que le sujet me passionne : les principes ayurvédiques de la terre, du feu, de l'eau, de l'air et de l'espace ; le thé tibétain au beurre de yack ; les rituels de guérison chinois...

Tout cela me motive beaucoup, en fait, c'est pourquoi je finis par y passer la nuit. Enfin, pour être franche, ce n'est pas la seule raison : quand j'appelle la chambre pour savoir si Janie et son mec ont enfin terminé, elle me dit que non, mais que je peux venir dormir quand même dans la chambre car « il n'y a pas grand-chose à voir, tu sais ».

Inutile de dire que la proposition ne me tente pas trop : pas besoin d'y réfléchir à deux fois. Si bien que le samedi matin, au lieu de rentrer directement au dortoir pour me doucher et dormir, j'oublie que je suis encore habillée comme une traînée et saute dans le bus pour aller chercher mes médicaments en ville.

Quand je regagne la chambre, Janie est au lit – seule, cette fois. Amber aussi. J'avale un cachet, enfile mon pyjama en pilou et pose ma boîte à songes sur l'oreiller à côté de moi. C'est un petit coffret en bois que j'ai acheté aux puces l'an dernier, en pin lisse et doré avec une charnière chromée et un fermoir assorti. Je l'ouvre pour qu'il puisse attraper mes rêves. C'est Jacob qui m'a initiée aux boîtes à songes. Il en gardait une depuis le lycée et trouvait que quand on les laissait ouvertes avant de se coucher, on se rappelait ce qu'on avait rêvé au lieu de tout oublier au réveil.

Concentrée sur Jacob – sur le jour où nous nous sommes mutuellement peints au henné ; sur le soir où nous avons exécuté le sort pour bannir les secrets et sur la manière dont il m'a tenue dans ses bras juste après ; sur la manière dont nous nous sommes physiquement déclaré notre amour –, je m'allonge dans mon lit et ferme les yeux, bercée par ces souvenirs délicieux.

Quelques heures plus tard, je suis réveillée en sursaut. Quelqu'un a frappé un coup à la porte. Je pose les yeux sur ma boîte à songes. Elle est encore ouverte à côté de moi. Mais je ne me souviens de rien.

Je me demande qui est là. Amber et Janie sont encore au lit, apparemment indifférentes au coup frappé. Je devrais peut-être l'ignorer, moi aussi. Je me retourne et tire un coussin par-dessus mon oreille pour ne plus rien entendre.

C'est alors que j'entends Amber grommeler. Elle se lève et va ouvrir d'un pas titubant.

– Il n'est que dix heures, bon Dieu, râle-t-elle. Si c'est pour me proposer autre chose qu'un gros paquet de Dragibus et des câlins, j'en veux pas.

La porte s'ouvre un peu et j'entends Amber crier :

– Dites-moi que c'est un cauchemar !

Je me tourne vers la porte juste au moment où PJ, son ex, fait son entrée.

– Salut, ma douce ! dit-il en lui faisant la bise. Non, je n'ai pas de Dragibus, mais je suis *toujours* partant pour les câlins. Des M&M's suffiront-ils ? (Il montre un instant le paquet jaune qu'il a dans la poche.) Je t'ai gardé tous les verts, ma belle.

– Qu'est-ce que tu fais là ?

À part sa couleur de cheveux, qu'il a tendance à changer deux fois par an et qui est en ce moment un châtain miel étonnamment banal (en contraste avec ses teintes habituelles qui vont du prune au melon), il n'a pas changé : grand, mince, les yeux gris et une tignasse courte coiffée en pointes.

– Parce que tu croyais pouvoir te débarrasser de moi si facilement, ma petite ?

Je saute de mon lit.

– PJ !

Je me pends à son cou, ce qui me surprend moi-même. Car enfin, PJ et moi n'avons jamais été intimes ; mais c'est simplement qu'avec tout ce qui m'est arrivé, cela fait du bien de voir un visage connu, surtout un qui sait ce que je traverse, et qui était là quand j'ai perdu Jacob.

– Tiens tiens, Miss B. ! me dit-il en me rendant mon étreinte. J'ai voulu t'appeler au moins cent fois, mais tu sais comment c'est avec les glandeurs comme moi...

– Trop occupé à harceler les filles ? persifle Amber.

– Pas du tout, mon pot de confiture à la jalousie. La seule fille que j'aie jamais harcelée, c'est *toi*.

Il lui fait un clin d'œil, puis s'intéresse de nouveau à moi.

– Alors, comment ça va ?

Au lieu de répondre, je le serre plus fort.

– Gare à toi, mignonne, fait-il remarquer à Amber. On dirait que tu as de la concurrence.

Je m'écarte de lui.

– C'est bon de te revoir.

– *Of course*, ma petite sorcière.

– Qu'est-ce qui se passe ? demande Janie en se redressant dans son lit.

PJ enjambe un tas de fringues pour aller la saluer.

– Ohé, du bateau !

Il lui fait un baise-main en posant les lèvres sur une grappe autocollante de raisins hilares.

– C'est moi, PJ ; peut-être as-tu entendu parler de moi ?

– Mais oui ! Tu dois être l'ex d'Amber.

– Alors elle a bien parlé de moi.

Il se tapote la bouche d'un air pensif.

– Juste un peu, précise Janie en décollant un autre sticker de son visage.

– Raconte, je t'en prie. Je suppose qu'elle a mentionné nos accès de passion, son désir insatiable pour moi... les uniformes d'écolier qu'elle me forçait à porter. Quelle petite coquine, celle-là !

– Dans tes rêves, commente Amber.

Il lui fait un clin d'œil.

– En fait, il est bien connu que je me réveille en pleine nuit... en nage, les cheveux de travers, hurlant ton nom... ma fougueuse amie !

– *Au secours !* gémit Amber.

– Ne te laisse pas abuser par sa négativité, poursuit-il à l'intention de Janie. Elle est aigrie parce que je l'ai plaquée, c'est tout. Tu vois ce Spiderman en plastique, là ? Amber ferme les yeux la nuit et imagine que c'est moi.

– Oh, mon Dieu, tu es *trop* mignon ! s'exclame Janie en rebondissant sur place dans son lit.

– Enfin une demoiselle qui a du goût !

– Tu viens en cours ici ? lui demande-t-elle.

Il se tourne vers Amber.

– *Maintenant*, oui.

– Hein… *quoi* ?

PJ est absolument rayonnant.

– Il y a un nouveau à l'université de Beacon, et devine qui c'est ?

– Ne me dis pas que tu as fait ça.

– Un premier semestre brillant à la fac publique, une inscription ici en cours d'année, une copieuse donation de papa pour faire passer la pilule, et voilà le travail.

– Oh non, souffle Amber en se rasseyant sur son lit. Ce n'est pas en train d'arriver. Dites-moi que ce n'est pas en train d'arriver.

– Détrompe-toi, mon petit buisson d'épines.

PJ se laisse tomber à côté d'elle et lui plaque non pas un, ni deux, mais trois bisous baveux sur la joue.

– Tu ne vas pas le croire, mais il y a une mauvaise nouvelle dans tout ce merveilleux bonheur.

– Il y a *pire* ?

– Je suis SDF.

– Comment est-ce possible ? dis-je.

– Les logements étudiants sont complets, voilà la triste vérité. Je suis au motel-tabac *Shady 8*, sur la route là-bas. Donc, explique-t-il en pivotant de nouveau vers Amber, à moins que tu recherches une ambiance « vilaine fille et lit insonorisé », nos ébats amoureux devront se dérouler ici.

Amber se fait un bouclier avec son Spiderman et se recouche, même si on peut douter que Spidounet soit de taille à la sauver. On dirait bien que PJ compte s'incruster. Et au train où vont les choses, je ne peux pas en dire autant.

Lucy

PJ nous laisse toutes ses coordonnées : numéro de chambre et téléphone au motel, numéro de portable, nouvelle adresse mail à la fac. Il nous fait promettre de l'appeler dans la journée. Nous acceptons ; c'est ça ou il ne veut pas partir.

Amber est stressée au-delà de toute expression. Au point qu'elle imite Drea : elle grignote une barre chocolatée pour essayer de se calmer.

– Il va me coller en permanence, se plaint-elle. Ça va être la même chose qu'au lycée : je vais l'avoir sur le dos toute la journée, on va nous prendre pour un couple et ça me cassera la baraque.

Je prends sur moi pour ne pas lui rappeler combien elle a été jalouse cet été quand PJ s'est intéressé à une autre qu'elle.

– Qu'est-ce qu'il est mignon ! répète Janic. Je n'en reviens pas qu'il ne te plaise pas.

– De la part de quelqu'un qui s'est tapé un crâne d'œuf hier soir, riposte Amber, ça ne veut pas dire grand-chose.

– J'en déduis que toi aussi, tu les as surpris au lit ? dis-je.

– Malheureusement. Strings et stickers parfumés aux fruits… j'essaie encore de ne plus y penser.

– On n'a rien fait de mal, se défend faiblement Janie. On n'est pas allés jusqu'au bout, si c'est ce que vous croyez. J'ai mes limites, quand même.

– Et c'est quoi, tes limites ? veut savoir Amber. Tortiller des fesses devant tout l'étage, et pas simplement devant tes colocs ?

Janie croise les jambes et agite d'avant en arrière sa pantoufle Charlotte aux Fraises.

– Ne parle pas de moi comme ça. Pour info, je me préserve pour le mariage.

– Tu es sûre ? s'étonne Amber en haussant les sourcils. Parce que tu n'avais pas l'air de préserver grand-chose.

– Tu peux parler, avec ta poupée gonflable.

– Il s'appelle Spiderman, je te ferai remarquer, et vu le tableau hier soir, il est sans doute bien plus utile au pieu que ton crâne d'œuf.

J'interromps leur échange d'amabilités.

– Excusez-moi, mais vu que je n'ai pas dormi de la nuit, je me demande s'il n'y a pas des sujets de discussion plus importants.

– Absolument, approuve Amber en agitant les sourcils de haut en bas. C'est parti : qui, où, combien de fois ?

Je soupire.

– Pardon de te décevoir, mais j'ai passé la nuit à la bibliothèque.

– Raconte, insiste Amber. Entre les bouquins, ça peut être carrément chaud.

– Je révisais.

– Hum hum. (Elle me tend sa barre chocolatée pour que j'en prenne une bouchée.) Tu sais que tu plais beaucoup à Tim.

– C'est un dragueur. C'est son métier d'aimer tout le monde.

– Oh, pitié ! Le pauvre, il bave rien qu'en entendant ton nom.

– Ça, j'en doute.

Elle ne m'écoute pas et poursuit sur sa lancée.

– Mais tu sais ce qui est bizarre ? Il croyait que tu avais un mec.

Elle m'envoie un regard lourd de sous-entendus. Je hausse les épaules et détourne la tête.

– T'en fais pas, continue-t-elle. Je l'ai affranchi. De rien, au fait.

Décidément, elle est irrécupérable.

– Merci beaucoup. On peut parler du plan de couchage, maintenant ?

– Ah, ça c'est parler, approuve Amber en se frottant les mains.

– Ce n'est pas ce que je voulais dire. (Je me tourne vers Janie.) Ce n'est pas juste que je sois obligée de passer mes nuits à la bibliothèque.

– Personne ne t'y a forcée. Tu pouvais revenir sans problème.

– Avec toi et le gigolo en plein bouche-à-bouche ? Non merci.

– J'habite ici aussi. Tu trouves ça juste que je sois obligée de vivre avec une adoratrice de Satan ?

– *Ah non, je t'en prie*, dis-je en levant la main pour la faire taire.

– *Toi*, je t'en prie. Toute cette sorcellerie que tu pratiques... qui sait ce que ça risque de me faire ?

– Très juste, ajoute Amber avec un regard filtrant. C'est peut-être dangereux pour toi. Tu as pensé à te chercher une autre chambre ? Peut-être que Crâne-d'œuf aurait une place...

Je lui coupe la parole.

– La magie n'a rien à voir avec Satan.

– Ça, c'est aussi ce que disait Sauge, tranche Janie. Mais ensuite, elle est allée piller un cimetière.

– Tu ne sais même pas de quoi tu parles. La Wicca est une religion pacifique ; il n'est pas question de piller les cimetières ni de jeter des sorts maléfiques aux gens.

– C'est contre mes principes.

– C'est aussi contre tes principes de t'éduquer un peu ?

– Je suis en fac, non ?

– Tout ce que je dis, c'est que si tu faisais preuve d'un peu plus d'ouverture d'esprit, tu verrais... qu'on est sans doute d'accord sur beaucoup de choses.

– On n'a qu'à se mettre d'accord pour ne pas être d'accord.

Son étroitesse d'esprit m'exaspère.

– Très bien. On va définir quelques règles, alors.

– Très bien, reprend Janie. Si je suis avec un garçon, je mets l'écriteau.

– Et tu comptes faire ça tous les combien ?

– Aucune idée. Pas tant que ça, quand même. Peut-être trois ou quatre fois par semaine.

Amber en reste scotchée.

– Espèce de malade !

– Quoi ? dit Janie qui se colle une étoile scintillante sur le menton. Vous n'avez qu'à faire pareil. Je suis quand même obligée de vivre avec une sorcière, moi.

Elle regarde un instant le chevet de mon lit : mon gros amas de cristaux, mon bol de fleurs de lavande et le vase que j'ai modelé pour mon sort de réparation.

– Il a la santé, Crâne-d'œuf, observe Amber.

– Pour info, il se trouve qu'il s'appelle Hayden, et qu'il est très gentil. On chante ensemble dans la chorale de l'église.

– Ça doit faire plaisir à Jésus, la raille Amber, consternée.

Nous nous disputons encore pendant plusieurs minutes sur les règles du couchage et le rythme de mes pratiques. Grosso modo, Janie a gentiment accepté de continuer de vivre avec moi, mais elle ne veut assister à aucun de mes sorts. En échange, elle veut bien réduire le rythme de ses rendez-vous avec Crâne-d'œuf à un ou deux par semaine, profiter aussi de sa chambre à lui et nous prévenir un peu à l'avance, Amber et moi, pour qu'on puisse s'organiser. Nous convenons toutes d'afficher notre programme hebdomadaire.

– Attendez, nous coupe Janie. Tout ça ne peut pas prendre effet avant demain. J'ai déjà dit à Hayden qu'on se retrouverait ici ce soir. C'est uniquement parce que son coloc a prévu quelque chose de spécial avec sa copine... ils vont avoir besoin de sa chambre.

– Comme tu veux. De toute façon, j'aurai sans doute des révisions à faire.

Et puis, je sais déjà que je vais passer la journée au lit à rattraper mon sommeil.

– Attendez, moi ça ne me va pas, se rebiffe Amber. Je vais à une fête ce soir, mais ça se terminera tôt pour qu'on puisse aller manger un morceau au fast-food après. Je serai sûrement de retour à trois heures au plus tard.

– On devrait avoir fini d'ici là, roucoule Janie.

C'est parfait.

– Oh, une dernière chose, ajoute notre coloc. Je crois qu'Amber et toi, vous devriez vous acheter un frigo. J'en ai marre de me faire piquer toute ma bouffe. Faudrait pas croire que je n'ai rien remarqué.

Amber pouffe de rire en évitant de la regarder.

– Marché conclu, dis-je.

Les règles de base une fois posées, je consulte ma boîte vocale. Drea et ma mère m'ont toutes les deux rappelée hier soir. Au lieu de leur retourner leur appel sur-le-champ, je me glisse de nouveau entre les draps en serrant ma boîte à songes contre moi, impatiente de rêver de Jacob.

Ormeau

Avant de partir du champ de foire, Ormeau dit à Maçon, à Argile et aux autres qu'il croit avoir perdu un gant devant le stand des marchands de fromage et veut retourner le chercher. Maçon, un peu distrait par le chargement de la voiture, est d'accord.

Ses deux gants coincés dans la ceinture de son pantalon, Ormeau jette un coup d'œil vers Brique, car il sent que ce dernier a perçu son mensonge. Il ne voit que son visage, un fugace froncement de sourcils.

Il retourne vers l'allée où la fille distribuait des ailes d'ange. Il retrouve le stand un peu trop facilement. Il n'y a plus rien autour, rien d'autre que des prés qui s'étendent à perte de vue.

La fille est là et l'accueille avec un grand sourire.

– Déjà de retour ? lui dit-elle.

Ormeau regarde autour de lui, il se demande où sont passés tous les autres troqueurs. Il se retourne vers l'endroit où ses camarades chargeaient la voiture, mais eux aussi ont disparu.

– Qu'est-ce que tu attends ?

Elle se saisit de la paire d'ailes qu'elle lui a choisie plus tôt et la pose sur la table.

– Essaie-les.

Encore troublé par la soudaine disparition de tout le monde, Ormeau l'observe un instant. Elle-même ressemble à un ange : peau claire et veloutée, yeux pâles et argentés, lèvres rosées, et des cheveux blonds comme les blés qui pendent dans le dos de sa longue robe scintillante.

– Comment t'appelles-tu ? lui demande-t-il.

– Angèle.

Il retient un rire.

– Qu'est-ce qu'il y a de drôle ? Moi au moins, je connais mon nom.

– Qu'est-ce que tu veux dire ?

– Et toi, c'est quoi, ton nom ?

– Ormeau.

– Mais ton vrai nom ?

Ormeau élude la question. Il ne se souvient pas de son vrai nom. C'est pour cela que comme beaucoup de pionniers, qui changent d'identité en entrant dans la communauté, il a été rebaptisé par Maçon. Comme pour prendre un nouveau départ.

– J'attends... dit-elle d'une voix chantante en redressant l'auréole de fortune qu'elle s'est attachée au-dessus de la tête : un anneau de carton brillant fixé à une tige elle-même accrochée dans le dos de sa robe, et qui oscille d'avant en arrière quand elle bouge, comme une antenne.

Ormeau se concentre un instant sur son collier.

C'est une minuscule fiole vert émeraude suspendue à une chaîne en argent.

– Où as-tu trouvé ça ? s'enquiert-il.

– C'est ma mère qui me l'a offerte. Elle est en verre roulé par la mer.

La fille retire le minuscule bouchon de liège et verse une gouttelette d'huile sur son doigt.

– C'est de l'huile essentielle de lavande. Tu veux sentir ?

Ormeau est sûr d'avoir déjà vu exactement le même collier. Il lui rappelle nettement quelque chose.

– Bien sûr que ça te dit quelque chose, déclare-t-elle comme si elle lisait dans ses pensées.

Elle se parfume dans le cou avec un sourire narquois.

– Comment ça ?

Le sourire d'Angèle s'élargit.

– Viens plus près, dit-elle en ouvrant le col de sa robe. Parfois, les odeurs nous aident à nous souvenir du passé.

Ormeau se penche en avant, mais il ne sent rien. En revanche, il remarque un X brun foncé dans son cou, juste au-dessus de la clavicule, à peu près de la taille d'une empreinte de pouce.

– C'est un tatouage ?

Angèle passe les doigts sur le X et acquiesce.

– C'est la rune des partenaires. Tu en as un aussi, n'est-ce pas ?

– Un tatouage ?

– Non, soupire-t-elle. Un partenaire.

Ormeau fait oui de la tête en pensant à Lys.

– Pas *elle*, glapit la fille, qui lit toujours dans ses pensées. Ta *vraie* partenaire. La seule qui ait un X dans le cou.

– Pardon ?

– Tu tiens une piste avec cette histoire de « À Candace, pour toujours, avec mon amour »... l'inscription sur la montre de ce vieux couple... Je sais à quel point ça te perturbe.

– Qu'est-ce que ça veut dire ?

– Tu te moques de moi ? éclate-t-elle. Je dois te mâcher tout le travail ? Réfléchis un peu, s'il te plaît.

– Excuse-moi.

– Laisse tomber. Revenons à ta partenaire. Tu sais de qui je veux parler... celle qui t'a brisé les ailes... ?

Elle fait un geste vers son dos, vers ses ailes brisées invisibles.

Ormeau secoue la tête, complètement perdu.

– Ça ne m'étonne pas. Tiens. (Elle pousse les ailes en carton vers lui.) Mets-les avant de m'énerver pour de bon.

– Comment tu fais pour en savoir aussi long sur moi ?

– Je suis ton ange gardien. C'est mon *boulot*.

Ormeau se renfrogne, encore plus perplexe.

– Je ne suis pas mort.

– Accroche-toi à cette idée, lui chuchote-t-elle.

Et sur ce, Angèle l'embrasse sur la joue et disparaît, en même temps que ses ailes.

Ormeau

Ormeau se réveille, pantelant. Il se frotte les yeux et s'efforce de rassembler ses esprits. Il jette un regard vers Brique, qui dort à poings fermés dans son lit, puis vers les garçons plus jeunes sur leurs couchettes, de l'autre côté de la chambre. Il est soulagé de ne pas les avoir réveillés, mais comment va-t-il faire pour se rendormir ?

Il n'essaie même pas. Il sort de son lit, attrape son manteau, ses gants et son bonnet, et sort. Avec un croissant de lune pour seul lumignon, il passe devant le tas de bois, la forêt, et s'engage sur le sentier qui mène à la plage. Il y a une jetée, à laquelle est amarré un petit bateau. Argile, Maçon et certains aînés le prennent souvent pour aller à la pêche... que ce soit en mer ou dans des maisons.

Ormeau s'assoit sur la jetée et regarde l'embarcation. Il se demande où Argile et Maçon cachent la clé de contact. Il agite les pieds au-dessus de l'eau, soudain un peu effrayé, un peu mal à l'aise, sans savoir pourquoi. Qu'est-ce qui le perturbe ? Est-ce la nuit ? Cette sortie en douce, la crainte d'être pris ? Est-ce le rêve qu'il vient de faire ?

Il inhale l'air marin en s'efforçant de comprendre, en se demandant si la fille du champ de foire s'appelle vraiment Angèle et si, d'une manière ou d'une autre, elle a vraiment su sentir des choses sur lui. Il empaume la pierre au pentacle dans la poche de son manteau, l'imaginant comme un gros amas de cristaux aux pouvoirs protecteurs. Peut-être que s'il avait eu une protection de ce genre quand il était dans la rue, il ne serait pas privé de pans entiers de sa vie. Il contemple l'eau sombre et trouble qui vient éclabousser les piles de la jetée et lui donne un léger mal de mer.

Pourquoi cette sensation ? Pourquoi le pendentif en verre roulé de son rêve – le collier d'Angèle – lui a-t-il paru si familier ? Que voulait-elle dire en évoquant une piste à propos de l'inscription sur la montre du vieux couple ? Est-ce uniquement son subconscient qui se joue de lui ? Ou y a-t-il autre chose ?

Soudain, il entend un bruit : un couinement de semelles en caoutchouc approchant rapidement dans le sable mouillé juste derrière lui. Ormeau se raidit en se demandant s'il vaut mieux se suspendre à la jetée ou plonger dans l'eau pour ne pas être vu. Maçon a édicté des règles strictes en ce qui concerne les sorties après le couvre-feu. Et si quelqu'un avait remarqué que son lit était vide ?

Plissant les paupières, il s'efforce de distinguer une silhouette. Au bout d'un instant, une lumière vive vient l'éblouir.

– Qui est là ? crie-t-il.

– Ce n'est que moi, répond Brique en riant et en éclairant son propre visage. Je t'ai fait peur ?

Ormeau pousse un soupir de soulagement.

– Qu'est-ce que tu fais là ?

Brique le rejoint sur la jetée.

– Je pourrais te retourner la question. Tu n'es pas gelé ?

Sans répondre, Ormeau suit Brique sur la plage, là où le groupe se réunit souvent autour d'un feu. Brique le rallume et sort un petit sachet de sa poche.

– Du pissenlit séché, dit-il en le passant à Ormeau. Tu t'es déjà servi de ça ?

Ormeau ouvre le sac et le tient dans le faisceau de la lampe. Il observe les fragments verts, jaunes et bruns, puis les porte à son nez pour les renifler. La senteur aigre et familière de l'herbe sèche lui saute au visage.

– Pour invoquer les esprits, c'est ça ?

– Tu m'impressionnes. On voit que tu as déjà essayé.

Il a raison. Ormeau est sûr de l'avoir déjà fait, mais il est incapable de se rappeler quand.

Brique reprend le sachet et verse son contenu dans le feu.

– Alors, qui allons-nous invoquer ? Abraham Lincoln ? Gandhi ? Ou alors quelqu'un de plus accessible... quelqu'un qu'on connaît...

Ormeau y réfléchit pendant un moment. Connaît-il des morts ?

– Que penses-tu de Rosa ? suggère Brique. La première femme de Maçon. Il dit qu'elle est morte parce qu'elle a été élevée dans un monde matérialiste ; sa famille possédait beaucoup de gadgets émetteurs d'ondes : télés, ordinateurs, fours à micro-ondes... Il dit que c'est ça qui l'a rendue malade.

– Tu y crois vraiment ?

Brique hausse les épaules.

– Je crois que Maçon y croit. Il nous répète souvent combien il est fier de notre communauté, de ce qu'on fait ici. Peut-être que si on la contactait, elle pourrait nous raconter des secrets sur...

– Mon oncle, l'interrompt Ormeau.

– Quel oncle ?

Il secoue la tête, le cœur battant à toute vitesse.

– Je crois que j'avais un oncle qui est mort.

– Tu te rappelles quelque chose de ton passé ?

Ormeau est à présent certain de se souvenir d'un enterrement : le cortège de voitures, la mer de longs manteaux noirs, le vacillement des cierges dans une église parfumée d'encens.

– Ça vient de me revenir, vaguement... c'est l'odeur du pissenlit.

Il revoit alors Angèle lui dire en rêve que les odeurs peuvent aider à se souvenir du passé.

– Il doit être puissant, celui-là, commente Brique en tisonnant le feu à l'aide d'un bâton. Tu te rappelles à quoi il ressemblait ?

Ormeau ferme les yeux et s'efforce de se concentrer sur un visage, mais tout ce dont il se souvient, c'est que le cercueil était fermé, comme une grosse boîte vide.

– Hello ? dit Brique en claquant des doigts.

– Je ne me souviens plus, murmure Ormeau en rouvrant les yeux.

– Bon, c'est quand même une bonne nouvelle. Ton cerveau finira peut-être par laisser revenir les bons souvenirs.

Ormeau l'espère. Mais dans ce cas, pourquoi Maçon lui a-t-il dit qu'il n'y avait rien de bon dans son passé ?

– Je veux aller reparler à cette fille, dit-il. Celle du champ de foire.

– Celle avec les ailes ?

Ormeau acquiesce en silence.

– Je te l'ai dit, tu aurais dû en essayer une paire.

– C'est quand, le prochain jour de troc ?

– Pas avant un mois.

Sur ces mots, Brique jette le bâton dans le feu. Une gerbe d'étincelles s'envole dans le vent.

– Il faut que je la retrouve.

Brique est pensif.

– On doit aller en ville demain. Maçon veut qu'on aille acheter du matériel.

– Et ?

– Et qui sait… peut-être qu'elle sera là. Si c'est ce qui doit être… Tu ne crois pas au destin ?

– Je crois qu'on fabrique son destin.

Ses propres mots, sa confiance apparente en eux le crispent malgré lui.

– C'est le destin qui t'a amené à notre camp, dit Brique en écartant de ses yeux une mèche de ses longs cheveux blonds. Tu crois que c'est toi qui as fait arriver ça ?

– Je ne sais pas comment je me suis retrouvé ici. Je me suis réveillé un jour, et voilà.

– C'est bien ce que je disais. Le destin.

Ormeau y réfléchit pendant un moment, dubitatif. Chaque fois qu'il pose des questions sur son arrivée au camp, on lui raconte la même histoire : Argile, Maçon et Pierre l'ont trouvé dans la rue, mourant de faim et presque mort d'épuisement. Il s'assoit sur ses talons en se remémorant les plaies qui couvraient son corps : le trou à l'arrière de son crâne, encore sensible, là où ses cheveux bruns n'ont pas encore entièrement repoussé. Il revoit Ocre, l'une des aînées, veiller sur lui dans le baraquement des femmes.

– Qu'est-ce qu'il est devenu, Pierre ? demande-t-il.

– Il n'est plus là. Il est parti peu après ton arrivée. On n'est pas vraiment censés en parler.

– Et pourquoi ?

– C'est juste une règle. Maçon n'aime pas qu'on quitte le camp. Je crois qu'il a peur que si on en parle, cela en encourage d'autres à s'en aller.

– C'est pour ça, la clôture en barbelés ?

– Maçon prétend que c'est pour empêcher les gens d'entrer : les promeneurs, tu sais, ceux qui n'ont pas leur place parmi nous, qui ne comprennent pas notre mission de paix.

Ormeau est convaincu que c'est du baratin. Pourquoi, sinon, faudrait-il toujours être accompagné pour sortir de l'enceinte ? Pourquoi n'aurait-on pas le droit de s'aventurer trop loin dans la forêt ? Il se demande s'il pourra un jour s'en aller et, si oui, où il ira.

– À propos de pierres manquantes, dit Brique avec un petit sourire, tu as entendu parler des bijoux volés à la table de Pluie aujourd'hui ? Elle dit qu'il y avait une bague en turquoise et un bracelet de jade.

– Elle sait qui a fait le coup ?

Brique détourne la tête pour ramasser un nouveau bâton.

– Elle pense que c'est sans doute quelqu'un avec qui elle faisait du troc. Peut-être qu'il a pris plus que sa part pendant qu'elle regardait ailleurs.

– Et toi, qu'est-ce que tu en penses ?

Ormeau est persuadé que Brique n'y croit pas.

Ce dernier cesse de tisonner le feu pour le fixer dans les yeux.

– On ne devrait peut-être pas parler de tout ça.

– Tu crois que c'est Argile, non ?

Brique hausse les épaules mais reste muet.

– Tu penses toujours qu'il a pris ce collier ?

Il se tortille légèrement.

– Parlons d'autre chose.

– Tu peux me faire confiance. Je ne dirai rien.

– Ce n'est pas la question.

– Alors c'est quoi, la question ? éclate Ormeau. On ne peut pas dire qu'on ne soit pas des voleurs.

– On n'est *pas* des voleurs, affirme Brique.

– Eh bien, je ne sais pas comment ça s'appelle. On entre chez les gens et on leur pique leurs affaires en douce. Quelle différence avec Argile prenant des choses à Pluie ? Tu n'as jamais remis ça en question ? Même pas une fois ?

Au lieu de répondre, Brique se remet à remuer les braises avec son bâton.

– Il a une arme à feu, tu sais ? dit-il au bout d'un long moment.

– Argile ?

Un hochement de tête.

– J'en suis à peu près sûr, mais personne n'est censé le savoir.

– Et toi, comment tu le sais ?

– On l'a trouvée, raconte Brique en restant concentré sur le feu. Je crois qu'il l'a prise chez des gens. Il a fait comme si la vue du pistolet le rendait malade, mais quand j'ai regardé dans le tiroir avant de sortir, il n'y était plus.

Le malaise d'Ormeau augmente à chaque instant.

– Pourquoi a-t-il besoin d'une arme, à ton avis ?

Brique a un geste vague.

– Pour se protéger, sans doute.

– Se protéger de quoi ?

– Pendant les visites de maisons, peut-être. Ou alors contre les gens qui entrent dans le camp... qui veulent violer notre mission de paix.

– Tu crois vraiment à tout ça ?

Au lieu de répondre, Brique se redresse et éponge les gouttes de sueur qui roulent sur son visage en dépit du froid matinal.

– Tu ne parleras de ça à personne, hein ? implore-t-il au bout d'un moment.

Ormeau secoue la tête, mais il n'est pas tout à fait sûr d'être d'accord.

– À condition que tu ne dises à personne que je commence à me rappeler des bribes de mon passé.

– Mais c'est une bonne nouvelle ! Pourquoi tu ne veux pas que ça se sache ?

– Pour les mêmes raisons que toi quand tu ne veux pas que je parle d'Argile.

Tous deux restent plusieurs minutes assis en silence, à regarder le feu qui craque dans le vent.

– On se ressemble beaucoup, je trouve, dit finalement Brique en lançant un regard timide à Ormeau.

Et c'est vrai. Ils sont sur la même longueur d'onde.

Lucy

J'avance dans un long tunnel sombre vers une lumière vive et miroitante. J'entends un martèlement tout autour de moi, comme un cœur qui bat. Est-ce le mien ? Je pose la main sur ma poitrine, mais je n'en sais rien. Tous les nerfs de mon corps vibrent. Mes doigts tremblent violemment. J'entends des clapotements à mes pieds. Je baisse les yeux et comprends que le bruit vient de moi, que j'ai de l'eau jusqu'aux genoux. Des mains crèvent la surface du courant : elles ont de longs doigts pâles et tordus qui se tendent pour me toucher, pour m'entraîner vers le fond. Je continue de marcher pour leur échapper, mais c'est dur.

– Heureuse de te revoir, Miss Lucy B., dit une voix féminine, la voix d'enfant de mon autre rêve. Je suis la fille que tu vas libérer.

Je m'entends crier :

– Comment ? Qui êtes-vous ?

Son ombre passe en gambadant devant la lumière ; je vois sa robe flotter derrière elle.

– Te rappelles-tu, mon petit rat ? Tu sais, le garçon qui mourra.

Sur ces mots, une main m'agrippe la jambe et essaie de me tirer en avant, dans l'eau. Je me retiens, tâche de garder l'équilibre et tente de décrocher la main en la frappant de mon autre talon.

– *Mort, mort, mort, mort, mort !* scande-t-elle.

Sa silhouette apparaît dans la lumière. Elle a de longs cheveux raides qui lui descendent sous la taille. Le reste de sa personne est drapé dans sa robe, ample et flottante, comme si elle s'était déguisée pour jouer. Elle tient une balle à la main. Elle se baisse pour la faire rouler vers moi. La balle se déplace à la surface de l'eau avant d'être engloutie.

Je continue de donner des coups de pied dans la main, mais elle ne lâche pas. Elle me serre plus fort, me coupe la circulation. J'ai une douleur lancinante à la jambe, mon pied s'engourdit.

– Ma fille a un bras de feu, tu sais. Un cœur rouge vif et la lettre T. Tu dois l'aider, ce sera ton but. Car sinon, Jacob ne sera plus.

Jacob ? Mes yeux s'agrandissent.

– Il est ici ?

Elle plonge la main dans sa poche et en sort, je le sais, mon amas de cristaux. Elle l'élève, et la lumière qui traverse ses creux et ses bosses le fait luire.

– Plonge, Miss Lucy B., si c'est Jacob que tu veux retrouver.

Et sur ces mots, la fille disparaît dans l'eau. Je la suis, laissant la main m'entraîner vers le fond.

Je passe cette nuit-là à travailler à la bibliothèque, à m'efforcer de rattraper mes cours, motivée par le rêve, par la promesse de retrouver Jacob. Je me repasse en boucle les paroles – « un cœur rouge vif et la lettre T » – en me demandant ce qu'elles signifient, à quoi correspond la lettre T. Je me remue les méninges pour la relier à Jacob, mais rien ne fonctionne : ni son deuxième prénom (Cameron), ni son signe astrologique (capricorne), ni sa ville natale (Vail), ni sa friandise préférée (les brownies). Pendant une petite seconde, j'ai un coup au cœur en me rappelant qu'il a eu un chien quand il était petit mais que l'animal s'est enfui. J'essaie désespérément de retrouver le nom du chien. Mais quand il me revient, mon cœur se dégonfle. Il s'appelait Dormeur, comme l'un des sept nains. Quelle ironie, me dis-je ! Maintenant, la dormeuse, c'est moi.

Je tâche de maîtriser mon souffle et me répète que j'ai encore du travail. J'avance lentement dans les résumés de chapitres et les listes de vocabulaire, consciente qu'il *faut* que je réussisse, qu'il *faut* que je tienne. Si aider la fille du président doit me permettre de voir Jacob dans mes rêves, si les deux sont liés, alors il n'y a pas à hésiter.

Quand l'aube se lève sur le dimanche matin, j'ai hâte de regagner la chambre pour aller dormir. Je franchis la porte d'un pas lourd, impatiente de sauter dans mon lit, mais Amber me fait bondir de surprise.

– Ouille ! hurle-t-elle.

Elle est debout devant sa commode, toujours en pyjama imprimé fromage, et vient visiblement de se refermer le tiroir sur le doigt.

– Mon Dieu, s'écric Janie en bondissant de son lit. Ça va ?

Amber brandit son majeur blessé, à l'ongle verni en bleu pâle.

– Est-ce que ça a l'air d'aller ?

J'ouvre le frigo de Janie et en sors un bocal de mayonnaise.

– Tiens, dis-je en dévissant le couvercle. Trempe ton doigt là-dedans.

– Beurk !

– Fais ce que je te dis. Ça l'empêchera d'enfler.

Elle s'exécute et enfonce le doigt dans la crème blanchâtre.

– Ça fait du bien, non ?

– On dirait de la pommade anti-hémorroïdes, observe-t-elle d'un air toujours dégoûté.

– Bien sûr, tu t'y connais ! Reste comme ça. L'œuf contenu dans la mayo a un effet apaisant. Comme sur tes brûlures au visage, l'été dernier, tu te souviens ?

– Je ne risque plus de m'en servir, commente Janie en parlant de la mayonnaise.

Son nom est inscrit en grosses lettres noires sur l'étiquette.

Amber sort son doigt du bocal pour le lécher et l'engloutit totalement. Pendant ce temps, je prends quelques feuilles de menthe séchées dans ma valise à sorts et les saupoudre dans le bocal.

– Pour aromatiser ? s'enquiert Amber en replongeant son doigt.

– Pour cicatriser. La menthe accélère le processus.

– Attends, glapit Janie, c'est encore ta sorcellerie ?

Amber regarde vers le plafond.

– Attention, je sens que la foudre va frapper !

– C'est pas drôle, dis-je en prenant un œuf dans le frigo.

– C'est à moi ! râle Janie. Je n'ai même pas encore eu le temps de les faire cuire.

– Qu'est-ce que tu fais avec une douzaine d'œufs, d'abord ? lui demande Amber. On n'a même pas de cuisinière ici, et tu n'es pas une cloche de Pâques, que je sache. Quoique.

– Il y a une cuisinière dans les logements étudiants en ville, là où habite Hayden. J'aime me faire des œufs durs pour me caler l'estomac.

Amber tire la langue pour montrer sa répugnance.

– Tu parles d'un délice !

– On t'en rachètera une douzaine, dis-je en plaçant l'œuf dans l'autre main d'Amber. Tiens-le le plus près possible de ta blessure, et imagine la plaie quittant ton doigt pour entrer dans l'œuf.

– Et ça marche vraiment, ça ? s'étonne Janie.

– C'est ce que je fais, moi. C'est ma grand-mère qui me l'a appris.

– C'est ça, ta magie ?

– Plutôt inoffensif, hein ?

– Inutile, plutôt, grogne-t-elle.

Pendant qu'Amber continue de soigner son doigt, je me glisse dans mon lit sans même me changer. Le problème est que je suis tellement surexcitée à l'idée de reprendre mon rêve – et de voir enfin Jacob, cette fois – qu'il me faut deux bonnes heures, un sort et deux tentatives de coups de fil avant que ma tête et mon corps envisagent de s'assoupir.

Une fois Amber et Janie parties prendre leur brunch, j'exécute le sort de rêve puis rappelle ma mère et Drea. Ni l'une ni l'autre ne répond. Je laisse un message à chacune et prends mon flacon de tranquillisants. J'en fais descendre deux avec une tasse de tisane d'Echinacea verte bien chaude, m'adosse contre mon oreiller et tombe enfin dans le sommeil.

Je dors quatorze heures d'affilée, mais je ne rêve pas du tout. Pas même un petit peu.

Je me réveille le lundi matin en proie à une frustration

extrême, mais aussi légèrement soulagée que le week-end soit enfin terminé. Si bien que, après avoir assisté à tous mes cours, je fonce droit au bureau du président. Miss McNeal est là, devant son ordinateur, en train de faire une partie de Solitaire.

– Le Dr Wallace est là ?

Elle se détourne de l'ordinateur et se crispe immédiatement.

– Il vous attendait.

Sa réaction me prend par surprise. Elle lui a évidemment raconté tout ce qui s'est passé ici vendredi. Elle entre dans son bureau en fermant derrière elle. Au bout de quelques secondes, elle en ressort en laissant la porte grande ouverte pour moi.

– Le Dr Wallace va vous recevoir.

Rassemblant mes forces, je pénètre dans le bureau. Je remarque immédiatement qu'il n'est pas seul. Porsha aussi est là. Assise par terre dans un coin de la pièce, elle est entourée comme avant d'une barricade de livres. Elle me regarde une seconde, mais reprend ensuite son travail comme si je n'étais même pas là.

– Lucy, dit le Dr Wallace en se levant. Je suis heureux de vous revoir.

– Je suis prête, pour Porsha.

Il hoche la tête et pousse un énorme soupir, comme soulagé par ma décision.

– C'est ce qu'elle souhaite aussi. J'ai passé le week-end à lui parler de vous, de vos expériences de prémonition... du moins de ce que j'en sais.

J'observe Porsha en me demandant si c'est vrai qu'elle a

envie de me parler ou si elle va encore faire une comédie comme vendredi. Apparemment, elle trace des lignes sur les pages d'un cahier. Elle a la main bandée... à cause de ses coups de crayon, je présume.

– C'est une bonne chose, poursuit le Dr Wallace.

L'émotion est clairement visible sur ses traits. Il va à la fenêtre, comme pour vérifier quelque chose au-dehors... pour cacher ce qu'il éprouve, peut-être.

Ensuite, il demande à Porsha de nous excuser et m'emmène avec lui. Nous sortons de son bureau, empruntons un couloir et entrons dans une petite salle de réunion pour évoquer quelques points en privé.

Il ferme la porte derrière nous et m'affirme que si Porsha essaie de se faire du mal, je dois le lui signaler (et si possible à personne d'autre) sans attendre. Il me donne aussi son numéro de bipeur, son numéro de portable, et me fait promettre de ne rien dire à personne de notre accord.

– Vous pouvez utiliser mon bureau. De toute manière, je dois me rendre à une réunion maintenant.

– Parfait.

J'ai hâte de commencer.

– Attendez, ajoute-t-il avant que j'ouvre la porte. Veillez à garder le compte de toutes les dépenses que peut vous coûter le temps passé avec Porsha.

– Des dépenses ?

– Si elle vous prend quelque chose ou abîme un bien vous appartenant... par inadvertance, bien sûr.

J'imagine l'étonnement qui doit se peindre sur mes traits. Je me demande si elle pourrait essayer de me faire du mal, à moi, comme elle s'en fait à elle-même.

– Ne la laissez pas prendre le contrôle de la conversation. Elle est douée pour cela, pour jouer avec le psychisme des autres. Elle a vu tant de psychothérapeutes qu'elle est devenue très forte pour poser les bonnes questions, si vous voyez ce que je veux dire.

Ma surprise se mue en confusion.

– Vous serez très bien, me dit-il.

Mais j'ignore si c'est moi ou lui qu'il cherche à rassurer.

Là-dessus, il me raccompagne à son bureau et fouille les vêtements de Porsha. Il sort de la ceinture de sa jupe un paquet de cigarettes et un briquet.

– Où as-tu trouvé ça ? lui demande-t-il sévèrement.

Pour toute réponse, elle se tourne face au mur.

– Elle n'est pas censée en avoir, me dit le Dr Wallace en faisant disparaître les biens confisqués dans la poche de son manteau. Je viendrai aux nouvelles tout à l'heure.

Il dit au revoir à Porsha, en lui soufflant un baiser derrière la tête, puis me laisse avec elle... seule à seule.

Lucy

Je demande à Porsha si elle veut s'installer dans le petit salon au fond du bureau du Dr Wallace. Il y a là une longue table basse en verre entourée de deux fauteuils en cuir crémeux et d'un petit divan couvert de velours.

Aucune réaction. Elle se remet simplement à tracer des lignes dans son cahier.

Je l'approche lentement et m'assois par terre devant elle.

– Sur quoi travailles-tu ?

Comme elle ne me répond pas davantage, je prends quelques instants pour examiner les livres dont elle s'est entourée. Ils sont tous abîmés : des traits au stylo et de profondes incisions au rasoir dans les couvertures.

– Tu veux me parler de tes cauchemars ?

Toujours le silence.

– Tu veux peut-être que je m'en aille, dis-je sans avoir la moindre intention de partir.

Pour toute réponse, elle griffonne quelque chose dans la marge de son cahier.

« Je sais que tu es seule », est-il écrit.

Exactement comme dans mon cauchemar.

– Comment as-tu su ? je lui demande, le cœur battant.

Elle reste murée dans son silence.

– J'ai entendu cette phrase dans mon rêve. Il paraît que tu en fais, toi aussi... que tu rêves d'un camp... d'une fille nommée Lys. C'est vrai, tout ça ?

Rien.

– C'est toi, la fille au bras de feu ?

Porsha lève la tête, enfin. Ses yeux sont d'un gris argenté, soulignés de gros cernes sombres : un mélange d'insomnie et d'eye-liner, peut-être.

Je me concentre intensément pour tenter de retrouver la voix de la petite fille dans mon cauchemar.

– As-tu une brûlure en forme de cœur ?

Porsha ne dit toujours rien. Elle me regarde fixement, sans ciller.

– Il y a aussi une autre brûlure, n'est-ce pas ? Elle est en forme de T majuscule ? (Je tends la main vers son bras, celui que je soupçonne de porter les brûlures.) Peux-tu me dire ce que cela signifie, « Je sais que tu es seule » ?

Porsha se dégage et secoue la tête ; ses cheveux pendent sur les pages de son cahier, les pointes toujours teintes en vert olive foncé.

– Tu n'as pas entendu ? murmure-t-elle. Je suis folle.

– Ce n'est pas ce que croit ton père.

Ses paupières sont rougies et croûteuses.

– Si. Il pense que toi aussi tu es folle... et qu'il est fou de nous réunir.

– Je ne pense pas que ce soit vrai.

– On se fiche de ce que tu penses.

– Ta mère ne s'en fiche pas. Elle veut que je t'aide.

– Ma mère est morte.

– Je sais. Je rêve d'elle.

– C'est des conneries.

– C'est la vérité, dis-je tout bas.

– Prouve-le.

– Comment ?

– Donne-moi un détail que seule elle et moi pouvons connaître.

Je me sens impuissante. Je visualise la petite fille de mon rêve, avec ses cheveux flottants et sa robe drapée, et me demande une fois de plus pourquoi elle m'apparaît sous la forme d'une enfant plutôt que d'une adulte.

– Je ne peux pas.

– C'est bien ce que je pensais.

Elle se remet à gribouiller.

Je prends ma respiration.

– Que signifie le T sur ton bras ?

– Ça veut dire « terrible », crache-t-elle en rejetant la tête en arrière pour me regarder.

– *Terrible* ? Qu'est-ce qui est terrible ?

– *Torride*, continue-t-elle. Thon, tomate, têtu, tarte, tabou, tarentule, tricycle...

– Porsha. C'est sérieux.

– *Mort, mort, mort, mort, mort !*

Elle veut dessiner sur sa main bandée, mais j'arrête son geste.

– Non ! s'exclame-t-elle en retirant sa main et en traçant une grosse ligne noire au stylo sur mon bras.

Je me dégage pour inspecter les dégâts. Elle a réussi à m'écorcher près du poignet.

– Va-t'en ! me crie-t-elle en brandissant son stylo au-dessus de sa tête comme un couteau. Je ne veux pas te parler.

Je garde un œil sur le stylo et baisse la voix jusqu'à un murmure. Je refuse de céder si facilement. Je rassemble mon courage.

– Je m'en irai si tu veux, mais d'abord, écoute-moi. Ça m'est arrivé, à moi aussi. J'ai rêvé de la mort de ma meilleure amie, de ma propre mort, de la mort d'une inconnue, et de celle de la petite fille que je gardais.

Porsha pose le stylo sur ses genoux.

– Et à part toi, il y en a qui sont mortes ?

Je fais oui de la tête. Elle ouvre de grands yeux.

– Pourquoi ? À cause de toi ? Parce que tu n'as pas su les sauver à temps ?

Je fuis son regard : je ne sais toujours pas pourquoi je n'ai pas pu prédire l'accident de Jacob, pourquoi j'ai réussi à sauver Clara – une quasi inconnue – mais pas l'être que j'aimais le plus au monde.

– J'ai fait de mon mieux, dis-je dans un souffle.

– Mais ça n'a pas suffi, hein ?

Elle sourit légèrement en se rapprochant lentement de moi, renversant sa barricade de livres.

– Et maintenant, tu dois vivre avec.

– Je me suis pardonné.

– Pas complètement, observe-t-elle sans cesser de me scruter.

Je lutte toujours pour reprendre mes esprits.

– Non. J'ai fait de mon mieux... pour prédire les choses, mais je n'ai pas su tout surmonter.

– Qu'est-ce qui te tourmente le plus ?

Je me rappelle soudain les conseils du Dr Wallace : je dois reprendre le contrôle de la conversation

– Écoute, ce n'est pas moi l'important. Il faut qu'on parle de toi, de ton expérience des cauchemars.

– C'est ta meilleure amie qui est morte ? Ou la petite fille ?

J'ai un mouvement de recul.

– Arrête.

Elle me regarde un instant au fond des yeux.

– C'est la petite fille, pas vrai ? Celle que tu gardais ?

Je détourne la tête.

– Mais ce n'est pas ça qui te ronge, poursuit-elle, le regard toujours fixe. Ce n'est pas ça qui t'a sucé tout le sang...

Elle fait un bruit de succion pour renforcer son effet.

– Porsha...

– C'est un amoureux, pas vrai ? Comment s'appelait-il ?

– Parlons d'autre chose.

– *Comment s'appelait-il ?*

– Jacob, dis-je à voix basse.

– *Jaaa-cooob*, répète-t-elle en articulant de manière exagérée les deux syllabes de son prénom. Tu n'as pas été capable de prédire le sort de *Jacob* à temps et maintenant il est mort. *Mort, mort, mort, mort, mort !*

– Il faut que je m'en aille.

Je me lève et fonce vers la porte.

– Va-t'en ! me crie-t-elle, debout à présent. Sinon tu mourras, toi aussi.

Lucy

Je tremble encore de ma conversation avec Porsha. Je jette un coup d'œil à ma bague d'améthyste, celle que m'a donnée ma grand-mère, et me redis que ce que j'ai entrepris est important. Peut-être que si j'avais eu quelqu'un à qui parler quand j'ai fait mes premiers cauchemars, je n'en aurais pas eu aussi peur. Peut-être que j'aurais mieux su comment les affronter.

J'ouvre la porte de la bibliothèque, redoutant les deux heures qui viennent. Tim s'est aimablement porté volontaire pour m'aider à réviser la sociologie. Il se trouve que nous sommes dans le même groupe de trois cents personnes. Nous avons convenu de nous retrouver au fond de la salle des usuels pour réviser une interro. Je ne serais sans doute pas si nerveuse si seulement je pouvais cesser de penser à ce que m'a dit Amber, quand elle s'est vantée de l'avoir « affranchi » sur ma situation sentimentale.

Avant même d'avoir atteint le comptoir de l'accueil, je me rappelle subitement que je devais appeler le père de Porsha. Comme si les choses ne pouvaient pas être pires ! Je fais demi-tour en direction des cabines téléphoniques du hall, mais à ce moment-là, je vois Tim. Il est fin prêt pour notre séance de travail : livres étalés sur la table, deux cafés fumants plus ou moins cachés derrière son sac à dos, le visage fendu d'un large sourire. Il me fait signe de le rejoindre.

– Salut, dis-je avec une gaieté forcée en me rapprochant de lui.

Il me désigne l'un des cafés et sort de sa poche des sachets de crème et de sucre.

– Je ne sais pas comment tu l'aimes, mais je suppose que tu n'as rien contre la caféine... puisqu'on travaille...

– Merci. C'est parfait.

– Et, comme je suis incapable de prendre un café sans me goinfrer...

Il me montre le sol, où est posé un sac en papier plein de donuts, dissimulé derrière une pile d'encyclopédies.

– Ne me dis rien. La vendeuse de la pâtisserie t'a à la bonne.

– Une fille intelligente comme toi ne devrait pas se planter en sociologie.

Il tire la chaise à côté de lui pour que je m'assoie.

– Il faut que je passe un coup de fil d'abord.

Je fouille dans mon portefeuille à la recherche d'une carte de téléphone.

– Tiens, prends ça.

Il sort son portable de son sac et me le tend.

– Merci.

Je m'arrête pour le regarder et – miracle ! – un sourire tout à fait authentique s'insinue sur mes lèvres. Il y a longtemps que j'ai envie d'un portable.

– Bienvenue au XXIe siècle, déclare-t-il en me montrant son téléphone. Jeux vidéo, wi-fi, sonneries rigolotes, SMS, MMS, tout...

J'éclate de rire et la bibliothécaire me jette un regard noir.

– Je reviens.

Une fois dans le hall, je retrouve dans la poche de mon jean les coordonnées du Dr Wallace. Je compose son numéro de portable, il décroche tout de suite.

– Dr Wallace ?

– Lucy.

Apparemment, il a reconnu ma voix.

– Je voulais vous appeler plus tôt...

Il me coupe la parole.

– Comment ça s'est passé aujourd'hui ? Est-ce qu'elle a parlé de ses cauchemars ? Du campement ?

Je cherche mes mots.

– On a discuté...

– Et ?

– Vous a-t-elle raconté comment ça s'était passé ?

– Pas vraiment.

Je marque un silence, pendant lequel l'anxiété s'accumule au creux de mon ventre.

– Lucy ?

– Je suis toujours là.

– Avez-vous du temps demain ? J'aimerais que vous veniez à la maison, enfin si c'est possible. Elle prend des cours particuliers presque toute la journée.

– Sans doute. Je pourrais venir après mon cours de sociologie.

Le Dr Wallace est ravi. Je l'entends dans sa voix. Il me propose de demander à ce que la fourgonnette de la fac me conduise chez lui, c'est-à-dire dans l'avenue qui s'ouvre en face du campus, de l'autre côté de la rue.

– Je viendrai à pied.

– Très bien. Tamara, notre aide à domicile, sera là si vous avez besoin de quoi que ce soit.

Nous prenons congé et je raccroche. Je tente de me persuader que c'est une bonne chose, que si je veux revoir Jacob – ne serait-ce qu'en rêve –, c'est le seul moyen d'y arriver.

Quand je regagne la table, Tim est en train de grignoter un beignet au chocolat. Il en a posé un autre pour moi sur une serviette en papier.

– Tout va bien ?

Je réponds par l'affirmative, un peu à contrecœur car je ne sais pas trop comment je vais, en réalité. Je m'installe à côté de lui.

– Il y a quelque chose qui te tracasse, pas vrai ? insiste-t-il.

– Ne t'en fais pas. J'ai quelques petits soucis en ce moment, c'est tout.

Je sors mon livre de sociologie.

– Je crois que je sais ce que c'est.

Je suis certaine qu'il se trompe, mais n'ai aucune envie d'entrer dans les détails.

– C'est ton copain. Amber m'a dit. Je suis vraiment désolé, Lucy. Je ne peux pas imaginer...

– Qu'est-ce qu'elle t'a dit ?

– Que vous étiez amoureux... l'amour avec un grand A.

Je regarde ailleurs pour ne pas craquer devant lui.

– Elle a aussi dû te dire qu'il n'était plus là.

Tim confirme.

– Ne t'inquiète pas. Il n'y a aucun problème ; on peut se voir simplement... sans pression.

Il pousse mon beignet vers moi.

– Tu es vraiment gentil, tu sais ?

– C'est facile de l'être avec toi, répond-il avec un sourire.

– Je peux te poser une question ?

– Bien sûr.

– Pourquoi tu m'aimes bien ?

– Tu plaisantes ?

– Non, enfin je veux dire, je n'ai pas été franchement aimable avec toi... avec personne, d'ailleurs.

– J'avais pas remarqué ! plaisante-t-il.

– Non mais, vraiment. Je ne vois pas comment tu peux avoir envie de te retrouver dans la même pièce que moi, et encore moins m'aider à réviser et m'offrir un café.

– Bon. Sérieusement ?

Oui, sérieusement.

– Tu sais, parfois on a un *feeling* pour quelqu'un, on sait simplement qu'on doit faire connaissance, tu vois ce que je veux dire ? C'est un peu comme ça avec toi. Ça peut paraître cucul, mais tu me plais. Je n'y peux rien... même si tu me fais la soupe à la grimace.

Je lui concède un sourire et mords dans mon beignet. Tim se tait un instant pour regarder ma bouche pendant que je mâche. C'est un moment très doux et très gênant. Je sens mes joues chauffer, mon cœur s'emballer.

Heureusement que PJ est là pour venir mettre les pieds dans le plat.

– Salut, ma doucette !

Il vient me faire deux bises.

– Coucou, dis-je, presque soulagée par son arrivée.

– Et à qui ai-je l'honneur ? demande-t-il avec un geste vers Tim.

Je lui présente ce dernier comme mon partenaire de révisions, mais PJ ne marche pas. Il me fait un clin d'œil, prend le beignet sur ma serviette, l'inspecte et le renifle.

– Rien de tel qu'un bon gros goûter dans le noir pour bien bosser, pas vrai ?

Il mord le bout avec emphase, ajoutant quelques grognements de gourmandise. L'humiliation totale.

Le teint pâle de Tim est devenu presque rouge tomate.

– C'est pas tout ça, continue PJ, mais je dors encore au *Shady 8*, moi, ce soir.

– Et alors ?

– Une humble masure, n'oublions pas. La nuit dernière, j'ai bien cru que les murs allaient s'écrouler sur moi, façon tremblement de terre.

– Pourquoi tu ne te prends pas une chambre en ville ?

– Pas si facile, petite Lucille.

– Tu cherches une piaule ? s'enquiert Tim.

– Ai-je repéré un homme qui a des relations ?

– Mon coloc vient de déménager en ville avec sa copine. Je peux lui demander s'il y a d'autres chambres libres là où il loue.

– Attends. Est-ce que quelqu'un a repris sa place toute chaude dans ta garçonnière ?

– Pas encore, reconnaît Tim avec une grimace.

– Perfectamunto ! Quand est-ce que j'emménage ?

– Ce n'est pas si simple. Il y a sans doute déjà du monde en liste d'attente.

– Détails ! Je me charge de tout. Moi aussi j'ai des relations, vois-tu. Alors dis-moi, où se trouve notre nid d'amour ?

Tim lui indique à contrecœur comment trouver son bâtiment, tout en répétant que le bureau du logement a sans doute déjà prévu d'y caser quelqu'un, quelqu'un sur liste d'attente... quelqu'un comme PJ.

Ce dernier me fait ses adieux en dévorant mon beignet, qu'il se fourre tout entier dans la bouche.

– À plus tard, mon coloc, lance-t-il à Tim tout en mastiquant.

Il nous fait le signe de la paix et s'en va de son côté.

Lucy

En rentrant de ma séance de travail avec Tim, je tombe sur Sauge dans le foyer. Elle me voit aussi et s'arrache un instant à ses canettes de Pepsi Max et ses Pringles. Assise à l'une des tables, elle regarde le jeu télévisé *Jeopardy* sur grand écran.

Je la salue de la main et elle fait de même : l'occasion est parfaite pour me présenter. Je m'approche de sa table et elle me fait un signe du menton, inclinant sa boîte de Pringles dans ma direction en guise d'offrande.

– Merci, dis-je en me servant. Je m'appelle Lucy. On est au même étage, je crois.

– Oui, je sais. (Sa voix est à peine plus qu'un chuchotement.) Il paraît que toi aussi, tu es un peu sorcière.

– Alors c'est vrai que tu pratiques la Wicca.

Elle acquiesce. Des mèches de cheveux d'un noir d'encre, échappées de sa queue-de-cheval, lui pendent des deux côtés du visage. Elle a les yeux sombres, entre le violet et le bleu, et les cils les plus longs et recourbés que j'aie jamais vus, comme sur les emballages de mascara CoverGirl. Elle me désigne le siège en face d'elle et je m'installe, non sans remarquer l'anneau en argent qu'elle porte à la narine et ses bracelets assortis qui tintent quand elle bouge les mains.

Je suis curieuse de connaître l'expérience de quelqu'un d'autre.

– Ça fait combien de temps que tu pratiques ?

À part Jacob et ma grand-mère, je n'ai jamais vraiment rencontré d'autres adeptes de la Wicca.

– Un an environ, avec des interruptions.

– Tu es une sorcière solitaire ?

– Une *quoi* ?

– Je veux dire, comment tu apprends ? Avec un groupe ? Ou toute seule ?

Elle hausse les épaules.

– J'apprends comme ça. Il y a beaucoup de boutiques New Age dans le coin. Tu es déjà allée au *Chaudron Karmique*, en ville ?

Je fais non de la tête.

– Tu devrais. C'est une boutique très sympa où l'on trouve plein d'encens, de bougies, tout ça.

C'est en traînant dans les boutiques qu'elle a acquis son savoir ?

– Et toi, où est-ce que tu as appris ? me demande-t-elle.

Je lui raconte que je regardais ma grand-mère pratiquer la magie populaire quand j'étais petite, que je restais à ses côtés dans le jardin et dans la cuisine quand elle concoctait du sirop à la menthe poivrée contre les maux de ventre et de l'encens au jasmin pour les rêves prophétiques.

– Cool, commente-t-elle en se renversant dans son siège et en levant la tête vers l'écran de la télé.

Elle ricane de ce que dit l'un des participants, puis s'intéresse de nouveau à moi.

– Je suppose que tu as entendu raconter des choses sur moi.

J'opine, un peu à regret.

– Ce n'est pas vrai. Du moins pas tout.

Je suis presque soulagée qu'elle aborde le sujet.

– Par exemple, l'histoire du cimetière. Enfin oui, d'accord, je me suis fait arrêter, mais juste pour effraction, et je n'avais pris que deux ou trois fleurs sur une couronne, pas tout. Je m'en servais pour un sort. Je voulais savoir comment la femme était morte.

– Tu la connaissais ?

Sauge secoue la tête et émet un rire sec.

– C'était pour ça, justement. Pour me tester. Je voulais voir si je trouverais comment elle était morte en faisant un sort, puis chercher son nom sur Internet pour voir si j'avais bon.

Je sens mes traits se crisper, quelque peu consternée par sa logique, par son ignorance flagrante d'une religion qu'elle veut tant avoir l'air de pratiquer.

– Et je n'ai pas jeté de sort à Sam. Il a abandonné la fac parce qu'il se défonçait, pas parce que je l'avais ensorcelé et rendu idiot. J'aurais bien aimé, remarque : c'était un pauvre crétin.

– Tu n'y connais pas grand-chose en Wicca, hein ?

– Qu'est-ce que tu insinues ?

– Tu ne sais même pas de quoi tu parles. Tu ne connais pas la règle des trois ?

– Quoi ?

Elle me regarde bouche bée, comme si je parlais une langue étrangère.

– Pourquoi tu te fais passer pour une sorcière alors que tu n'y connais rien ?

– N'importe quoi, dit-elle en levant les yeux au ciel.

– Il faut que j'y aille.

Je me lève, absolument déçue par Sauge et ses idées fausses sur la sorcellerie.

Lorsque j'arrive à la chambre, Amber et Janie sont là. Elles trient des tas de linge sale amassés sur leurs lits. Amber est affublée d'un pyjama à pieds imprimé vache, Janie d'une chemise de nuit décorée de fruits souriants.

– On a gagné la chasse aux trésors ! proclame Janie.

– Hein ?

J'essaie toujours de me remettre de ma conversation avec Sauge.

– Lessive et séchage gratuits toute la semaine, m'explique-t-elle. C'est pas génial ?

Pour fêter ça, elle me tend un sachet de pop-corn micro-ondable. Son nom est inscrit en grosses lettres noires sur le côté.

Je ne vois pas du tout de quoi elle parle. Quelle chasse au trésor ?

– Non, merci. Je me suis bourrée de donuts.

– Petite vicieuse ! commente Amber en arrondissant les sourcils. C'était *miam-miam* ?

– Tim et moi, on a *bossé*.

– Mais bien sûr.

Elle roule des yeux et me tend son majeur, auquel est suspendue une culotte à imprimé léopard.

– Regarde-moi ça. Pas d'enflure. Qui aurait cru que la mayo et les œufs pouvaient faire de tels miracles ?

– PJ. Je crois que la mayo est un de ses aphrodisiaques. Vous avez peut-être plus de points communs que tu ne le crois.

– PJ est *trop bibounet*, intervient Janie en pliant un de ses pantalons rose bonbon.

– Trop *quoi* ? lance Amber.

– Il est super mignon, clarifie Janie. Je ne comprends pas pourquoi tu ne l'attrapes pas.

– On parle du même, là ?

– C'est évident que tu lui plais, dis-je. Quand même, venir de si loin...

– C'est lui que ça regarde, proteste Amber. Et depuis quand tu veux qu'on soit ensemble, PJ et moi ?

– C'est vos affaires. Mais si vraiment il te plaît, qu'est-ce que tu attends ? La vie est trop courte.

– Et elle ne te raconte même pas tout, ajoute Janie en me montrant un gros emballage cadeau posé par terre aux pieds d'Amber. Il est venu déposer ça tout à l'heure.

– Qu'est-ce que c'est ?

Amber l'ouvre et en sort une boîte à casse-croûte Hello Kitty enveloppée de papier de soie rose et vert pâle.

– Il dit que c'est pour remplacer celle dont je me sers depuis le lycée et qui est toute cabossée.

– Et n'oublie pas ce qu'il y avait dedans, la presse Janie d'une voix chantante.

Amber ouvre la boîte : il en tombe tout un tas de Carambar à la fraise et de tatouages éphémères.

– C'est absolument adorable, dis-je.

Amber sourit et hausse les épaules, preuve incontestable qu'elle sait que c'est vrai.

Pendant que mes deux colocs se remettent à trier leur linge, je rassemble du matériel de magie avant de ressortir. Il est plus de vingt-deux heures, mais je tiens à exécuter un sort ce soir pendant que la lune est encore croissante, et je me dois de respecter les règles de vie commune que nous avons établies... faute de quoi je risque de me retrouver au motel *Shady 8* avec PJ.

– Où tu vas comme ça ? me demande Amber en levant la tête de son tas d'imprimés léopard.

– Je sors faire un tour. De magie ! dis-je en montrant mon panier de matériel.

– Je voulais qu'on discute un peu.

– Quand je rentre, d'accord ?

Visiblement, elle est déçue.

– Je n'en ai pas pour longtemps. Je ne vais pas loin. Il y a de la lumière derrière le bâtiment et c'est calme, là-bas.

– Qu'est-ce que tu vas faire ? veut savoir Janie.

Comme si ce n'était pas évident !

– Un sort.

– Oui, mais de quel genre ?

– Rien de bien méchant. Aucune sépulture ne sera profanée, je te le garantis.

Janie reste sans réaction. Elle regarde en coin les fournitures que j'ai fourrées dans mon panier, à savoir une saupoudreuse à sucre, une bouteille d'huile d'olive et un poivron vert acheté hier à l'épicerie du coin.

– Fais attention à toi, me conseille Amber, retrouvant sa bonne humeur. On ne sait pas quels apollons peuvent être tapis dans les buissons. À ta place, je sortirais couverte. Tu veux de quoi te protéger ?

Elle se penche vers le tiroir de sa table de nuit.

– T'es vraiment tordue !

Sur ce, j'ajoute à mon panier une couverture tricotée.

Je descends deux volées de marches et suis au milieu du foyer quand j'avise Tim au comptoir de l'entrée, occupé à bavarder avec la fille qui travaille derrière.

– Hé ! me crie-t-il en me voyant. Tu as oublié ton cahier.

Il l'agite en l'air et je sens mes entrailles bouillonner. C'est peut-être parce qu'il est tout mignon – les joues rougies d'avoir été dehors – ou peut-être parce que le geste est absolument adorable, le genre de choses que Jacob aurait pu faire. C'est plus fort que moi, un sourire s'épanouit sur mes lèvres. J'essaie de les mordre, mais il ne fait que s'agrandir.

Je rejoins Tim au comptoir.

– Tu as fait tout ce chemin pour ça ?

– Je ne savais pas si tu en aurais besoin... au cas où tu travaillerais encore ce soir.

– Tu aurais pu appeler.

– C'est vrai, ça.

Ses joues rougissent encore plus, comme si l'idée ne lui avait pas traversé l'esprit.

– Mais merci, dis-je en lui prenant le cahier.

– De rien.

Il reste là un moment, les bras ballants, comme s'il cherchait quelque chose à ajouter. Je jette un coup d'œil à mon panier et regarde la lune dehors.

– Où vas-tu comme ça ? me demande-t-il enfin.

– Une sorte de projet de sciences naturelles.

– Sérieusement ?

Il observe la couverture en laine.

– En quelque sorte. Je pratique la Wicca.

– Cool.

– Ah bon ? Tu sais ce que c'est ?

– Il y a quelques personnes dans le coin qui en font, je crois. Bon, je vais te laisser.

– Oui, dis-je, non sans remarquer que mon cœur bat la chamade et que je ne peux plus m'empêcher de sourire.

Voilà que je n'ai plus envie de m'en aller.

Lucy

Je trouve un coin tranquille derrière le bâtiment, dans le clair de lune. Je dégage la neige, puis j'étale ma couverture par terre. Malgré le froid glacial, le fait d'être dehors dans la nuit calme, sous l'astre sélène, me rend très paisible.

Je dispose mes fournitures sur la couverture et ramasse par terre un fagot de brindilles. L'odeur des pins est tout autour de moi. Je m'arrête un instant pour lever les yeux vers le ciel, couleur prune et semé d'étoiles. La lune montante, presque dans sa plénitude, est juste au-dessus de moi. Je ferme les yeux mais continue de voir sa clarté et je me demande si, quelque part, Jacob la regarde lui aussi. Quelques larmes égarées me roulent sur les joues. Je les essuie avec ma moufle et sens un poids obscur sur ma poitrine, sans savoir si je pleure de chagrin ou de froid.

Je retire mes moufles et dépose un peu d'huile d'olive sur mes doigts. Je consacre le poivron en le faisant tourner trois fois dans les rayons de lune avant de couper le dessus et de retirer les membranes. Jacob m'a expliqué un jour l'utilité des poivrons en magie. Non seulement leurs graines inspirent la croissance, mais lorsqu'ils sont vidés, leur cavité peut servir de contenant.

Une fois qu'il est pleinement consacré, je dépose quelques-unes des plus petites brindilles dans le corps du poivron et saupoudre du sucre par-dessus. Les brindilles, séparées de leur source, doivent symboliser la renaissance, tandis que le sucre est le symbole de mon amour. J'ajoute quelques gouttes d'huile d'olive pour la pureté et mélange le tout du bout du doigt.

– Je t'aime à présent comme jadis je t'aimais, dis-je à voix basse, et dans mes rêves je te retrouverai.

Je répète l'incantation trois fois en bourrant le poivron de neige, en espérant que je saurai aider Porsha.

Et que, sans que je sache encore comment, elle me rapprochera de Jacob.

À l'aide d'une cuillère métallique, je creuse un trou dans la neige et dépose le poivron au fond. J'inspire profondément en me concentrant sur la petite fille de mon cauchemar, sûre qu'elle est la mère de Porsha, sous la forme d'un ange gardien peut-être, à la recherche de sa fille.

Je lève les yeux vers les étoiles en tâchant de repousser les peurs qui ne cessent de me traverser l'esprit : peur que Jacob soit à présent avec la mère de Porsha, peur qu'il m'ait vue avec Tim.

Et peur qu'il ait perçu ce que j'ai ressenti à l'instant dans mon cœur, quand Tim m'a rendu mon cahier.

De nouvelles larmes roulent sur mon visage. Cette fois je les laisse faire et j'imagine Jacob les séchant en les embrassant une à une. Je me penche légèrement en avant sur mes genoux, agrippe l'amas de cristaux dans ma poche et referme les yeux.

Je sens des gouttelettes froides m'embrasser les joues et le front. Un picotement frais s'attarde plusieurs secondes sur mes lèvres.

– Jacob, dis-je dans un souffle.

Et en ouvrant les yeux, je m'aperçois qu'il neige.

Je plonge le regard dans la toile noir d'encre du ciel et me délecte des flocons étincelants de blancheur qui virevoltent autour de moi comme des paillettes. Je le prends comme un signe que Jacob veille sur moi, que l'univers tente de m'assurer que tout ira bien.

– Viens à moi comme la lune montante, dis-je en laissant tomber les membranes du poivron sur mon offrande à la terre. Grandis dans la plénitude et épanouis-toi. Dans chacun de mes rêves, viens à moi, plein et vif. Béni soit le chemin.

J'enfouis le poivron et tasse la neige pour tout égaliser. Puis, du bout de l'index, j'y trace un pentacle, de gauche à droite, pour invoquer mes rêves. Je me redresse et lève la tête vers la lune montante. La neige tombe en cascade sur moi, vient se poser sur ma langue, sur le bout de mon nez, au sommet de ma tête. Je prie de tout mon cœur pour que quelque part, où qu'il soit, Jacob fasse de même.

Ormeau

Ormeau se lève tôt le lendemain matin, bien avant la sonnerie de la cloche. Il fait sa toilette, s'habille rapidement et sort. Il neige ce matin, de légers flocons duveteux qui s'abattent lentement et lui glacent la nuque. Pourquoi n'a-t-il pas mis son écharpe ?

Il gagne le réfectoire et tape ses bottes sur le paillasson pour ne pas tremper le plancher. Ocre et quelques pionnières déjà levées vaquent à leurs tâches matinales. Pendant qu'Ocre et Marguerite préparent le petit déjeuner, Lys lave du linge dans l'évier de l'arrière-cuisine et Pluie s'occupe d'un groupe d'enfants dans la salle commune attenante : elle leur chante des chansons et leur raconte des histoires.

– Tiens, bonjour, lui dit Lys avec un grand sourire.

Elle s'écarte de l'évier en s'essuyant les mains sur son tablier.

– Quelle bonne surprise de te voir debout si tôt.

Ormeau regarde son cou en s'interrogeant sur le X, la rune des partenaires, tout en sachant déjà qu'il ne le trouvera pas.

Ocre décoche à Lys un regard sévère.

– Tu n'as pas fini, lui dit-elle sèchement, comme si l'énorme sac de linge sale n'était pas une preuve suffisante.

Lys se rembrunit mais se retourne avec obéissance pour se remettre à sa lessive.

– Pourquoi t'es-tu levé si tôt ? demande Ocre à Ormeau. Tu ne te sens pas bien ?

– Je crois que je couve un rhume, répond-il en espérant que son karma ne pâtira pas de son mensonge, et en se demandant comment il connaît l'existence du karma. Ça t'ennuie si je prends un sachet de thé dans le placard ?

– Bien sûr que non. Tu veux que je te le prépare ?

Ormeau décline la proposition car il a d'autres articles à subtiliser. Pendant qu'Ocre a le dos tourné pour mettre la table, il prend un sachet de thé et passe rapidement en revue les épices. Il cherche de la vanille.

– Je peux t'aider à trouver quelque chose ? s'enquiert la femme au bout d'un moment.

– J'aimerais bien de la camomille.

– En haut à droite.

Elle le regarde se servir.

À ce moment-là, Pluie l'appelle dans la salle commune pour lui demander un coup de main. Ormeau travaille rapidement : il prend une cuillère dans le tiroir, un carré de mousseline sur le comptoir, et continue de chercher de la vanille dans les placards, parfaitement conscient que Lys l'observe.

– Tout va bien ? lui demande-t-elle à voix basse.

Il hoche imperceptiblement la tête et finit par trouver ce qu'il cherche : un grand bocal de gousses de vanille séchées. Il en prend une, qu'il fourre dans sa poche avec la cuillère et la mousseline.

Déjà de retour à la cuisine, Ocre le fait sursauter.

– Tu n'oublies pas quelque chose ? dit-elle juste dans son dos.

Ormeau sent son visage s'empourprer.

– Comment veux-tu boire ta camomille comme ça ? continue-t-elle en désignant sa main qui serre toujours le sachet.

Il rit de soulagement pendant qu'elle le lui prend, non sans grommeler une réflexion sur les hommes en cuisine. Elle sort une tasse du placard, l'emplit d'eau bouillante et pose la tisane sur la table pour lui.

– Merci.

Il contemple fixement sa boisson, le sourcil froncé, conscient qu'il n'a plus beaucoup de temps avant que les autres pionniers se réveillent.

Il boit sa camomille le plus rapidement possible sans éveiller les soupçons, et se débrouille pour garder le sachet.

– On se verra au petit déjeuner, lui dit Lys avec une expression curieuse tandis qu'il se lève.

Il répond vaguement oui en espérant qu'elle ne se doute de rien.

Puis il s'engage sur le chemin qu'il prend d'ordinaire pour aller dans la forêt, juste derrière l'endroit où Brique et lui ont l'habitude de couper du bois. C'est un sentier sinueux en terre battue qui le mène à un endroit relativement tranquille, derrière l'un des plus gros arbres mais toujours en vue des baraquements, au cas où il devrait fuir précipitamment. La zone boisée qui part du camp paraît un peu clairsemée depuis que toutes les feuilles sont tombées pour l'hiver. Mais il fait encore sombre : le soleil commence tout juste à percer entre les branches les plus hautes.

Ormeau s'assoit sur un rocher et dispose son matériel de magie devant lui. Du manche de la cuillère, il s'attaque à la terre et rassemble toutes ses forces pour entamer le sol gelé. Il lui faut plusieurs minutes pour creuser un trou de la taille d'une grosse balle. Il prend la gousse de vanille et l'élève vers le soleil, en remarquant que le long haricot brun tient juste dans la largeur de sa main. Il fait de même avec la mousseline et le sachet de tisane en espérant que les rayons du soleil vont consacrer ses ingrédients et les purifier.

– Pour la santé de l'esprit, dit-il en déchirant le sachet et en déversant son contenu sur la mousseline. Et pour sa clarté.

Il enfouit la gousse de vanille sous les feuilles de tisane humides et inhale la senteur fleurie et sucrée de la camomille imprégnée de miel. Il emballe le tout dans la mousseline en se concentrant sur l'idée de santé mentale, puis lève les yeux vers le soleil, juste derrière les branches des arbres, en sachant dans son cœur qu'il a bien eu un oncle qui est mort.

– Oncle Kyle, murmure-t-il, car il sait que c'était son nom.

Cela lui revient lentement, par bribes nettes et fugaces : le large sourire éclatant de son oncle ; ses yeux bleu-gris, exactement comme les siens ; et le jour où l'homme lui a parlé des gousses de vanille, de leur capacité à augmenter la force mentale et l'intuition.

Ormeau dépose les ingrédients emballés dans le trou et les recouvre de terre, en espérant que la vanille, associée aux pouvoirs de guérison des feuilles de tisane, l'aidera à mieux se souvenir.

Ormeau

En sortant du bois, Ormeau aperçoit Brique.

– Je te cherchais partout, lui dit ce dernier en cessant de dégager la neige devant leur baraquement.

– Il y a un problème ? demande-t-il, craignant que son absence matinale ait alarmé les pionniers.

Il jette des regards vers le camp mais, à part son camarade et lui-même, la plupart des gens sont encore dans leurs dortoirs, sans doute en train de s'habiller et de se préparer pour la journée.

– Non, répond Brique en l'attirant derrière le bâtiment. Je voulais te dire. J'ai fait un sort pour toi cette nuit.

– Quel genre de sort ?

Ils s'assoient sur deux grosses pierres.

– J'ai beaucoup repensé à notre conversation de la nuit dernière. Je pense que c'est très bien que tu commences à te souvenir... et que tu ne veuilles pas en parler. J'ai envie de t'aider.

– Comment ?

– J'ai exécuté un sort de canalisation des énergies avec des pommes de pin et des feuilles de chêne sèches. Je veux que tu revoies cette fille... celle du champ de foire.

Cette attention fait sourire Ormeau.

– Merci.

– De rien... si je peux aider. J'ai un bon pressentiment. Je pense que tu as raison... de contester des choses.

– C'est vrai ?

– Moi aussi je me pose des questions, mais je suis doué pour me les sortir de l'esprit, tu sais. C'est plus facile comme ça... c'est plus sûr.

Ormeau ne le sait que trop bien. Il est tentant d'écouter Maçon, de se trouver des excuses pour ne pas se rappeler le passé.

– Bien sûr, personne ne veut faire de travaux forcés, poursuit Brique.

– C'est le châtiment quand on pense par soi-même ?

– Quand on a de la chance. Bien avant ta venue, Maçon a tordu le bras de Marguerite tellement fort qu'il a failli le lui casser.

– Pourquoi ?

– On ne le devinerait plus maintenant, mais elle avait du mal avec les missions de prélèvement. Elle ne prenait pas assez... elle pensait trop aux sentiments des propriétaires. Mais elle a fait de gros progrès. Comme nous tous. On oublie les premières fois, tu sais ; après, c'est plus facile.

Ormeau hoche la tête. Tout est bien plus clair pour lui : toutes ces manipulations mentales... c'est du lavage de cerveau.

– C'est toujours mieux que vivre dans la rue, je suppose, ajoute Brique.

– C'est de là que tu viens, toi aussi ?

– Comme la plupart d'entre nous. Je me suis enfui de chez moi il y a deux ans. Mes parents s'étaient séparés et ma mère avait un nouveau mec, un salaud alcoolique. Il aimait bien écraser ses cigarettes sur mon bras.

Le garçon relève la manche de son manteau et révèle deux ou trois profondes marques de brûlures.

– Alors ta mère te cherche sans doute quelque part ?

– Ma parole, d'où tu sors, toi ? s'esclaffe Brique en rabaissant sa manche. J'avais déjà l'habitude de partir de chez moi des semaines d'affilée, j'allais chez des amis. Ma mère n'en a jamais rien eu à faire. Je crois qu'elle ne s'en rendait même pas compte. C'est la même chose pour beaucoup d'entre nous ici... du moins c'est ce qu'on me dit.

– Et Lys ?

– Elle, c'est un peu différent. Elle est là depuis toujours, pratiquement. Son père l'a amenée quand elle avait cinq ou six ans. Il faisait partie des pionniers, mais un soir il s'est fait la malle. La mère de Sarcelle, c'est Luna, l'une des aînées. Et Aigle est le père de Chêne.

– Ça alors ! s'étonne Ormeau en digérant toutes ces nouvelles. On ne devinerait jamais... que ce sont leurs parents.

– Maçon dit qu'on est une grande famille, qu'on est tous frères et sœurs, parents et enfants. Il pense qu'on doit tous se traiter de la même manière, sans manifester de préférences familiales. (Il sourit.) Je suppose qu'on prend le pli quand on est là depuis aussi longtemps que moi.

– Tu n'as jamais envie de partir ?

– Je voudrais bien, mais pour aller où ? Tu as une idée ?

Ormeau ne répond rien. Il se demande si ce serait très difficile de se trouver un logement, un travail, s'acheter à manger soi-même...

– Promets-moi juste une chose, continue Brique.

– Laquelle ?

– Ne pars pas sans moi.

Ormeau promet et lui serre la main. Il sort la pierre au pentacle de la poche de son manteau et la lui montre rapidement.

– Je me suis toujours douté que tu étais un rebelle.

– C'est ça ! s'esclaffe Brique. Si Maçon décide de me rebaptiser, c'est le nom que je prendrai.

– *Rebelle* ? répète une voix qui les fait sursauter.

Argile.

Il passe le coin du bâtiment et vient se placer debout devant eux deux, toujours assis sur leurs rochers.

– Tu as tout écouté ? lui demande Ormeau.

– Vous avez quelque chose à cacher ?

– Pas du tout.

– Qu'est-ce que vous faites là ? Brique, pourquoi est-ce que tu ne dégages pas la neige ?

– J'avais un problème. Je voulais en parler à Ormeau. C'est moi qui l'ai amené ici.

– Quel problème ? s'enquiert Argile d'un air soupçonneux.

– Marguerite est fâchée contre moi. Je lui ai dit que ses cheveux ressemblaient à ceux du clown McDonald's et ça l'a vexée.

– Comment ça se fait que je ne te croie pas ?

La pomme d'Adam de Brique monte et redescend.

– Qu'est-ce que c'est que ça ? insiste Argile en désignant la pierre au pentacle.

D'un geste vif, Brique la prend rapidement dans la main d'Ormeau.

– C'est à moi.

Au même instant, Maçon traverse la cour dans leur direction.

– Je parie que Maçon aimerait voir ton caillou, menace Argile. Il aimerait peut-être savoir que, visiblement, tu fais encore de la magie.

– Eh bien, dis-lui. Ensuite on pourra lui parler du collier en platine que tu as volé.

Cette audace soudaine laisse Ormeau sans voix. Se rend-il compte de ce qu'il est en train de faire ?

– Tu racontes n'importe quoi, répond Argile d'une voix sourde. Je n'ai jamais pris ce collier.

– Alors je n'ai jamais eu de pierre magique, réplique Brique en soutenant son regard.

Argile serre les dents et tourne la tête vers Maçon.

– Je te cherchais, leur crie ce dernier.

– Moi ? demande Argile.

– Non, Ormeau. On a des choses à se dire tous les deux. *Seuls.*

Lucy

Après avoir exécuté mon sort derrière le bâtiment, je rentre tout droit à la chambre. À ma grande surprise, Amber est partie. Janie, elle, est toujours là. Un pied posé sur son lit, elle me tourne le dos.

– Où est passée Amber ? dis-je. Je croyais qu'elle voulait me parler.

Janie fourre en vitesse quelque chose sous son édredon et se retourne vers moi, le visage grimaçant, comme s'il se passait quelque chose de grave.

– Qu'est-ce que tu fais ?

Renonçant à se cacher, elle soulève son édredon pour révéler un œuf et un bocal de mayonnaise tout neuf.

– J'ai une écharde, m'explique-t-elle en me tendant son pied pour me le montrer.

Elle a le talon maculé de mayonnaise. Je me retiens de pouffer de rire.

– Tu as réussi à l'enlever ?

Elle secoue négativement la tête et, par la même occasion, les deux oreilles de souris roses à paillettes fixées à son serre-tête.

– J'ai essayé avec une pince à épiler, mais c'est trop profond.

Cela me fait trop rire qu'elle ait pensé à recourir à mon remède diabolique à l'œuf.

– Mais où est passée Amber ?

En sautant sur un pied, Janie va s'asseoir au bas de son lit.

– Aucune idée. Elle est sortie dans le couloir avec son portable pour passer un tas de coups de fil.

– Elle s'est mis à téléphoner ? À qui ?

– Mi*se*, me corrige Janie. Et comment veux-tu que je le sache ? Visiblement, elle ne voulait pas que je l'entende.

– Alors pour notre discussion, c'est fichu.

Janie s'en moque éperdument, je le vois bien.

– Et toi, où es-tu allée ? me demande-t-elle.

– Tu le sais bien.

Je range mes fournitures dans la valise sous mon lit.

– Bon, alors, tu vas m'aider ou il faut que je te supplie ? reprend-elle, vexée.

Je prends mon air le plus aimable.

– T'aider à quoi ?

Elle lève les yeux au ciel.

– À retirer mon écharde, évidemment.

Résistant à la tentation de la chambrer, je m'empare d'un récipient assez grand pour qu'elle puisse y tremper le pied. Je l'emplis d'une mixture d'huile d'olive, de jus de citron et de miel, éléments de base que je garde toujours à portée de main.

– Tu n'aurais pas du gras de jambon dans ton frigo, par hasard ?

Elle grimace de dégoût.

– Tu plaisantes ?

– Ça ne coûte rien de demander. Le gras de jambon, c'est bon contre les échardes, mais ça aussi. (Je lui trempe le pied dans la mixture.) Ça va te ramollir la peau et l'aider à glisser.

Je prends l'œuf qui était sur son lit et le casse dans un bol, en veillant à briser le moins possible la coquille. J'appuie la membrane contre son écharde.

– L'intérieur des coquilles d'œuf, c'est ce qu'il y a de mieux pour ce que tu as.

– Tu es sûre que ça va marcher ?

– Fais-moi confiance. Je sais ce que je fais.

– Alors merci. J'ai essayé d'appeler Hayden à l'aide, mais il n'est pas là. Je ne me voyais pas sauter à cloche-pied toute seule jusqu'à l'infirmerie.

– Tiens la membrane contre ton écharde.

Je la lui tends puis me laisse tomber sur mon lit. Je manque m'asseoir sur mon amas de cristaux.

– C'est quoi, ce truc ? me demande-t-elle.

– C'est pour me protéger. (Je le lui tends pour le lui montrer.) Tu vois les petites cassures, les lignes de fracture ? Elles se sont toutes cicatrisées elles-mêmes. Les arêtes se sont lissées et polies. C'est un peu de l'auto-guérison, quand on y pense.

Janie m'observe pendant quelques secondes et son regard s'adoucit un peu.

– Il te manque beaucoup, hein ?

La question me prend complètement au dépourvu. Mais je hoche la tête, les lèvres légèrement tremblantes.

– Pardon, dit-elle en pressant la coquille d'œuf contre son talon. Je ne voulais pas te bouleverser.

– C'est pas grave.

– J'espère que tu ne m'en voudras pas, mais j'ai lu ce que tu as écrit.

Elle désigne le vase en terre posé à côté de mon lit. Le morceau de papier – ma question – est encore à l'intérieur depuis la dernière fois que je l'ai déplié.

– J'ai cru que c'était un message téléphonique, se justifie-t-elle. Je l'ai ramassé sans réfléchir.

Venant de la petite Miss Stickers, c'est une excuse peu crédible, mais je la laisse dire car je n'ai vraiment aucune envie de me disputer encore avec elle.

– Tu écris toujours ce que tu désires ?

– Parfois je médite simplement dessus.

– C'est un peu comme prier.

– Pour moi, *c'est* prier.

Janie pousse un tout petit soupir.

– Je suis désolée d'avoir été une peste ces derniers temps. Il y a plein de choses que je ne comprends pas, c'est pour ça.

– Je ne suis pas comme Sauge.

– Ça, c'est certain.

– Alors ?

– Je ne sais pas. J'ai discuté avec l'aumônier de la fac. On pourrait en parler, si tu veux.

– Je veux bien.

– Eh, regarde ! dit-elle en éloignant la coquille de son pied.

L'écharde est sortie de la peau. Janie la retire complètement avec un grand sourire radieux.

– Ça a marché ! Merci beaucoup !

– De rien.

Elle sèche son pied à l'aide d'une serviette Panthère rose, applique un pansement Barbie sur l'écorchure, puis me coiffe de son serre-tête à oreilles de souris, repoussant mes cheveux en arrière pour le mettre en place.

– Super, dis-je en levant les yeux vers les oreilles, qui retombent juste au-dessus de mes sourcils.

– La prochaine fois que tu auras un sort à exécuter, ajoute-t-elle en se mettant au lit, tu n'as qu'à le faire ici.

– Et notre accord, alors ?

Elle se blottit sous ses couvertures sans répondre.

J'attends encore un moment qu'elle dise quelque chose, mais elle n'en fait rien. C'est un progrès énorme : on dirait qu'elle commence à comprendre que ma façon de vivre n'a rien de maléfique.

Peu après, le téléphone sonne.

– Allô ?

– Coucou, Lucy, dit ma mère. Comment ça va ?

– Ça va...

– Il se passe quelque chose, n'est-ce pas ?

– Comment ça ?

Je suis presque soulagée qu'elle sache si bien lire en moi, même au téléphone.

– Tu refais des cauchemars ?

Au lieu de mentir, je passe les minutes qui suivent à vider mon sac. Je lui raconte toute l'histoire de Porsha et mon besoin de l'aider, lui dis que la petite fille de mon cauchemar prétend que c'est le moyen de revoir Jacob.

– Jacob n'est plus là, Lucy.

– Il sera toujours là.

– Tu ne m'écoutes pas.

– Si. Tu veux que je l'oublie.

– Non, insiste-t-elle. Je sais que Jacob sera toujours avec toi, comme grand-mère... dans la magie que tu pratiques, dans ta capacité à aimer.

– Il n'y a pas que ça. Je rêve de lui.

– De quelle manière ?

– Il va apparaître dans mes rêves. Bientôt. Je le sais ; je le sens. Il veut me dire quelque chose.

– Tu es sûre ?

J'opine de la tête comme si elle pouvait me voir, et jette un regard vers Janie dans son lit en me demandant si elle écoute.

– Je crois qu'il faut que tu réfléchisses à tes intentions, reprend ma mère après un silence.

– Comment ça ?

– Tes intentions en aidant Porsha. Elle a clairement besoin de toi, mais il me semble que tu l'aides pour des raisons égoïstes et non par réel intérêt pour elle.

– Mais si, elle m'intéresse.

– Vraiment ?

Je respire à fond. Je sais, dans mon cœur, qu'elle n'a pas tort. Oui, je m'inquiète pour Porsha, pour ce qu'elle traverse, et je veux l'aider. Mais ce que je veux encore bien davantage, c'est revoir Jacob.

Ma mère me promet de me rappeler demain et nous nous faisons nos adieux. Pendant ce temps, j'enfile mon survêtement douillet et me mets au lit, sûre que je n'ai aucune chance de m'endormir ce soir. Car enfin, si ma mère avait raison ? Si j'agissais par pur égoïsme ?

Je jette encore un coup d'œil à Janie pour m'assurer qu'elle ne regarde pas – c'est le cas – et j'ouvre le tiroir de ma table de nuit pour prendre un tranquillisant dans ma réserve. Je fouille parmi les flacons d'huile de lavande et de clémentine, un sachet pour les yeux à l'eucalyptus et deux ou trois paquets de cônes d'encens à la cannelle, mais curieusement je n'arrive pas à mettre la main sur mes médicaments. Je regarde sous mon oreiller : rien. Je saute de mon lit, cherche dans les poches de mon manteau, dans mon sac à dos et dans ma valise, mais je ne les trouve nulle part.

– Janie ?

– Qu'est-ce qui ne va pas ?

– Tu as fouillé dans mon tiroir ?

– Non.

– Tu es sûre ?

Je me demande si elle n'a pas fouiné un peu plus qu'elle ne veut bien le dire.

– Absolument.

– Et Amber ?

Elle réfléchit un moment et son visage rond devient tout pincé.

– Je crois... elle cherchait un stylo, quelque chose comme ça.

Soudain furieuse, je scrute le coin de chambre d'Amber.

– Il te manque quelque chose ?

– Non, non. Rendors-toi.

Lorsqu'elle le fait enfin, je vérifie les affaires d'Amber. J'ouvre le tiroir de sa table de nuit, farfouille dans sa commode, ses draps, même dans ses chaussures. Je trouve plusieurs objets inavouables dont un pot de crème pour le corps parfumée à la banane et un string en similicuir rose.

Mais pas de pilules.

Je me mords la joue ; j'hésite à appeler PJ à son motel pour savoir si c'est là-bas qu'elle est partie. Il est évident qu'elle m'a piqué mon flacon de tranquillisants, et que c'est pour cela qu'elle voulait me parler. Elle pense que j'ai un problème.

Alors que je n'en ai pas.

Lucy

Elle est juste devant moi, mais elle nage à toute vitesse. Je lutte pour ne pas me laisser distancer. Il fait noir ici, au fond de la mer, mais la douce lueur qui émane du corps de la fille, de sa longue robe flottante, me facilite la manœuvre.

Elle passe devant des coraux roses, des bancs de poissons scintillants et des coffres au trésor débordants d'or jaune vif. Elle me jette un bref regard, peut-être pour s'assurer que je la suis, et tente de dire quelque chose, mais ses mots ne sont que des bulles. Il y a des bulles tout autour de moi, ce qui me permet de respirer sous l'eau.

Elle tourne derrière une bouée de sauvetage perdue qui oscille sur le fond de l'océan. Je m'y arrête un instant en me demandant si c'est Jacob, si elle m'emmène le voir.

Il y a une petite construction devant nous, en forme de maison. La fille entre par la fenêtre, mais pour ma part je m'arrête à la porte. La bâtisse m'arrive à la taille, comme une maison de poupée. La porte s'entrouvre pour m'inviter.

– Il fait sec à l'intérieur. Assieds-toi et n'aie pas peur.

Je me baisse pour entrer. Dedans, ce n'est qu'une boîte, tout juste assez grande pour deux personnes. La fille est assise en tailleur dans le sable.

Je m'assois en face d'elle et note qu'en effet la maison est entièrement sèche, bien qu'il y règne une ambiance sous-marine. On voit des poissons passer derrière les fenêtres.

– Es-tu prête à connaître la vérité, ou dois-je te laisser deviner ? me demande-t-elle.

Elle est très différente vue de près : longs cheveux blonds comme les blés qui lui pendent tout droit dans le dos ; yeux pâles et grisâtres ; menton pointu ; et une bouche en cœur, minuscule. On dirait Porsha en plus jeune.

– Êtes-vous la mère de Porsha ?

– Ferme les yeux, j'ai une surprise pour toi.

Je m'exécute et elle me prend les mains. Ses doigts sont froids ; ils frémissent légèrement sous les miens.

– Voilà, dit-elle au bout de quelques secondes. Je suis prête.

J'entrouvre les paupières. Ce n'est plus une petite fille qui est assise devant moi. C'est une femme adulte. Je pousse un cri étouffé et tente de retirer mes mains, mais elle les serre fort pour m'immobiliser.

– N'aie pas peur, murmure-t-elle.

Je me recule pour lui faire de la place, tant elle a grandi. Elle porte toujours sa longue robe flottante, sauf qu'à présent elle est à sa taille et, hormis la différence d'âge évidente et la soudaine poussée de croissance, elle n'est pas si différente de la petite fille.

– Êtes-vous la mère de Porsha ?

Elle hoche la tête.

– On peut avoir l'âge qu'on veut de l'autre côté.

– L'autre côté ?

– Je ne suis pas encore tout à fait arrivée là-bas.

Elle glisse ses pieds sous ses jambes pour éviter de me heurter.

– Où ça, *là-bas* ?

Elle rentre le cou pour ne pas se cogner au plafond.

– C'est à toi d'en décider. Je ne peux pas te dire à quoi croire.

Je suis de plus en plus perdue.

– C'est difficile à expliquer, poursuit-elle. Même si je n'ai pas traversé, je profite déjà de certains privilèges propres à l'autre côté... comme changer d'âge à volonté.

– Irez-vous un jour de l'autre côté ?

Je viens de remarquer qu'elle ne parlait plus en vers.

– Je l'espère. Avec ton assistance. Il faut que tu aides ma petite fille.

– J'essaie.

– Essaie plus fort.

– Elle ne veut pas m'écouter. Elle refuse de me parler.

– Tu dois l'y obliger.

– Comment ?

La mère de Porsha réfléchit un moment en se tapotant les lèvres du bout de l'ongle.

– Dis-lui que le bracelet en onyx est dans sa taie d'oreiller.

– Quel bracelet en onyx ?

– Il était à moi. Une chaîne en argent incrustée de losanges d'onyx. Porsha saura ; elle le porte parfois pour se sentir proche de moi. La semaine dernière, elle l'a égaré. Dis-lui qu'il est dans sa taie d'oreiller. Elle le portait au lit et il a glissé.

Un frisson me descend dans la nuque.

– C'est incroyable. Les personnes décédées peuvent vraiment nous voir sur terre ?

Elle me fait signe que oui.

– Encore un privilège.

Et Jacob, alors ?

– Bien, au travail, décrète-t-elle en me tendant la main. Je m'appelle Jessica.

– Jessica Wallace ?

Je serre sa main glacée. Elle confirme.

– J'ai été tuée.

– Comment ?

– Dans un accident. Je n'en veux à personne, surtout pas à elle.

– Porsha ?

Le regard de Jessica devient lointain.

– Quand tu la verras demain, dis-le-lui. Dis-lui que j'ai eu tort de sortir comme ça. J'aurais dû rester parler avec elle. Je savais qu'elle avait de la peine, mais j'ai voulu la punir en partant. J'ai essayé de lui communiquer tout cela par mes propres moyens. (Un soupir.) Mais Porsha a tout pris de travers et a cru que j'essayais de hanter ses rêves... C'est idiot.

– Attendez, quel est le rapport avec les cauchemars qu'elle fait en ce moment ?

– Ses cauchemars actuels sont différents. Elle rêve d'un garçon. Si elle ne l'aide pas, il va mourir.

– Mais qui est ce « il » ?

Elle secoue la tête.

– J'en ai assez révélé pour ce soir.

– Je vous en prie. Expliquez-moi. Est-ce Jacob ? J'ai besoin de savoir.

– Qu'en penses-tu, toi ?

– Je ne sais pas.

– Si, tu sais. Suis ton instinct. Il est beaucoup plus proche que tu ne le crois.

Jessica trace la lettre T dans le sable.

– Qu'est-ce que ça signifie ?

Elle dessine par-dessus un pentacle d'invocation.

– J'en ai assez dit pour ce soir, répète-t-elle en levant les yeux vers la fenêtre.

Je suis son regard en me demandant si Jacob est là, quelque part, s'il nage dans cette mer.

– Maintenant, va-t'en, me souffle-t-elle. Rapporte mes propos à Porsha.

Je prends un ton plus autoritaire.

– Parlez-moi d'abord de Jacob. Que signifie la lettre T ?

Jessica ferme les yeux. Des larmes roulent sur ses joues.

– Je t'en prie, murmure-t-elle.

Je tends le bras pour la consoler, pour toucher son poignet, mais cette fois ma main la traverse.

– Je ferai tout mon possible, dis-je après un silence.

Et sur ce, elle disparaît.

Lucy

Après les cours, je fonce directement chez le président Wallace pour mon rendez-vous avec Porsha. En chemin, je repasse en détail dans ma tête tout ce que m'a dit Jessica en rêve.

J'en suis encore tremblante, pas seulement à cause du chagrin évident de la mère mais aussi parce que Porsha et moi sommes sûrement plus semblables que je ne l'avais cru. Elle se reproche la mort de sa mère, tout comme je me suis reproché la mort de Maura et celle de Veronica.

Et celle de Jacob. Je me concentre sur la maison du président pour tenter de penser à autre chose. La mère de Porsha m'a conseillé de suivre mon instinct, m'a dit qu'il était plus proche que je ne le pensais.

Mais qu'en est-il de la lettre T ?

Je remplis mes poumons d'air frais, heureuse d'avoir été capable de rêver la nuit dernière, car je ne l'ai pas beaucoup fait ces derniers temps. Mais il faut reconnaître que j'ai peu dormi ; du moins pas sans avoir avalé une pilule ou deux.

Et soudain, je comprends. Je n'ai pas pris de tranquillisants hier soir, et j'ai réussi à rêver. Il s'est passé la même chose l'autre nuit : pas de pilule, un bon gros cauchemar. Se pourrait-il que les médocs m'empêchent de rêver ?

Mais bien sûr ! Je suis submergée par une bouffée d'excitation à présent que je sais : la solution pour aider la mère de Porsha, pour rêver de Jacob, c'est d'arrêter les tranquillisants.

D'arrêter complètement d'en prendre.

J'avale ma salive, la gorge nouée, tout en m'efforçant de digérer cette révélation. Bien sûr, cela me comble de joie, mais en même temps, cela m'effraie. C'est si facile d'avaler un comprimé... c'est la route directe pour le pays de Morphée. Et voilà que je vais en être privée.

Je cherche dans ma poche mon amas de cristaux et le serre dans ma main en pensant à sa force. Pour atteindre la demeure du président de la fac depuis la rue, je dois longer au moins deux parkings. Avec la neige, le vent et l'erreur d'avoir mis des baskets et non des bottes, le chemin me prend bien plus longtemps que prévu. Je presse la sonnette. Une fille à peine plus âgée que moi, avec des cheveux teints en blond attachés en queue-de-cheval et des créoles en argent grosses comme des bracelets, m'ouvre la porte.

– Tu dois être Lucy, me dit-elle en faisant aller et venir un chewing-gum dans sa bouche avec sa langue. On t'attendait.

– Tu es Tamara ?

Le Dr Wallace m'a dit qu'ils avaient une aide à domicile – même si j'ignore en quoi cela consiste au juste.

Elle répond vaguement que oui et me prend mon manteau. Elle regarde ostensiblement mes chaussures trempées, d'un air de reproche.

– Je peux les enlever.

Tamara m'informe qu'elle va les mettre au séchoir et s'arranger pour que quelqu'un me reconduise chez moi, puis elle me montre l'escalier qui mène à la chambre de Porsha.

– C'est la troisième porte à droite, chérie, m'indique-t-elle en imitant l'accent britannique. Elle t'attend. Tu m'appelles si tu as besoin de quoi que ce soit.

Je m'avance dans cette direction, émerveillée par le luxe des lieux : les sols en marbre crème, les immenses baies vitrées donnant sur le jardin et les tapis d'Orient aux motifs compliqués couleur pêche.

La porte de Porsha est entrouverte. J'y frappe doucement.

– Porsha ?

Je l'entends se déplacer dans la chambre : son poids fait grincer le parquet. Une seconde plus tard, la porte se claque.

– Porsha, je répète plus fort en frappant fermement.

J'essaie la poignée, mais elle l'a verrouillée.

– Il faut que tu m'écoutes. Je veux t'aider.

J'attends quelques secondes qu'elle me réponde, mais bien sûr, elle n'en fait rien.

– Écoute-moi. J'ai des choses à te dire sur ta mère. Elle te fait savoir que le bracelet est dans ta taie d'oreiller. *Son* bracelet. Je t'en prie, va voir.

J'ignore si elle m'écoute. Par-dessus tout, j'espère que la prédiction de mon rêve est correcte, qu'il y a bien un bracelet en onyx, que Porsha l'a égaré et qu'il est au fond de sa taie d'oreiller en ce moment même. Je retiens mon souffle. J'hésite à redescendre demander à Tamara si elle a une clé de la chambre de Porsha.

Je tourne les talons et commence à descendre les marches. Un instant plus tard, la porte s'ouvre en grinçant et Porsha sort dans le couloir. Le bracelet en argent et onyx noir oscille au bout de ses doigts.

Lucy

J'ai un coup au cœur. Mon rêve disait vrai. Porsha s'écarte de la porte pour m'inviter silencieusement à entrer dans sa chambre. Je fais un pas à l'intérieur. À part les murs couleur crème, difficile de croire qu'on est dans la même maison. Sa chambre n'a rien de majestueux. Les murs et le plafond sont couverts de posters de groupes de hard rock. Des poupées Barbie, débarrassées de leurs vêtements, sont pendues à des fils de téléphone devant les fenêtres. Le matelas est nu – pas de draps –, mais elle a une couette à tête de mort et tibias qu'elle a couverte de gribouillis au stylo. Un ordinateur portable est posé par terre dans le bazar, entre un tas de vêtements et un écran accroché au mur, tout de travers.

– Comment tu as su ? me demande-t-elle.

Elle se tient juste derrière moi.

Je me retourne et remarque qu'elle essaie de rattacher le bracelet à son poignet.

– J'ai rêvé de ta mère, je commence en faisant un pas vers elle. Elle s'appelle Jessica, c'est bien ça ?

Porsha confirme en passant les doigts sur les pierres noires et brillantes.

– Qu'est-ce qu'elle t'a dit ?

– Elle affirme qu'elle ne t'en veut pas. Qu'elle sait qu'elle n'aurait pas dû te laisser ce soir-là. Elle l'a fait parce qu'elle était fâchée et qu'elle voulait te blesser. Mais ce n'est pas ta faute.

Porsha se détourne, les yeux pleins de larmes.

– Que lui est-il arrivé ?

– Elle est partie faire un jogging, m'explique-t-elle d'une voix brisée par l'émotion. On avait eu une énorme engueulade. Elle était en colère parce que je fréquentais un type plus vieux que moi.

– Et que s'est-il passé ?

– Elle a été renversée par une voiture. Il faisait nuit et la conductrice a raconté qu'elle ne l'avait pas vue parce qu'elle courait en vêtements sombres.

– Et tu t'en veux à cause de votre dispute ?

Porsha secoue la tête.

– Je m'en veux parce que je savais qu'elle allait mourir. J'en avais rêvé. J'avais tout vu se dérouler dans mon rêve, mais je n'ai rien dit tellement j'étais en colère. Il ne m'était jamais rien arrivé de ce genre, tu sais ?

De nouvelles larmes roulent sur ses joues. Je l'entoure de mes bras en lui répétant que ce n'est pas sa faute, en lui rappelant qu'elle n'a rien à se reprocher, que sa mère l'aime et veut qu'elle soit heureuse.

– Elle a essayé de te le faire comprendre elle-même. Tu as rêvé d'elle ces derniers temps ?

Porsha s'essuie les yeux et va s'asseoir sur son lit.

– Oui. Il y a à peu près un mois. J'entendais toujours sa voix dans ma tête. Je me réveillais avec des sueurs froides, en la revoyant couchée, morte, dans son cercueil. La manière dont on lui avait maquillé les yeux, une ombre à paupières verte lamentable, et dont on l'avait habillée, cette horrible robe jaune à carreaux...

– Elle essayait de communiquer avec toi, pour te persuader de ne pas t'en vouloir. C'est un peu comme ce qui m'est arrivé. Je ne m'étais jamais doutée que mes prémonitions sur Maura se réaliseraient, mais c'est ce qui s'est passé, et j'ai dû me le pardonner.

– Mais Maura n'était pas ta mère, tranche Porsha. Je n'ai jamais pu m'excuser pour notre dispute. Je n'ai plus jamais pu lui dire que je l'aimais, même pas une fois.

Je m'assieds à côté d'elle et elle s'effondre contre moi. Cette fois, je me tais. Je ne lui dis pas que tout ira bien. Et je n'essaie pas de comparer mes expériences passées avec les siennes. Je me contente de lui attacher le bracelet d'onyx au poignet, de l'attirer contre moi et de reconnaître silencieusement l'évidence : quels que soient les enjeux, il ne s'agit plus de moi.

Lucy

Malgré toutes les questions que j'ai encore à poser à Porsha – sur ses cauchemars et sur la lettre T, sur le campement dont elle rêve, sur le garçon en danger... à supposer qu'elle sache qui c'est –, je m'en vais dès qu'elle est un peu remise. Ce n'est pas que je ne veuille pas me mettre à l'ouvrage. Mais je sens que nous avons fait une avancée décisive aujourd'hui et que, si l'on ajoute à cela le message de sa mère, cela représente déjà assez de progrès pour l'après-midi.

J'ouvre la porte de notre chambre. Amber est là, assise sur son lit, ses lèvres peintes en rose vif toutes pincées. Et elle n'est pas seule.

PJ est assis à côté d'elle, les bras croisés, les jambes aussi, agitant un pied dans ma direction, l'air terriblement sérieux. Et en face d'eux, sur le lit de Janie, il y a Drea et Chad.

Drea et *Chad*.

– Oh, mon Dieu ! je crie d'une voix suraiguë.

Mais au lieu de partager mon enthousiasme, Drea m'adresse un sourire gêné avant de regarder ailleurs, tandis que Chad reste bêtement assis à m'observer.

Moi qui allais leur sauter au cou, je suis coupée dans mon élan.

– Qu'est-ce qu'il y a ?

– Ils sont venus à ma demande, m'annonce Amber. C'est une intervention d'urgence.

Elle ouvre sa boîte à casse-croûte Hello Kitty et en sort mon flacon de pilules.

– C'est vrai ? demande Drea en levant la tête vers moi.

– Mais quoi ?

– Que tu es accro, m'informe PJ en agitant le pied avec une vigueur accrue. Accro aux petites pilules de paradis artificiels ?

– Pardon ?

– Tu es au régime sec, déclare Amber. On s'inquiète pour toi. Tu fais n'importe quoi en cours, tu restes dans les vapes pendant des jours, tu bouffes des calmants par poignées.

– C'est fini, tout ça.

– Tu te fous de moi ? Janie m'a raconté que tu avais fouillé partout comme une folle hier soir – pour chercher tes *pilules*, sans aucun doute –, et ensuite j'ai vu qu'on avait fracturé mon tiroir aux trésors.

– OK. Je ne vais pas le nier. Mais si je prenais mes pilules, c'était pour dormir, pour rêver de Jacob. Alors qu'en fait, les tranquillisants m'empêchent de rêver.

– Ça veut dire que tu ne vas plus en prendre ? veut savoir Chad.

Il se tient à distance de Drea sur le lit et n'est pas tourné vers elle. Ils sont en mode « juste amis ».

– C'est exactement ce que ça veut dire.

– Ce n'est pas si simple, ma petite ensorceleuse, intervient PJ. J'ai connu plus d'un accro du temps de ma splendeur, et crois-moi, ce n'est pas une balade à la patinoire d'arrêter.

Je soupire.

– Je ne m'attends pas à ce que ce soit une balade à la patinoire, mais je n'ai pas droit à l'échec. Il y a des vies en jeu.

Drea écarte de son œil une longue boucle blond Barbie.

– Amber nous a raconté que tu refaisais des cauchemars.

Alors, je leur raconte tout sur Porsha et sur le besoin qu'elle a de mon aide, sur le fait que ses cauchemars ressemblent beaucoup aux miens. Je leur explique que sa mère communique avec moi dans mes rêves, qu'elle a besoin de moi pour reposer en paix.

– Bon, résumons-nous, conclut Chad en passant les doigts dans ses mèches blond cendré. La mère morte de cette fille te parle en rêve...

– Ce n'est pas comme si Lucy n'avait jamais rêvé des morts, fait remarquer Drea en levant les yeux vers le plafond.

– Excuse-moi de vérifier un peu la réalité, riposte Chad.

– Et ma réalité à moi, tu veux la vérifier ? plaisante PJ en donnant un coup de coude à Amber.

Au lieu de le pulvériser d'une remarque cinglante, elle glousse comme une collégienne et lui rend son coup de coude.

Qu'est-ce que j'ai raté ?

– Attends, dis-je. C'est vrai que ça peut paraître tordu, mais depuis quand est-ce que ça ne l'est pas ? Tu sais bien que tout est tordu dans ma vie.

– Et c'est ta conclusion ? me demande Chad. Tu vas aider cette fille et foirer tes études au passage ?

– Qui foire ses études, ici ?

– Euh, toi, précise PJ en levant la main (au moins dix centimètres de bracelets glissent vers son coude). Même moi, je ne copierais pas sur toi, c'est dire.

– D'accord, je veux bien reconnaître que je n'ai pas été brillante en classe pour ma première semaine. Mais je m'améliore nettement. Je viens d'avoir un A à mon interro de santé holistique. Et un B à ma dissert d'anglais. Vous voyez, je travaille, maintenant. Je vais à tous mes cours. Je révise avec un copain.

– Un canon de troisième année, rien de moins, ajoute Amber.

– Ah bon ? s'intéresse Drea en se redressant, l'oreille aux aguets.

– C'est juste un mec.

– Il s'appelle Tim, explique Amber. Et il lui court après... comme un oiseau après une abeille.

– Les oiseaux ne courent pas après les abeilles, andouille, la raille Drea. Tu n'as rien écouté en éducation sexuelle ?

– Attends, les interrompt Chad. Tu ne crois pas que c'est un peu tôt pour recommencer à sortir avec quelqu'un ? Ça ne fait que quatre mois...

– Jaloux ? persifle Drea en s'écartant encore un peu de lui sur le lit. Personnellement, je trouve ça formidable.

– Mieux que formidable, approuve Amber. Vous devriez voir le petit cul de ce mec. On a envie de le pincer.

Elle pince l'air pour appuyer son propos.

– Tu veux t'entraîner sur moi ? lui demande PJ en pointant les fesses dans sa direction.

Amber lui donne une tape et PJ se met à miauler.

– On peut revenir à nos moutons ? s'impatiente Chad. Est-ce que cette Porsha accepte ton aide, au moins ?

– Je crois.

– Elle a de la chance de t'avoir, observe Drea.

– Merci. Mais il y a autre chose. Je crois qu'aider Porsha m'aidera à en savoir plus sur Jacob.

– En *savoir plus* sur lui ? répète Drea.

– Je crois qu'il cherche à me transmettre un message. La mère de Porsha dit qu'il est plus proche que je ne le crois.

– La mère *morte* de Porsha, c'est bien ça ? reprend Chad en haussant les sourcils.

– Riez autant que vous voulez. Mais il y a peut-être plus qu'une chute par-dessus bord dans l'accident de Jacob. Il y a peut-être une chose qu'il n'a pas pu me dire, qu'il veut que je sache... comme la mère de Porsha... comme quand elle essaie de communiquer avec sa fille à travers moi.

– Bon, lance Amber, moi qui sors régulièrement avec des objets inanimés, je te soutiens totalement... du moment que tu arrêtes ça.

Elle secoue le flacon de pilules pour appuyer ses dires.

– Bien sûr qu'on est avec toi, l'approuve Drea en se levant du lit.

Elle m'entoure de ses bras.

– Tout ce qu'on veut, c'est que tu ailles bien.

– Merci beaucoup d'être venus, dis-je en lui rendant son étreinte. Et je vais m'en sortir.

Et peut-être pour la première fois de ma vie, je pense que oui, je vais très bien m'en sortir.

Lucy

Après cet interrogatoire en règle, nous nous rendons tous ensemble chez *Pizza Prison*, de l'autre côté de la rue, avant que Drea et Chad ne reprennent la route pour regagner leur fac. Tout le décor décline le thème de la prison : sol et murs en ciment brut, serveurs en uniforme à rayures, tables regroupées dans des cellules, derrière des barreaux.

– Voilà un endroit comme je les aime, constate Amber en reluquant un serveur qui passe avec un plateau chargé de menottes.

Le garçon nous entraîne dans un long couloir bordé de cellules déjà prises et nous installe à une table dans une petite pièce tout au fond. Il nous enferme derrière les barreaux, mais laisse la clé dans la serrure pour qu'on ne soit pas complètement emprisonnés.

– Est-ce que c'est moi, ou vous aussi, vous trouvez tout ça un peu trop réaliste ? s'enquiert Chad.

– C'est peut-être pour ça que je me sens si excitée, commente Amber en se collant contre PJ. Le fait d'être enfermée, ça me rend toute...

– Merci bien, dis-je pour l'arrêter tout de suite.

– Alors, qu'est-ce qu'on mange ? demande Drea en ouvrant sa carte.

Peu après, on vient déverrouiller notre cellule. Je lève la tête : c'est Tim, déguisé en prisonnier.

– Tiens, salut !

Il me fait un grand sourire.

– Salut, mon coloc ! s'exclame PJ. J'ai apporté toutes mes affaires. Encore merci.

Tim enregistre sa présence, mais se retourne tout de suite vers moi.

– Je ne t'avais pas dit que je travaillais ici ?

Je secoue la tête et sens que je pique un fard.

– On gagne de bons pourboires, ajoute-t-il avec un sourire de plus en plus large.

– Tu dois être Tim, se renseigne Drea en me donnant un coup de pied sous la table.

Il répond que oui, l'air légèrement désarçonné. Il doit se demander comment elle connaît son existence.

– C'est le petit cul, chuchote Amber à travers la table. Je t'avais dit qu'il était parfait.

Je fais les présentations et Tim prend notre commande : gressins aux courgettes avec préméditation, pain à l'ail du perceur de coffres-forts et une grande pizza menottée, sur l'insistance d'Amber.

– Mais il est *trop* mignon ! s'émerveille Drea une fois Tim parti.

Je hausse les épaules, bien consciente que c'est vrai, qu'il est trop mignon, et incroyablement gentil et attentionné par-dessus le marché. Mais je ne peux pas m'empêcher non plus de me sentir terriblement coupable. Je jette un coup d'œil à Chad, qui me regarde droit dans les yeux.

– Quoi ?

Il secoue la tête et continue de me fixer, comme s'il était la voix de ma conscience.

– On est juste amis.

– Quel dommage, soupire Amber.

– Mais qu'est-ce que vous avez, tous les deux ? demande Drea en remarquant qu'Amber est pratiquement assise sur les genoux de son amoureux transi.

Cette dernière ne répond rien et pose la tête sur l'épaule de PJ.

– Cette pauvre petite était perdue sans moi, dit-il.

Il lui grogne quelque chose à l'oreille et ils se roulent une grosse pelle baveuse.

– Bon, je crois que j'ai perdu l'appétit, déclare Drea en repoussant son assiette vide.

Tim revient peu après avec notre pain à l'ail. Dans le coin de la pièce, PJ et Amber sont trop occupés à redécouvrir mutuellement leurs amygdales pour prendre le temps d'absorber de la nourriture solide. C'est *trop* gênant.

– La même chose ? s'enquiert Tim en prenant nos verres de soda vides.

– Pas pour moi, dit Chad.

– Il faudra bien que tu boives avec ta pizza, lui fait remarquer Drea.

– Si j'ai soif, je boirai dans ton verre.

– Ah non, alors.

– Bon, d'accord, concède-t-il avec humeur.

– Mais qu'est-ce que tu as ? s'énerve-t-elle. Tu te conduis comme un collégien capricieux depuis qu'on est là.

– Mais non !

– Mais si !

Elle croise les bras.

– Je suppose que ces deux-là ne veulent rien à boire, intervient Tim en montrant Amber et PJ, ce qui allège un peu la tension.

– Par contre, dis-je, ils pourraient peut-être se prendre une cellule pour eux.

– Pour une visite conjugale, plaisante Tim.

Amber lève le pouce à son intention sans lâcher les lèvres de PJ.

– Immonde, conclut Drea.

– Alors, toujours d'accord pour une séance de révisions demain soir ? me demande Tim.

Je confirme.

– À vingt heures, c'est bien ça ?

– Je pensais qu'on pourrait sortir après, suggère-t-il.

– *Sortir ?*

– Rien d'extravagant, me rassure-t-il. Peut-être aller manger un hamburger. Les révisions, ça me donne faim, et je déteste dîner tout seul.

Drea me lance encore un coup de pied pour m'encourager. Mais je croyais que Tim avait compris. Je ne veux vraiment pas commencer une histoire maintenant. Je me tourne vers Chad, qui me jette son regard... son regard « Si tu sors avec ce crétin, c'est que tu n'aimais pas Jacob ».

– Peut-être pas, dis-je, soudain prise de culpabilité.

– Tu rigoles ? grogne soudain Amber en décollant ses lèvres de l'oreille de PJ. Bien sûr qu'elle ira.

– Non mais, c'est pas grave, assure Tim qui vire au rose vif. Vraiment, ce n'est rien.

– Exactement, insiste Amber. Absolument pas grave. Elle sera là... et avec ses éperons.

Sensible au désarroi de Tim, que je partage, je vole à son secours.

– On en reparlera demain.

– Bien sûr. Pas de souci.

Il tourne les talons et s'enfuit de la cellule plus vite qu'un évadé en cavale.

La pizza arrive peu après. Une paire de menottes en plastique trône au centre en guise de décoration. PJ les attrape et s'attache à Amber.

Je parviens à avaler deux parts malgré mes gargouillements d'estomac. Nous mangeons assez rapidement, d'autant plus que, Amber et PJ étant *preoccupados* dans le coin de la cellule et Drea et Chad se faisant la tête comme souvent, la conversation est languissante. Je laisse un pourboire particulièrement généreux à Tim et nous partons sans perdre une minute.

Mais avant que nous soyons sortis sur le parking, Drea m'attire à l'écart.

– Je voudrais te parler un peu avant de repartir avec Chad.

– Bien sûr, dis-je, soulagée que nous ne restions pas là-dessus.

Elle demande à Chad les clés de sa Jeep et, pendant que les autres attendent à l'intérieur du restaurant, nous allons nous asseoir dans la voiture en poussant le chauffage à fond.

– Merci encore d'avoir fait tout ce chemin pour venir me voir. C'est dommage que vous ne puissiez pas rester dormir.

– Impossible, soupire Drea. J'ai un exam en première heure demain matin.

– Tu m'as beaucoup manqué.

Elle sourit.

– Toi aussi. Ce n'est pas pareil de partager sa chambre avec quelqu'un qui ne sait pas vous bricoler un sachet contre les règles douloureuses en deux temps, trois mouvements.

– Sans parler des sorts antiboutons.

– Ou des sorts pour que votre ex se souvienne de votre existence.

– Ça, je crois qu'il n'y a pas de doute. C'est *sûr* que Chad sait que tu existes.

Elle hausse les épaules.

– C'est dur, tu sais. On est toujours proches, mais je sens bien plus de concurrence maintenant... Il y a tant de filles ! Si sûres d'elles... si jolies... et toutes à ses pieds.

– Oui, mais elles ne sont pas *toi*.

Drea hésite.

– Tu dois me prendre pour une petite peste qui réclame l'attention générale.

Elle se frotte les yeux et regarde au loin.

Je ne peux pas la laisser dire ça.

– Tu sais bien que c'est faux, hein ?

– Tu me manques, recommence-t-elle.

Je me penche pour la serrer fort dans mes bras. Lorsque nous nous dégageons, je prends un mouchoir en papier et l'aide à se tamponner les yeux.

– Merci, me dit-elle en se mouchant.

– Ça sert à quoi, les amis ?

– Je suis sincère, poursuit-elle. Tu es la meilleure amie que j'aie jamais eue.

– Et moi aussi je suis sincère... Chad et toi, vous êtes faits l'un pour l'autre.

Drea a un léger sourire et nous commençons à parler du bon vieux temps : nos orgies de chocolat nocturnes, la fois où Amber a montré son derrière à l'un des jardiniers de Hillcrest pour gagner un pari, et les sorts que nous exécutions ensemble, notamment celui que nous avons fait pour aider les seins d'Amber à gagner une taille de bonnet (sauf que ça n'a jamais marché).

Deux minutes plus tard, Chad me fait sursauter en frappant à la portière. Je baisse la vitre.

– Qu'est-ce que vous fabriquez ? Je n'en peux plus de regarder PJ et Amber se peloter avec leurs menottes.

Drea et moi nous faisons nos adieux à grand renfort de bises et d'embrassades, et nous nous promettons de nous appeler plus souvent. Je descends de la Jeep pour dire aussi au revoir à Chad.

– Merci d'être venu, je murmure en le serrant dans mes bras.

– T'inquiète. Je ferais n'importe quoi pour toi.

Nous nous écartons l'un de l'autre et restons plantés là, les yeux dans les yeux, pendant plusieurs secondes.

– Désolé si j'ai été pénible, s'excuse-t-il. C'est juste que je m'inquiète pour toi.

– Je vais m'en sortir.

– Je sais, ajoute-t-il en me touchant le poignet. Tu t'en sors toujours.

Il me fait une bise et un nouveau câlin.

– Appelle-moi si tu as besoin de quoi que ce soit.

– D'accord. Merci.

Une seconde plus tard, Drea donne un coup de klaxon. Je leur fais au revoir de la main pendant qu'ils sortent du parking, sachant du fond du cœur que ce sont deux des meilleures personnes que je connaisse... et qu'ils sont véritablement faits l'un pour l'autre.

Ormeau

Il neige de plus en plus fort. Maçon emmène Ormeau chez lui. Il y a une pièce au fond, qu'il réserve aux réunions entre chefs et aux entretiens privés avec les pionniers, comme celui-ci.

Ormeau serre dans son poing le tissu de sa poche vide en regrettant que la pierre au pentacle n'y soit plus. Il craint encore davantage pour Brique que pour lui-même et se demande pourquoi son ami a agressé Argile de la sorte ; il redoute ce que fera Argile à présent qu'il sait que Brique est au courant de son vol.

Maçon referme la porte derrière lui. C'est une toute petite pièce avec quatre bancs disposés en carré et pas de fenêtre. Il fait signe à Ormeau de s'asseoir.

– Comment t'adaptes-tu ?

– Très bien, articule Ormeau en s'obligeant à respirer profondément.

Maçon prend un siège face à lui.

– Je suis content des progrès que tu as faits. Je pense que tu as beaucoup de potentiel ici.

– Merci, Maçon.

– Mais j'ai aussi remarqué que tu étais très réservé... très observateur. Je me demande souvent ce que tu penses.

– Rien, ment Ormeau en avalant sa salive.

– Tu dois bien avoir des pensées.

Brique l'aurait-il trahi en disant quelque chose ? À moins que quelqu'un les ait repérés tous les deux sur la plage, la nuit dernière, après le couvre-feu.

– J'ai remarqué que tu t'étais rapproché de Lys, poursuit Maçon.

Ormeau confirme en silence.

– C'est bien. Lys est une gentille fille. Elle se passionne pour notre groupe. Je pensais que vous iriez bien ensemble ; c'est pourquoi je lui ai fait cette suggestion.

– Que veux-tu dire ?

– Je veux dire que l'idée vient de moi. À l'origine, son cœur la portait vers Argile, mais j'ai eu une petite conversation avec elle pour l'orienter dans ta direction.

Ormeau en reste coi, complètement abasourdi.

– Surpris ? lui demande Maçon. Je l'ai fait pour que tu te sentes plus à l'aise ici. Tu as traversé beaucoup de choses... abandonné ainsi dans la rue. Avec ta perte de mémoire, en plus... J'ai pensé que cela te plairait d'attirer son attention. Elle est très belle, tu ne trouves pas ?

Ormeau acquiesce, la tête emplie de questions. C'est comme un coup de poing dans le ventre. Pourquoi Maçon a-t-il agi ainsi ? Pourquoi Lys a-t-elle accepté ?

– Dis-moi simplement comment je peux te rendre la vie plus agréable ici, et je verrai ce que je peux faire, du moment que tu agis pour moi et pour le groupe en retour.

Ormeau serre les dents. Il revoit Lys lui déclarer qu'elle l'aimait et l'embrasser avec passion. Mentait-elle ? Ou y croit-elle uniquement parce que Maçon lui a demandé d'y croire ?

– Ça va ?

Il répond par l'affirmative, bien qu'il ait la nausée.

– Argile est fâché ? s'inquiète-t-il.

– Il s'en remettra. Argile se remet de tout. D'ailleurs, Marguerite lui conviendrait peut-être mieux... Elle est plus stimulante. Qu'en penses-tu ?

– Je pense qu'il tient sans doute à Lys.

– Ne t'inquiète pas pour cela, mon ami, dit Maçon en grattant sa barbe argentée. Argile sait qu'il doit agir dans l'intérêt de la communauté, nous en avons parlé en détail. L'important, c'est que tu comprennes que je m'occupe toujours de mes pionniers. Je fais mon possible pour améliorer la qualité de vie de tous. Nous sommes unis par un lien très particulier. Mais cela ne se fait pas tout seul. En tant que membres individuels, nous devons travailler ensemble à notre mission d'amour, de paix et d'harmonie. Nous ne pouvons pas penser qu'à notre petite personne. Nous devons consentir à des sacrifices les uns pour les autres : c'est ainsi que nous parviendrons à la paix ultime.

Ormeau n'a qu'une envie : sortir de cette pièce, partir de ce camp, sans un regard en arrière.

– C'est tout ?

Maçon secoue négativement la tête.

– Nous devons être loyaux les uns envers les autres, est-ce clair ?

Ormeau acquiesce en se demandant où il veut en venir.

– La loyauté est la clé du succès de la communauté, tu ne crois pas ?

– Bien sûr.

– Donc, quand quelqu'un manque de loyauté, cela peut nuire au groupe dans son ensemble. La déloyauté n'est pas sans conséquences.

– Conséquences ?

Ormeau a une boule dans la gorge.

– Parle-moi de tes souvenirs, l'invite Maçon en plissant ses yeux bleu pâle.

– Quels souvenirs ?

– As-tu commencé à te rappeler des bribes de ton ancienne vie ?

– Non.

– Est-ce que tu me mens ?

Ormeau s'en défend, mais il est parfaitement conscient qu'il est très mauvais menteur... et que pour chaque mensonge il y a une pénalité karmique à payer au triple.

À ce moment-là, la sirène du camp retentit, indiquant un problème.

– Qu'est-ce qui se passe, encore ? soupire Maçon.

Un coup frappé à la porte épargne à Ormeau de nouvelles questions.

– Entrez.

C'est Pluie.

– Des policiers sont là, murmure-t-elle. Ils veulent te parler.

Maçon s'excuse de devoir interrompre l'entretien et sort régler le problème.

Ormeau

Ormeau fait semblant de prendre des bûches pour le feu dans le tas de bois que Brique et lui ont coupé récemment. Il en cale quelques-unes dans le creux de son bras pour observer les deux agents qui interrogent Maçon. Il est bien trop loin pour entendre, mais les policiers ont l'air plutôt détendus. Ils regardent tranquillement autour d'eux en posant leurs questions.

Maçon ne semble absolument pas nerveux, il parle avec les mains et s'esclaffe à plusieurs reprises. Ormeau croise son regard et détourne vivement les yeux. Il fait semblant d'être très occupé.

– Tu as besoin d'aide ? lui crie Brique.

Ormeau acquiesce et Brique s'avance vers le tas de bois. Il le questionne à voix basse.

– Pourquoi est-ce que Maçon voulait te parler ?

– Tu étais au courant pour Lys ? Pour le fait que Maçon lui ait dit de s'intéresser à moi ?

– Qu'est-ce que tu racontes ?

Ormeau hausse les épaules sans cesser de surveiller les policiers du coin de l'œil.

– Lys est amoureuse d'Argile, non ?

– Elle l'était avant, jusqu'à ce que tu arrives. Pourquoi ? Que t'a dit Maçon ?

Ormeau est réticent à entrer dans les détails pour l'instant, surtout avec le chef qui les tient à l'œil.

– Ne t'en fais pas pour les flics, dit Brique. Ils passent ici de temps en temps. Ils aiment bien savoir ce qui se passe... s'assurer que notre groupe ne fait rien de mal.

– Rien de mal, tu l'as dit, bougonne Ormeau.

Ils apportent le bois à la cuisine et s'assoient pour manger. Lys s'installe à côté de lui.

– Bonjour, dit-elle, radieuse.

Ormeau la salue de la tête, chipote dans ses œufs brouillés du bout de sa fourchette et fait son possible pour l'ignorer. Elle pose sa joue contre son épaule.

– Ça va ?

– Très bien.

Il jette un coup d'œil à Argile qui, assis en face d'eux, n'en perd pas une miette.

– Tu n'as pas faim ? insiste-t-elle.

Ormeau soupire, espérant qu'elle comprenne. Il est gêné qu'elle s'occupe autant de lui, surtout sous le nez d'Argile. Et pourtant, il est presque sûr qu'elle croit sincèrement avoir des sentiments pour lui. Il se demande depuis combien de temps elle vit au camp. Combien de temps faut-il pour se faire laver le cerveau ?

– Tout va bien ? demande Argile, qui a peut-être perçu la gêne d'Ormeau.

Celui-ci répond une fois de plus que tout va bien, non sans remarquer que les questions ont encore plus attiré l'attention sur lui. Certains aînés en bout de table ont levé la tête de leur assiette pour l'observer fixement.

– J'ai hâte que nous allions en ville, déclare Brique pour changer de sujet. Qu'est-ce qu'on va acheter ?

– Il faut qu'on ait une petite conversation, lui dit Argile sans relever la question.

– Bien sûr, répond Brique en fronçant légèrement les sourcils. Quand ?

Argile regarde Ormeau un instant, puis se replonge dans son petit déjeuner.

– Quand je te le dirai, voilà, déclare-t-il enfin. Quand je saurai que tu es seul.

À ces mots, Ormeau sent son cœur s'emballer, soudain pris d'une énorme sensation de déjà-vu. Il se souvient du cauchemar qu'il a fait sur le vieux monsieur de la maison... ce vieux monsieur qui lui chuchotait à l'oreille : « Je sais que tu es seul. » Il sait de quoi Argile veut parler à Brique.

Il va vouloir le questionner sur sa remarque au sujet du collier en platine.

Brique se renfrogne et pique du nez dans son assiette. Peut-être comprend-il enfin la gravité de son audace.

– J'espère qu'on aura du temps libre pour se balader, roucoule Lys. J'adore regarder les gens.

– Moi aussi, enchaîne Marguerite. J'aime bien voir ce qu'ils achètent, ce qui intéresse les jeunes de notre âge en ce moment.

Maçon entre dans la pièce. Pluie se lève pour aller à sa rencontre.

– Tout va bien ? lui demande-t-elle.

– Très bien, annonce Maçon à la tablée. Je ne vois pas

pourquoi ils éprouvent le besoin de venir nous surveiller si souvent.

Ormeau manque s'étrangler sur sa tartine. Il se demande ce que la police sait réellement sur leur groupe, si elle a des soupçons sur les cambriolages. Mais visiblement, elle n'a pas grand-chose comme preuves ; sinon, les flics seraient venus avec un mandat de perquisition.

Il observe Maçon pendant un moment ; il regarde Pluie lui servir son petit déjeuner et poser sa serviette sur ses genoux, juste comme il faut. Maçon doit savoir ce qu'il fait en les manipulant. Il doit prendre plaisir à forcer des gens au bout du rouleau à voler pour gagner sa vie à lui. Il donne aux pionniers l'impression qu'il n'y a pas d'échappatoire, qu'ils ont besoin de lui et de cette communauté pour vivre. Mais, tout comme ceux qui se sont évadés du camp – ceux dont personne n'a le droit de parler –, Ormeau est bien décidé à partir.

Ormeau

Après les tâches matinales et un déjeuner rapide, Argile annonce qu'il se rend en ville et ordonne à Brique, Ormeau, Marguerite et Lys de monter dans la voiture communautaire. Les membres du camp ont l'habitude de faire le voyage au moins une fois par mois pour se procurer les articles indispensables qu'ils ne peuvent pas trouver au champ de foire.

La place de la mairie se trouve à environ une demi-heure de route du camp. Ils restent groupés pour longer la rue principale, s'arrêtent à une pharmacie pour acheter de l'aspirine et des médicaments contre le rhume, et à une station-service pour remplir les jerricanes d'essence pour les groupes électrogènes.

Ils déposent leurs achats à la voiture, puis entrent dans le supermarché du bout de la rue, munis chacun d'une brève liste de courses dont ils ont la charge. C'est un commerce de taille moyenne avec environ dix allées ; au fond, des rayons légumes frais, boucherie, poissonnerie et traiteur. Pendant qu'Argile monte la garde à la sortie, les autres se dispersent pour faire leurs achats.

Ormeau veut se retrouver seul avec Brique pour lui parler de son attaque de tout à l'heure contre Argile. Qu'est-ce qu'il lui a pris ? Résultat, Ormeau se retrouve en position de coupable par ricochet, simplement pour avoir assisté à la discussion sur le collier.

Mais il n'arrive pas à se défaire de Lys. Elle le colle pendant tout le temps où il arpente une allée à la recherche de thon et de porc en boîte. Il la soupçonne d'avoir volontairement poussé Marguerite à éloigner Brique dès leur entrée dans le magasin.

– Tu m'en veux pour quelque chose ? lui demande-t-elle.

Ormeau tâche de l'ignorer en se concentrant sur les rayonnages.

– Qu'est-ce que je t'ai fait ? insiste-t-elle.

– Rien. Laisse tomber.

Elle le tire par le bras, tente de le forcer à s'intéresser à elle.

– Je ne peux pas, pleurniche-t-elle. Pourquoi es-tu comme ça ?

– Tu n'as pas des courses à faire ?

Peu après, Argile apparaît au bout de l'allée. Visiblement, il les a entendus de là où il était.

– Que se passe-t-il ?

Au lieu de répondre, Lys s'éloigne à pas pressés dans l'allée, les yeux pleins de larmes. Argile fusille Ormeau du regard.

– On en reparlera plus tard, dit-il sèchement avant de suivre la fille.

Ormeau est enfin seul.

Il regarde vers les portes de sortie en se demandant s'il serait capable de partir en courant sans se faire prendre. Mais que deviendrait Brique ?

Il sillonne le magasin à la hâte pour le trouver. Tant qu'Argile est occupé avec Lys, ils ont une chance de s'enfuir tous les deux. Mais c'est Marguerite qu'il voit en premier. Elle remplit un panier de boîtes d'allumettes.

– Où est Brique ? lui demande-t-il.

– Il te cherchait.

Ormeau tourne les talons et fonce dans la direction opposée, en espérant ne pas tomber nez à nez avec Argile. Il se rapproche de l'entrée et repère Brique à côté des caisses.

– Enfin ! lui crie ce dernier en courant vers lui. Je te cherchais partout.

Ormeau regarde par-dessus son épaule. Toujours aucun signe d'Argile.

– Viens, dit Brique. J'ai quelque chose à te montrer.

– Tirons-nous, lui chuchote-t-il en indiquant la sortie. On peut s'en aller... *maintenant !*

Brique regarde les portes, apparemment tenté, mais secoue la tête.

– C'est plus important.

– Quoi donc ?

Brique le tire par le bras.

– Viens ! Mon sort a fonctionné.

Un nœud se forme dans la poitrine d'Ormeau. Il jette encore un coup d'œil vers la sortie en se demandant s'il n'est pas en train de commettre une grosse erreur. Mais il suit quand même Brique, sans savoir où sont passés Argile et Lys.

Brique l'entraîne dans l'allée des produits laitiers et s'arrête pour se cacher derrière une grande vitrine.

– Là, dit-il en désignant une mère qui fait ses courses avec sa fille adolescente.

– Quoi ?

– C'est elle. La fille du champ de foire... celle qui avait les ailes.

Même si la fille ressemble à l'autre, avec ses longs cheveux blonds et ses yeux clairs et argentés, elle a quelque chose de différent.

– Je ne sais pas, hésite Ormeau.

– Tu es aveugle ? C'est *elle*, je te dis. Va lui demander.

Les deux femmes s'éloignent dans l'allée.

– Fais quelque chose, insiste Brique.

Au même instant, la fille tourne la tête. Elle soutient un instant le regard d'Ormeau et a un léger sourire avant de repartir.

Ormeau s'approche lentement d'elle par derrière, souhaitant ardemment que ce soit la même fille, même si elle est très différente dans son uniforme scolaire à carreaux et son manteau à capuche.

– Pardon, dit-il d'une voix douce.

La fille se retourne pour lui faire face, aussitôt imitée par sa mère.

– Tu connais ce garçon, Angèle ? demande cette dernière d'un ton mordant.

– Je ne crois pas.

– Tu es la fille du champ de foire ?

– Le champ de foire ?

Elle fronce très légèrement les sourcils.

Ormeau déglutit sans cesser de l'observer. À la voir de près comme ceci, à scruter ses expressions et à entendre sa voix, il est presque certain que c'est elle.

– Hier, au champ de foire, répète-t-il. Près de l'étang... tu m'as parlé de mes ailes brisées.

– Le champ de foire ? intervient la mère en faisant un pas vers lui. Tu n'es pas encore allée traîner avec ces marginaux, hein, Angèle ?

La fille nie en reculant un peu.

– Désolée, mais je ne vois pas du tout de quoi tu parles. J'étais en cours hier, et ensuite je suis allée à la bibliothèque.

– Tu es sûre ?

Elle opine de la tête et jette un regard penaud vers sa mère. Mais ses joues rosissent.

– Je sais quand même si je suis allée à la bibliothèque ou non. Tu dois me confondre avec quelqu'un d'autre.

Ormeau s'attarde encore quelques secondes, conscient que la mère est de plus en plus énervée : elle a les bras croisés et la bouche pincée.

– Pardon, dit-il, le cœur serré. Tu as raison. C'est une erreur.

Il fait demi-tour et s'éloigne rapidement. Quelques secondes plus tard, la fille le rappelle.

– Hé, attends ! Tu as perdu quelque chose.

Elle fait quelques pas vers lui, s'éloignant de sa mère, puis se baisse comme pour ramasser un objet par terre.

Ormeau est certain de n'avoir rien laissé tomber.

– Tu n'as pas intérêt à perdre ça, chuchote-t-elle en lui mettant quelque chose dans la main.

Ormeau regarde ce que c'est et son cœur fait un bond. Une petite broche en argent. En forme d'ailes d'ange.

– Elle te cherche, lui murmure la fille.

– Qui ?

Elle trace un X sur son propre cou du bout du doigt. Juste après, sa mère l'appelle. La fille croise son regard une dernière fois, puis s'éloigne à la hâte.

Lucy

Après les cours, le lendemain, je passe chez moi chercher du matériel de magie puis fonce chez Porsha. Cette fois, elle m'invite tout de suite à entrer dans sa chambre.

– Comment vas-tu ?

Elle hausse les épaules mais elle a bien meilleure mine, l'air moins en colère, plus posée. Je m'assois à côté d'elle sur son lit et remarque qu'elle porte le bracelet en onyx.

– Il te va bien, dis-je.

Porsha a un nouveau geste d'indifférence et fait tourner le bijou sur son poignet pour cacher le fermoir.

– Tu sais, l'onyx est une pierre qui donne des forces.

Elle ne réagit pas.

Je sors de mon sac à dos un cristal de guérison-réception. C'est une pierre large et plate que j'ai achetée cet automne dans l'espoir que ses propriétés me requinqueraient un peu. Mais je n'ai jamais été capable d'abandonner mon amas de cristaux assez longtemps pour lui donner la moindre chance de m'aider.

– Tu as déjà utilisé des cristaux ?

Elle secoue la tête et je le lui mets dans la main.

– Celui-ci t'aidera à attirer et à recevoir de l'énergie. C'est bon aussi pour la guérison.

– Pourquoi est-ce que j'aurais besoin d'énergie ?

– Cela peut faciliter les choses avec ta mère, pour que tu n'aies pas peur la prochaine fois qu'elle t'enverra un message.

Porsha hoche le menton et serre le cristal dans sa paume.

– Merci, me dit-elle tout bas.

– De rien.

– Bon, on fait quoi, maintenant ?

Elle soupire et tire une mèche de ses longs cheveux blonds devant ses yeux.

– Je pensais qu'on pourrait parler de tes rêves.

– Tu crois que je suis folle ?

– Pas du tout. Et toi, est-ce que tu te crois folle ?

Elle tire une nouvelle mèche devant son visage.

– Apparemment, c'est ce que tout le monde pense.

– Mais toi ?

– Parfois. Parfois c'est plus facile de devenir ce que tout le monde attend de vous.

Je lui tapote le dos, la laisse poser la tête contre mon épaule, sûre du fond du cœur qu'elle n'est pas folle et espérant qu'elle le sait bien.

Au bout de quelques secondes, elle relève la tête.

– Tu es prête ? lui dis-je.

– À quoi ?

Ses yeux sont à peine visibles derrière ses longs cheveux.

Je sors d'autres fournitures de mon sac : une petite housse de coussin ; de minuscules sachets de cannelle, de muscade et de vanille ; un flacon d'huile essentielle d'orange ; de l'encens à la lavande ; un bol de voyage pour faire mes mélanges ; et de la bourre à coussins que j'ai achetée au magasin de loisirs créatifs.

– C'est quoi, tout ça ?

– J'ai pensé qu'on pourrait faire un sort ensemble. Tu sais que je pratique la Wicca ?

– Mon père m'a dit ça.

– Alors, tu veux essayer ? Le sort, je veux dire.

Porsha hausse encore les épaules comme si elle s'en fichait, mais je vois bien qu'elle en a envie. Elle tend la main pour toucher le tissu velouté du coussin.

– Je l'ai acheté au printemps dernier, dès que j'ai reçu ma lettre d'admission pour venir ici. C'était une sorte de cadeau de prérentrée que je me faisais. Je pensais que la couleur violette irait bien dans ma chambre.

– Tu es sûre que tu veux t'en servir pour ça ? me demande-t-elle en regardant la bouteille d'huile d'orange.

– Certaine.

J'allume le bâton d'encens, le pose sur un support, puis passe toutes les fournitures dans la fumée.

– Qu'est-ce que ça fait ?

– Cela charge le matériel, le rend sacré. Ça marche mieux ainsi.

Je saupoudre trois pincées de cannelle dans le bol et lui demande de faire de même avec la muscade.

– Ça sent la tarte aux pommes, remarque-t-elle avec un tout petit sourire.

Je souris aussi en prenant une gousse de vanille dans le sac ; je sens mes doigts me picoter en le faisant.

– Les gousses de vanille sont bonnes pour l'intuition. La cannelle renforcera ton acuité psychique et la muscade t'aidera à mieux affronter tes cauchemars, sans qu'ils t'effraient.

– Comment as-tu appris tout ça ?

– Par ma grand-mère, principalement. Un peu par ma mère. Beaucoup de mes sorts me viennent de vieilles parentes ; et il y en a que j'invente toute seule.

– Cool, conclut-elle en écartant une mèche de son œil.

Je laisse tomber la vanille dans la mixture de cannelle et de muscade, puis ajoute quelques gouttes d'huile d'orange, en me concentrant sur la capacité du fruit à animer l'esprit. Je demande à Porsha de fermer les yeux et de mélanger le tout avec ses doigts en méditant sur ses rêves, en imaginant que les ingrédients éveillent ses sens.

Elle rouvre les yeux au bout de quelques secondes et je lui indique de remplir la housse de coussin avec la bourre de coton, toujours en se concentrant sur ses rêves.

– Et maintenant, verse la mixture dans l'oreiller de rêves, dis-je en lui tendant le bol.

Porsha prélève le mélange avec ses doigts.

– Je peux ajouter autre chose ? me demande-t-elle en ouvrant le tiroir de sa table de chevet pour en sortir un journal intime.

– Quoi donc ?

Je suis impressionnée qu'elle prenne une initiative.

Elle ouvre le journal au milieu et en arrache une page.

– Juste quelques pensées, quelques bribes de mes rêves. J'aime bien les noter, parfois.

– Un journal de rêves.

Je pense à Jacob.

En fait, toute cette scène me fait un peu penser à lui – à nous – exécutant un sort ensemble.

– Et maintenant ?

– Referme le coussin, passe-le trois fois dans la fumée d'encens, et répète après moi : « Que cet oreiller de rêves améliore mes songes en dormant ; que les visions soient claires et que je les retienne profondément. »

Porsha répète l'incantation tout en faisant passer le coussin dans la fumée.

– Ainsi soit-il, dis-je tout bas.

– Ainsi soit-il.

Porsha cale le coussin contre elle et ramasse le cristal de guérison-réception, qu'elle serre dans sa main.

– Tu veux qu'on parle de mes cauchemars, maintenant ? me demande-t-elle.

– Tu es prête ?

Elle hoche la tête de haut en bas.

– Je crois que oui.

Lucy

Pendant que Porsha s'attache les cheveux avec un élastique, je prends un bloc-notes et un stylo pour me mettre au travail. Elle paraît un peu détendue par le sort que nous venons de faire. Serrant toujours le coussin contre son ventre, elle s'assoit face à moi sur le lit. De longues volutes grisâtres d'encens à la lavande s'élèvent au-dessus de son bureau.

– Veux-tu me parler de la lettre T ? lui dis-je.

Elle relève sa manche pour me montrer un T brûlé dans son bras, de la taille d'une empreinte de pouce.

– Je me suis fait ça après mon premier rêve sur le garçon.

– Qu'est-ce que ça veut dire ?

– Je crois que ça pourrait être son initiale.

– Son initiale ?

Je pense à Tim tout en me disant que ça ne peut pas être lui : le T doit représenter autre chose, en lien avec Jacob.

Porsha acquiesce.

– Je rêve tout le temps de lui dans les bois. Il n'est pas seul. Il y a un autre type, qui est en colère contre lui. Il le punit.

– Il le punit de quoi ?

– D'en savoir trop, je crois. Comme s'il était plus malin que tout le monde – ou du moins comme s'il le croyait. Le type lui montre qu'il a tort.

– Comment le punit-il ?

– Ils commencent par parler, mais ensuite ils s'échauffent. Le garçon se défend, si bien que l'autre sort de ses gonds.

– Et que se passe-t-il ?

– Il y a une bagarre. Je vois un pistolet. Et après, je vois du sang, murmure Porsha. Après, je ne vois plus que du sang.

– Sais-tu où sont ces bois... et quand tout cela doit se passer ?

– Ici, dit-elle à voix basse. Dans le Massachusetts. J'ai vu une voiture dans mon rêve : une grosse vieille guimbarde. Elle porte un autocollant du cap Cod à l'arrière, avec un crabe dessus.

Mon cœur fait un bond.

– Le cap Cod ?

– Mais oui, répond Porsha en serrant le cristal que je lui ai donné. Pourquoi ?

– Est-ce que tu vois le garçon dont tu rêves ?

Oui, elle le voit.

– Il a l'air d'avoir à peu près mon âge : quinze ou seize ans. Les cheveux blonds, un peu longs sur le dessus... et il n'est pas très grand.

L'anxiété monte dans ma voix.

– Tu es sûre de son âge ?

– Je crois. Pourquoi ?

Ma poitrine se serre. J'ai un voile de sueur sur le visage. J'inspire profondément pour me calmer, mais j'ai l'impression de ne pas trouver assez d'air. Mon cœur vient d'être pulvérisé en un million d'éclats de verre.

– Lucy, ça va ?

Est-il possible qu'elle se trompe sur son âge ? Que Jacob ait teint ses cheveux en blond ? Qu'elle se trompe aussi sur sa taille ?

Je me mords la lèvre pour ne pas hurler et m'efforce de faire comme si tout allait bien, même si rien ne va. Rien n'ira plus jamais bien.

Le garçon dont elle rêve n'est pas Jacob.

– Ça va ? me redemande-t-elle.

Je serre les dents en me répétant qu'il faut que ça aille, que je n'ai pas le choix.

– Continue, lui dis-je d'une voix qui est à peine plus qu'un souffle.

Je me rends soudain compte, après coup, que vu sa description du garçon, ce n'est pas Tim non plus.

– Il fait partie d'une sorte de communauté, ou de clan, quelque chose comme ça, poursuit Porsha. Je vois toujours l'océan et un bateau de pêche... et des gens qui vivent dans des cabanes rustiques : pas de télé, peu d'électricité, de l'eau au puits...

Je l'encourage à parler tout en essayant de me concentrer, en faisant de mon mieux pour donner un sens à tout cela. Pourquoi rêverait-elle d'un garçon au cap Cod... à l'endroit où je viens de passer les pires mois de ma vie ?

– Ça doit arriver quand, tout ça ?

Porsha relève son autre manche. La date de demain est écrite au gros feutre noir sur son avant-bras.

– Tu sais à quelle heure ?

– Le matin, je crois.

– Mais tu n'es pas sûre ?

Elle fait non de la tête.

– Il fait sombre, mais je suis quasiment sûre que c'est tôt le matin car je vois le soleil se lever à travers les arbres. Pourtant j'ai presque l'impression qu'à ce moment-là – au lever du soleil –, c'est déjà trop tard.

– Il faut qu'on aille là-bas.

– Mais où ?

Je comprends que ce serait peine perdue de foncer au cap Cod sans faire un peu de recherches préalables.

– Je veux que tu dormes, lui dis-je en me levant de son lit. Garde le coussin contre toi et répète-toi que tu vas rêver, que les rêves vont nous orienter dans la bonne direction. Essaie de poser des questions à ton rêve.

– Pardon ?

– C'est toi qui décides de tes rêves, du moins jusqu'à un certain point. Garde ça en tête.

Elle soupire.

– Qu'est-ce que ça signifie ?

– Ça veut dire que tu dois poser des questions à ton subconscient : « Pourquoi suis-je ici ? Qui êtes-vous ? Où suis-je ? »

– Facile ! lance-t-elle d'un ton ironique.

– Pas facile, non. Cela demande de l'entraînement, mais c'est bien utile pour en savoir plus. Pendant ce temps, je vais aller sur le Net voir si je trouve des infos sur une communauté ou une secte au cap Cod.

– Je viens avec toi.

– Non. Il faut que tu aies encore une prémonition. Appelle-moi dès que tu seras réveillée. On n'a pas de temps à perdre.

Lucy

Je sors de chez Porsha et fonce à la bibliothèque pour faire un peu de recherche sur Internet, bien contente de cette distraction. Je passe au moins une heure à googler toutes sortes de mots en « c » : « communautés », « cap Cod », « cultes », « campements », et même « crabe (autocollant) ».

Mais au lieu de me changer les idées, cela fait remonter mes souvenirs : toutes ces photos de pub montrant des plages et des maisons de vacances me rappellent comme nous étions heureux d'avoir trouvé une location là-bas l'été dernier. J'ai les larmes aux yeux en me remémorant ces derniers mois : Amber et moi seules dans cette maison, elle qui essayait tout pour me convaincre de continuer à vivre, moi qui ne voulais qu'une chose : mourir.

Je me secoue et me concentre de nouveau sur mes recherches. Je passe encore une demi-heure à prendre des notes et à cliquer sur tous les liens qui m'ont l'air ne serait-ce qu'un peu prometteurs. À la fin, je me retrouve avec quelques infos sur quatre groupes sectaires et des détails cryptiques sur leur mode de vie primitif, comme décrit par Porsha, mais aucune indication précise sur leur localisation.

Je regagne ma chambre, plus déprimée que jamais. Peut-être ne suis-je destinée à aider Porsha que pour comprendre que Jacob est vraiment parti... tout comme mon espoir.

Quand j'arrive, PJ et Amber sont là. Assis sur son lit, bras et jambes complètement emmêlés, en pleine action.

– Salut, dis-je dans un effort de politesse.

Visiblement, ils sont trop occupés pour me répondre. Amber met plusieurs secondes à s'arracher à ce baiser profond ; elle a les lèvres toutes barbouillées de rouge à lèvres doré.

– Tu nous as manqué au dîner, me lance-t-elle. Nouilles gluantes sauce blanche.

– Ça m'a l'air fameux.

– Tu as vu Porsha ?

J'opine.

– Comment ça se passe avec elle ?

– Bien. Je crois qu'on tient une piste.

Elle souffle une bulle de chewing-gum vert citron.

– Je peux faire quelque chose ?

– Ou moi, ajoute PJ en attrapant la bulle du bout du doigt et en se la fourrant dans la bouche.

– Pas maintenant, mais je vous dirai.

Amber continue de m'observer pendant quelques secondes avant que PJ ne lui saute dessus pour lui remettre son chewing-gum dans la bouche avec sa langue. Pendant que les tourtereaux reprennent leurs échanges visqueux, je m'allonge sur mon lit. Je suis tentée de demander un peu de soutien à Amber : qu'elle me laisse pleurer sur son épaule et m'aide à mettre de l'ordre dans mes idées. Mais je m'abstiens. Je suis certaine qu'elle laisserait tout tomber pour passer du temps avec moi ; mais elle a l'air très heureuse en ce moment, et c'est sans doute une bonne chose qu'au moins une d'entre nous le soit. Peut-être qu'au fond, il vaut mieux que je renonce à Jacob une bonne fois pour toutes.

J'ouvre le tiroir de ma table de nuit pour prendre son journal de rêves. Il y notait ses visions nocturnes, des cauchemars qui prédisaient sa propre mort. Il a voulu que ce journal me revienne ; à la dernière page, il demande qu'on me le donne s'il lui arrive quelque chose. Il me l'a même dédié : *« À Lucy, pour toujours, avec mon amour. »*

Je passe les doigts sur l'inscription et sens un picotement me traverser la peau. Le téléphone sonne juste après, interrompant ma rêverie. Je soulève le combiné en espérant que c'est Porsha avec des nouvelles intéressantes sur ses rêves. Mais c'est Hayden, qui cherche Janie. Je prends un message, puis compose le numéro de Porsha. Apparemment, elle dort encore, mais Tamara me promet de lui dire de me rappeler dès son réveil, à n'importe quelle heure. Je lui donne le numéro de portable d'Amber, au cas où je déciderais de sortir prendre l'air : je me persuade qu'elle est trop occupée avec PJ pour se formaliser que je lui emprunte un peu son téléphone.

Je raccroche et jette un coup d'œil vers le coin de Janie. J'entrevois le livre qui est posé sur son lit : *Les Religions du monde pour les nuls*, avec un signet qui dépasse du milieu. Cela m'arrache un demi-sourire. Je continue de regarder autour de moi, vers la fenêtre et la lune montante, puis vers PJ et Amber qui se pelotent sur son lit. On dirait que la vie se déroule tout autour de moi – les gens avancent, les choses changent – mais que moi je suis toujours au même point, dans le monde des morts. Alors que tout ce que je veux, c'est me sentir de nouveau vivante.

Je réprime mon envie de tourner les pages du journal de Jacob. Au contraire, je le ferme et reprends le téléphone pour composer le numéro de Tim.

– Salut, répond-il. J'allais justement t'appeler. On se voit toujours ce soir pour bosser ?

– Bosser ? Ce soir ?

Un minuscule croassement s'échappe de mes lèvres. J'avais complètement oublié nos projets de révisions.

– Tout va bien ?

– Je crois que je suis un peu sur les nerfs.

– D'accord. Pas de problème. Ce serait peut-être mieux demain soir ?

Je triture le coin de mon oreiller en me demandant comment formuler ce que j'ai à dire, comment prononcer les mots sans avoir l'air complètement désespérée. Mais finalement, je lui parle sans détours.

– Si on se voyait ? Je peux passer, si tu veux.

– Bien sûr, me répond-il, un sourire dans la voix. J'ai loué un tas de films.

– Ça marche. (Je souris à mon tour.) J'arrive tout de suite.

Lucy

Avant de sortir de la chambre, j'essaie de prévenir Amber que je lui emprunte son portable, mais elle est toujours trop occupée avec PJ pour s'en soucier. Je finis aussi par lui piquer un peu de maquillage : du courage sous forme de mascara, de rouge à lèvres et de blush.

Quand j'arrive au dortoir de Tim, je suis loin d'être aussi sûre de moi et envisage de faire demi-tour avant qu'il soit trop tard. Mais je frappe à sa porte.

Il a l'air heureux de me voir.

– Tu es toute belle, me dit-il en m'invitant à entrer.

– Merci. Tu n'es pas mal non plus.

Je m'efforce de ravaler la culpabilité que je ressens rien qu'à être là.

Il me prend mon manteau.

– Ça me fait plaisir que tu m'aies appelé.

– Bah, moi aussi.

Je passe devant lui pour pénétrer dans la chambre. Une haute pile de DVD s'élève sur son bureau, principalement des films de science-fiction.

– Je t'offre une bière ?

Je commence par décliner, puis change d'avis en pensant que je dois me détendre, que j'ai absolument le droit d'être ici et que je ne peux pas vivre à jamais dans le passé.

– Je veux bien.

– Super.

Il sort deux canettes de Budweiser de son frigo, ouvre la mienne et me la tend.

– Merci.

Je prends une longue gorgée et lève les yeux vers lui. Il est parfait : les cheveux ébouriffés juste comme il faut, un sweat Abercrombie couleur moutarde et un pantalon de toile un peu froissé mais pas trop.

– Alors, me dit-il, tu veux regarder quelque chose ?

Je secoue la tête, sachant que je suis incapable de me concentrer sur un film pour l'instant.

– Ça va ? Tu as l'air un peu ailleurs.

– Oui...

Je reprends une gorgée de bière en promenant mon regard dans la chambre.

L'ambiance me rappelle un peu la chambre de Jacob à Hillcrest : un lit contre le mur du fond, une table de chevet à côté, un bureau en faux bois dans le coin de gauche. Des tas de linge sale sont répartis stratégiquement au sol, de manière qu'on ne se prenne pas les pieds dedans, et il y a des affiches au mur, principalement à l'effigie de diverses équipes sportives : les Red Sox, les Ours, les Celtics. Il est visible également que PJ a emménagé. Un lit, dans le coin, est couvert d'emballages de friandises et de boîtes à pizza.

– Tu as faim ? me demande Tim.

– Pas du tout. Désolée. C'est juste que j'en ai gros sur la patate, je crois.

– Tu veux m'en donner un peu ?

– Tu es si gentil, dis-je, soudain encore plus rongée de culpabilité.

Il me regarde d'un air compréhensif. Il sent le musc frais et le pamplemousse, comme s'il sortait de la douche.

– Je suis bien d'accord, plaisante-t-il.

– On pourrait peut-être s'asseoir un peu sur ton lit.

– Bien sûr.

Mais pendant une seconde, il a l'air légèrement étonné par ma suggestion.

Avant d'avoir eu le temps de trop réfléchir, je m'installe au bout de son lit et remarque tout de suite qu'il est très confortable.

– Alors, qu'est-ce que tu as ? me demande Tim en s'asseyant à quelques centimètres de moi.

– Comment ça ? dis-je d'un air aussi désinvolte que possible.

– Pourquoi es-tu si nerveuse ? (Il me donne un coup de coude.) On ne fait rien de mal.

– Je sais.

– Alors quoi ?

J'esquive la question en cherchant une diversion dans la pièce, un sujet de conversation, et mon regard s'arrête sur un caleçon Bob l'éponge appartenant à PJ, jeté sur une chaise.

– Comment ça se passe avec ton nouveau coloc ?

– Ça pourrait être pire, répond-il en considérant le tas de boîtes à pizza qui s'élève sur le lit de PJ.

On dirait bien qu'un gros bout de fromage moisi a coulé sur le dessus de l'une des boîtes.

– J'ai l'impression qu'il t'a un peu forcé la main pour que tu le laisses emménager avec toi.

– Ça ne se passe pas si mal, si ce n'est que j'use des stocks de désodorisant. Enfin, il n'est pas souvent là.

– Je sais, dis-je en soupirant.

– Ce n'est pas bien ?

Je hausse les épaules.

– C'est juste qu'Amber et lui se sont beaucoup rapprochés, tout d'un coup.

– Et ça ne te plaît pas ?

– Non. Si, je suis contente pour elle, pour eux. C'est simplement que... je ne sais même pas quand ça s'est passé, tu vois ? Tous les deux de nouveau ensemble, après tant de temps...

– Tu lui en veux de ne pas t'en avoir parlé ?

Je secoue la tête, sachant que c'est plutôt parce que je n'avais pas vu venir leur rabibochage. Qu'est-ce que j'ai ?

Tim me caresse le dos et je me sens nerveuse à l'intérieur. C'est trop bizarre d'être touchée ainsi par quelqu'un d'autre, quelqu'un dont je sais qu'il a autre chose en tête qu'une simple amitié.

– C'est la vie, chuchote-t-il.

J'acquiesce en me répétant que c'est la vérité pure.

– Tu veux encore une bière ? me demande-t-il.

Je me force à le regarder dans les yeux.

– Tout ce que je veux, c'est oublier.

– Oublier quoi ?

Au lieu de répondre, je me penche vers lui et presse mes lèvres contre les siennes. Il lui faut un moment pour digérer ce que je suis en train de faire et me rendre mon baiser. Et soudain, nos canettes de bière vont s'écraser par terre et ma bouche appuie plus fort contre la sienne, ma langue s'insinue entre ses lèvres.

– Attends, dit-il en me repoussant légèrement. Tu es sûre de vouloir faire ça ?

Mais je ne l'écoute pas et ferme volontairement les yeux. Je l'enjambe sur le lit et le couvre encore de baisers en me persuadant de me laisser aller, d'aimer cette sensation.

Et d'oublier que je ne suis pas avec Jacob.

Tim fait glisser ses mains le long de mon dos pendant que je m'attaque à sa chemise et la fais passer par-dessus sa tête.

– Attends, répète-t-il en me forçant à m'arrêter.

– Quoi ?

– Ralentis. Il n'y a pas le feu !

– Tais-toi.

Il me laisse l'embrasser encore une fois avant de nous interrompre de nouveau.

– Il faut qu'on aille moins vite. Ce n'est pas que tu ne me plaises pas, mais c'est juste que...

– Laisse tomber, dis-je, consciente qu'il a absolument raison et que je viens de commettre une énorme erreur. Pardon. Je ne sais pas ce que je fais.

Tim s'assoit sur le lit et je me détache de lui.

– Je devrais partir.

– Tu n'es pas obligée.

– Si.

Je prends mon manteau et fonce vers la porte, épouvantablement gênée.

Lucy

Il est un peu plus de neuf heures quand je regagne la chambre. Amber et Janie sont sorties. Je m'assois au bord de mon lit en essayant de comprendre comment j'ai pu être aussi idiote. Qu'est-ce que j'avais en tête ?

Je me lève pour aller me regarder dans la glace. Mon rouge à lèvres déborde et mon mascara a un peu coulé ; j'en ai partout sur les joues. Je prends une lingette dans la boîte pour me débarbouiller tant bien que mal. J'avise alors l'eye-liner « imbédébile » marron d'Amber. C'est cela que j'aurais dû utiliser. Je le prends, dévisse le capuchon et appuie le doigt contre le petit pinceau. Au lieu de m'en mettre sur les paupières, j'ouvre mon manteau et me dessine un X dans le cou.

Comme ce soir-là.

Quand Jacob et moi avons commencé à nous rapprocher, nous avons fait un sort de confiance ensemble avec du henné. Nous avons trempé nos doigts dans la pâte brune et nous sommes mutuellement dessiné sur la peau. Principalement des indices... des éléments de ce qui se passait à l'époque... des symboles pour nous aider à comprendre pourquoi je rêvais de ma propre mort.

Mais ensuite, Jacob a tracé le X dans mon cou. Il savait déjà que nous étions faits pour être ensemble à jamais.

On frappe à la porte.

– Qui est-ce ?

Personne ne répond.

– *Qui est-ce ?*

Toujours pas de réponse.

Je recapuchonne l'eye-liner, le jette dans les affaires d'Amber et me hâte d'aller ouvrir : je me dis que c'est peut-être Porsha.

C'est Sauge. Elle se tient de l'autre côté de l'embrasure, en pantalon camouflage et haut moulant noir. Ses cheveux sont attachés en deux grosses tresses tout aussi noires.

– On peut parler ? me demande-t-elle.

– Maintenant ? Je ne me sens pas bien.

– Ça ne prendra qu'une minute.

Sans réfléchir, j'ouvre la porte en grand pour la laisser entrer.

– Je pense que tu te fais des idées fausses sur moi, déclare-t-elle debout au milieu de la pièce.

– Ah bon ?

Je dois avoir l'air ébahie, je le sens bien.

– Je ne suis pas bidon, si c'est ce que tu crois.

Je ferme la porte et me tourne vers elle.

– Je veux apprendre la Wicca, poursuit-elle.

– Pourquoi ?

Je remarque qu'elle a les yeux fixés sur mon cou, sur le X. Je tâche de le couvrir l'air de rien en me frottant la gorge.

– Parce que, dit-elle avec un haussement d'épaules, ça a l'air trop cool. Les sorts et tout ça.

– C'est bien plus que les sorts. Les sorts sont sans intérêt s'ils n'ont pas un sens, s'ils ne sont pas soutenus par de bonnes intentions.

– Je le sais, ça.

– C'est vrai ?

– Enfin, je *veux* savoir.

Peu convaincue, je la guide vers mon étagère de livres. J'y prends quelques-uns de mes ouvrages de référence : mes exemplaires de *Jeune Sorcière* et des *Éléments de sorcellerie*.

– Tiens. Lis ça.

– Sérieusement ? Je peux te les emprunter ?

– C'est bien pour débuter, pour voir si la Wicca est ton truc ou non.

– Merci.

– De rien.

Je m'assois au bord de mon lit sans cesser de me frotter le cou, d'essayer d'effacer le X, bien qu'apparemment cet eye-liner indélébile tienne toutes ses promesses.

– Tu vas bien ? me demande-t-elle.

Je réponds par un hochement de tête.

– Qu'est-ce que tu as au cou ? (Elle se rapproche pour mieux voir.) La rune des partenaires, c'est bien ça ?

J'admets qu'elle a raison, un peu étonnée qu'elle la connaisse.

– Je ne suis pas *complètement* nulle. Je m'y connais *un peu*, quand même. Alors, c'est qui, le mec ?

– C'est une longue histoire.

– Il est étudiant ici ?

Je réponds par la négative en souhaitant qu'elle prenne ses livres et s'en aille.

– Alors j'en déduis que vous avez une relation à longue distance ?

– Il n'est plus là, dis-je sèchement.

– *Plus là ?*

Sauge s'assoit à côté de moi, visiblement sensible à ma détresse... ce qui ne fait qu'aggraver les choses. Les larmes me montent aux yeux. Deux d'entre elles s'en vont rouler sur mes joues.

Sauge ne me demande plus rien. Elle m'entoure simplement de ses bras et me frotte le dos. Et je me laisse faire.

Lucy

Aussitôt Sauge partie, je me ramasse mentalement à la petite cuillère.

Avant de rappeler Porsha, je compose le numéro de Tim et laisse sur sa boîte vocale des excuses qui me donnent l'impression de durer cinq bonnes minutes. Je plaide la folie temporaire, lui dis que je suis désolée et que je n'avais aucun droit d'essayer de l'utiliser ainsi. Je déblatère encore et encore, lui expliquant que j'ai simplement voulu arranger tout ce qui n'allait pas dans ma vie, mais que je suis allée trop loin, trop vite, et dans la mauvaise direction. J'ajoute que je ne suis peut-être pas prête à ce que tout aille si bien. Pour faire bonne mesure, je conclus en m'excusant de raconter n'importe quoi.

Mais au moins, cela a un sens pour moi.

Ensuite, je raccroche et rappelle Porsha.

– Elle dort, m'informe le Dr Wallace.

– Encore ?

– Comment se passent vos séances avec elle ?

– Bien. Je crois qu'on avance.

Il me demande de lui donner des détails concrets sur nos entretiens – de qui et de quoi nous parlons – et de lui prouver qu'elle n'est pas aussi instable que tout le monde le prétend. Mais la seule chose que j'arrive à lui répondre sur le moment, c'est : « Je ne crois pas qu'elle soit folle. »

Je lui fais la promesse de le renseigner plus longuement une autre fois, puis lui fais promettre à son tour de dire à Porsha de me rappeler dès que possible. Je raccroche en me répétant que ce serait idiot de le pousser à la réveiller maintenant, au risque d'interrompre une de ses prémonitions... même si nous jouons une course contre la montre.

En me rasseyant sur mon lit, je remarque un long paquet rectangulaire par terre. Je le ramasse et lis l'étiquette. C'est adressé à moi, de la part de ma mère. Amber a dû le prendre avec son courrier. Je l'ouvre et retire au moins trois épaisseurs de papier de soie avant de découvrir son contenu : une grosse bougie rouge.

– Pour les souvenirs, je chuchote.

Je regrette aussitôt ce que je lui ai dit, quand je l'ai accusée de vouloir que j'oublie tout – que j'oublie Jacob – alors qu'à l'évidence elle tient à ce que je me souvienne de lui.

Je reprends le téléphone pour l'appeler.

– Tu l'as reçue ? me demande-t-elle avant même de me saluer.

– Oui. Merci.

– Je veux que tu te souviennes, Lucy. Tu ne serais pas celle que tu es, sinon.

– Je sais. Pardon de m'être énervée contre toi.

– Ne t'inquiète pas pour ça. Sois heureuse, c'est tout. Ne rumine pas tes souvenirs ; apprécie-les pour ce qu'ils sont et pour la personne qu'ils t'ont aidée à devenir.

– Merci, dis-je de nouveau.

– Ne me remercie pas. Allume la bougie rouge et souviens-toi de lui. N'oublie pas d'espérer.

– D'espérer quoi ?

– Tout ce qui peut te rendre heureuse.

– Et si je n'ai aucun espoir d'obtenir ce qui me rendrait heureuse ?

– Il y a toujours de l'espoir.

J'en doute fortement. Mais après lui avoir dit au revoir, je prends quand même la bougie rouge et la consacre à l'huile d'olive et à l'encens de citronnelle. Puis, à l'aide d'une lame de rasoir, je grave la rune des partenaires (le X) sur le côté. Les miettes de cire rouge étincellent sous mes doigts. Je pose la chandelle sur une soucoupe en céramique qui a été purifiée et baignée dans tout un cycle lunaire. Puis j'ouvre le tiroir de ma table de nuit et en sors un bout de chandelle blanche. C'est tout ce qui reste de la bougie que Jacob et moi avons utilisée quand nous nous sommes silencieusement déclaré notre amour. L'oncle de Jacob, qui lui a enseigné l'essentiel de ses connaissances en magie, lui avait recommandé de la garder pour son véritable amour. Alors nous l'avons allumée un soir, chacun avec une petite bougie, assis par terre dans ma chambre à Hillcrest.

Je presse le reste de bougie contre mon nez. Elle sent encore l'huile de rose avec laquelle nous l'avons consacrée. J'allume la bougie rouge et utilise sa flamme pour allumer la petite mèche du bout de chandelle, en prenant soin de ne pas me brûler les doigts.

– Pour les souvenirs.

Je laisse couler la cire de la chandelle blanche sur la bougie rouge en constatant que chaque goutte ressemble à une larme, puis je pose les deux côte à côte sur la soucoupe. La cire rouge coule sur le morceau blanc, et les bougies se mêlent pour ne plus en former qu'une.

Quand la mèche de la blanche s'est entièrement consumée et qu'il y a un gros globule de cire rose au pied de la rouge – le produit des deux chandelles parentes –, je m'allonge sur mon lit et tempère l'envie de prendre un tranquillisant en passant mes doigts sur le X de mon cou. Il se passe une heure avant que l'envie s'en aille enfin, et plus longtemps encore pour que la bougie rouge s'éteigne. Je me retourne dans mon lit en me demandant quand Porsha va se réveiller et m'appeler. Enfin, je sens que je m'assoupis.

Soudain, la sonnerie du téléphone me réveille en sursaut. Je bondis sur place et regarde le réveil. Vingt-trois heures passées.

– Allô ?

– C'est moi. Porsha.

– Comment vas-tu ? Tu as fait un cauchemar ? Est-ce que notre sort a fonctionné ?

– Il faut qu'on parle.

– Il y a un problème ?

– Il faut que je te voie. Je suis dans ton bâtiment. J'ai essayé d'entrer par la porte de derrière, comme je n'ai pas de carte d'étudiant, mais je me suis retrouvée au sous-sol et je n'arrive pas à en sortir. Les portes ne s'ouvrent que dans un sens. Tu peux venir me chercher ?

– Je descends.

Je longe le couloir à la hâte et prends l'escalier du fond jusqu'au sous-sol. J'entrouvre la porte de la cave. Il y fait complètement noir.

– Porsha ? dis-je d'une voix forte qui résonne en écho.

Je passe les mains à l'intérieur et cherche un interrupteur à tâtons. Je le trouve et appuie dessus, mais je ne la vois nulle part. Tout est complètement désert : il n'y a qu'un long couloir bétonné avec des murs de brique.

– Porsha ?

Je regarde derrière moi, vers l'escalier, en me demandant si elle a réussi à monter. Mais comment l'aurait-elle pu si, comme elle l'a dit, les portes ne s'ouvrent que dans un sens ? Je cherche des yeux quelque chose à glisser dans l'embrasure et finis par retirer ma chaussure et m'en servir pour maintenir le battant en position ouverte.

Je commence à marcher dans le couloir et remarque qu'il fait bien plus froid ici-bas. Je croise les bras pour calmer mes frissons, tout en visualisant les couloirs d'accès aux chambres empilés au-dessus de moi. Il y a des portes à droite et à gauche. J'appelle Porsha encore deux ou trois fois, en me demandant si elle ne serait pas entrée dans l'une des pièces, peut-être pour chercher une autre issue.

Je m'arrête net car j'entends quelque chose qui vient de derrière moi : un son rythmique, comme celui de l'océan, comme la marée tirant sur les rochers. Je me retourne pour voir, et juste à ce moment la porte claque.

Je suis enfermée. Je hurle.

– Non !

Je cours jusqu'à la porte et tente de la rouvrir, mais elle ne bronche pas. Je tire dessus, donne des coups de pied dedans, écrase mes poings contre elle. En vain.

– Porsha !

Je me rends compte que ma basket a disparu.

– Par ici, chuchote une voix féminine quelque part dans le couloir.

Je reprends cette direction, l'oreille aux aguets.

– Où ?

– Ici.

La voix vient de la pièce qui s'ouvre à droite. Je frappe à la porte, mais n'obtiens aucune réponse. Je ferme la main sur la poignée. Au même instant, toutes les lumières s'éteignent.

– Entre, murmure la voix.

Mon cœur bat à grands coups. Ma mâchoire tremble. Je prends ma respiration et tourne la poignée.

– Porsha ? dis-je en faisant un pas à l'intérieur.

Il y a un mur juste devant moi qui m'empêche d'avancer. Je veux reculer, mais la porte se referme et me bloque le passage.

Je déplace mes doigts sur les murs, à la recherche d'une poignée, mais je n'en trouve pas. Je tends la main vers le haut et tâte le plafond ; il est juste au-dessus de ma tête. On dirait que je suis coincée dans une sorte de placard, mais c'est plus petit qu'un placard... cela ressemble plutôt à un cercueil.

– Tu es là ? dis-je tout bas en tâchant de rassembler mon courage.

– Ici, me répond-elle dans un souffle.

– Mais qui ?

Un grattement résonne à l'extérieur de la boîte, comme si quelqu'un la griffait pour entrer. Je tambourine sur les murs, mais c'est si petit là-dedans que je n'arrive pas à donner assez d'élan à mon bras.

– Aide-moi !

– Ça fait quel effet d'être morte ? me demande-t-elle. *Morte, morte, morte, morte, morte.*

– Porsha ?

Un petit rire résonne.

– Non ! C'est Jessica, sa mère.

– Où êtes-vous ?

Je me rends compte que j'ai la tête qui tourne et que je commence à transpirer.

– Juste derrière toi.

Je tente de me retourner, mais je manque de place.

– Tu t'es déjà demandé quel effet ça faisait d'être enterrée vivante ?

– Pourquoi faites-vous cela ?

– C'est *toi* qui fais ça. C'est *ton* rêve, tu te rappelles ?

Je rassemble toutes mes forces, la gorge serrée, en me répétant qu'en effet ce rêve est le mien et que j'ai le pouvoir de le modifier. Je ferme les yeux et me concentre à fond. Au bout de quelques secondes, la porte s'entrouvre et un rai de lumière s'insinue à l'intérieur.

Jessica est là. Elle me prend dans ses bras et m'embrasse sur la joue.

– C'est bien mieux de ce côté-ci, n'est-ce pas ?

Elle porte une grande robe soyeuse et blanche avec d'énormes manches ballon qui me font penser à des ailes d'ange.

Je désigne la boîte derrière moi, celle dans laquelle j'étais enfermée.

– C'est comme ça, la mort ?

Elle secoue la tête.

– Pas pour la plupart d'entre nous.

– Que voulez-vous dire ?

– Je veux te dire merci de m'aider à passer de l'autre côté.

– Vous êtes en train de passer ?

– Oui. Je sais que ma fille est tirée d'affaire... maintenant que tu l'aides. J'ai la sensation qu'on m'a enlevé un poids énorme. On ne peut pas passer avec tout ce supplément de bagages. (Elle plisse légèrement ses yeux gris pâle.) Merci pour toute ton aide.

– Mais je n'ai pas encore fait grand-chose.

– Si... plus que tu ne crois.

Elle m'entraîne dans le couloir. La porte du sous-sol est de nouveau grande ouverte et ma chaussure m'attend par terre.

– Pouvez-vous juste répondre à une question pour moi ?

Elle accepte avec une certaine réticence.

– Juste une.

– Pourquoi Porsha rêve-t-elle de ce garçon au cap Cod ? Quelle est le rapport entre elle et lui ? Quelle est le rapport entre elle et *moi* ?

Jessica sourit.

– Je m'étonne que tu n'aies pas encore compris les réponses à certaines de ces questions.

– Comment le pourrais-je ?

– En utilisant ton intuition : ce que tu as appris, ce que tu sens être vrai dans ton cœur. Pourquoi penses-tu, *toi*, être connectée avec Jacob ?

– Et vous, pourquoi pensez-vous que je le suis ? (Je note qu'elle a choisi de parler au présent.) Il n'est pas de l'autre côté ? Il est encore en vie ?

– Je t'ai dit que je ne répondrais qu'à une question.

– Mais vous n'avez répondu à rien, en fait.

– Il faut que je m'en aille. (Elle baisse les yeux sur son poignet sans montre.) J'oublie toujours que le temps n'existe pas de l'autre côté. Tant pis.

Elle se tourne dans la direction opposée à la sortie, vers la lumière éblouissante qui vient du bout du couloir. Ses cheveux blonds comme les blés sont balayés en arrière par l'intensité du rayonnement. Elle s'arrête à quelques centimètres de la lumière et se tourne vers moi, de nouveau petite fille, comme la première fois que je l'ai rencontrée. Elle me fait un signe de la main, le visage fendu par un sourire de fillette de dix ans, radieux et contagieux.

J'agite la main et la regarde avancer dans la lumière. Puis je fais demi-tour, impatiente de remonter.

Mais je ne suis plus au sous-sol. Je suis à la plage. La marée montante apporte avec elle un nouvel espoir. Je me laisse tomber dans le sable en absorbant l'air tiède et salé, le soleil qui darde ses rayons sur moi. Les vagues roulent et s'écrasent sur la grève, à quelques mètres de mes pieds. Bientôt, j'aperçois quelque chose dans l'eau. Cela apparaît et disparaît pendant deux ou trois secondes avant de faire surface complètement. Je me lève et plaque les mains sur ma bouche en regardant la silhouette qui nage vers la rive... qui nage vers moi.

Jacob.

Je tremble comme une feuille.

– C'est vraiment toi ?

Il me fait signe que oui, et je cours vers lui, mi-pleurant mi-riant, à bout de souffle.

– Je t'aime, lui dis-je à l'oreille.

Jacob me prend dans ses bras et je me sens plus entière que je ne l'aurais jamais cru possible.

Quelques instants plus tard, je me réveille en sursaut, et en sueur. Le portable d'Amber vibre dans la poche de mon jean.

– Allô ?

Je cherche fébrilement le bouton du volume.

– Lucy ? C'est moi, Porsha. Tu vas bien ?

Toujours à bout de souffle, je lui assure que ça va, non sans remarquer l'espoir qui s'attarde dans mon cœur.

Je continue de l'interroger.

– Comment vas-tu ? Tu as fait un nouveau cauchemar ?

Un coup d'œil au réveil : il est trois heures et quart du matin.

– J'ai besoin que tu viennes tout de suite, me dit-elle. Le sort a fonctionné. Je sais où est le garçon.

Ormeau

Pendant le trajet de retour de l'expédition shopping, tout au long des corvées de fin d'après-midi et durant tout le dîner, Ormeau repense sans cesse à la fille qu'il a rencontrée au supermarché, à ce qu'elle lui a dit et au X qu'elle s'est tracé dans le cou du bout du doigt en lui expliquant que quelqu'un le cherchait.

Il sait que ce « quelqu'un » vient de son passé, que c'est son âme sœur... sauf qu'il ignore qui elle est. Il s'assoit sur son lit et enfonce la tête dans son oreiller, exaspéré par son propre esprit, par les raisons pour lesquelles il lui cache des choses. Comment se fait-il qu'il parvienne à se souvenir de son oncle, mais pas de son grand amour ?

Il pousse un profond soupir, puis laisse tomber l'oreiller sur ses genoux. Le petit bruit qu'il émet en tombant fait remuer Brique, qui se retourne dans son lit et ouvre un œil. Voyant qu'Ormeau est éveillé, il se redresse.

– Pourquoi tu ne dors pas ?

– Désolé de t'avoir réveillé. J'ai beaucoup de préoccupations en tête.

Ormeau pense à l'ironie de cette phrase... car une tête pleine, c'est justement ce qui lui fait défaut.

– Dis, est-ce que quelqu'un est venu ici tout à l'heure ? lui demande Brique en frottant ses yeux ensommeillés. Lys ou Marguerite, peut-être ?

– Non, pourquoi ?

Brique ricane doucement dans sa barbe.

– J'ai dû rêver. Je pourrais jurer avoir entendu une voix de fille me chuchoter dans l'oreille.

– Te chuchoter quoi ?

Il hausse les épaules.

– Elle n'arrêtait pas de me demander où j'étais.

– Et tu lui as répondu ?

– Je crois que oui. Je crois que j'ai dit « Brutus », mais je ne suis pas sûr. Mais tu sais ce qui est bizarre ? ajoute-t-il avec un petit gloussement. Elle m'appelait tout le temps par mon vrai nom.

– Ton vrai nom ?

– Oui, tu sais, mon nom d'avant la communauté, celui que je portais avant de venir ici.

– Et c'est ?

– Trevor. Pas aussi cool que Brique, hein ?

– Ça te va bien, répond Ormeau en notant mentalement l'information. Je me demande si ça peut signifier quelque chose... la voix que tu as entendue.

– Oh, allez... Ne va pas me raconter que tu n'as jamais rêvé de filles. Si tu ne m'avais pas réveillé, peut-être que mon rêve aurait eu un *happy end* !

– Je ne veux pas le savoir, dit Ormeau en riant.

Brique prend sous son lit la pierre au pentacle d'Ormeau. Il la lui rend, puis vient s'asseoir à son chevet.

– Mais toi, pourquoi es-tu réveillé ? Qu'est-ce qui te tracasse ?

À son tour, Ormeau se penche pour prendre quelque chose sous son lit : une bougie rouge. Il l'a piquée aux cuisines pendant le dîner, au moment où tout le monde faisait la vaisselle.

– C'est pour quoi, ça ? lui demande Brique.

– Pour les souvenirs.

– Tu es sérieux ?

– Mon oncle m'a appris la signification des couleurs des bougies.

– Tu veux vraiment en savoir plus sur ton passé, hein ?

Ormeau opine tout en regardant les lits vides dans le coin, ceux où dorment habituellement Chêne, Sarcelle et Horizon.

– Où sont-ils, ce soir ?

– Punis. Ils dorment dehors, sous la tente.

– Mais il doit faire moins dix !

– C'est la faute d'Argile.

– Pourquoi, qu'est-ce qu'ils ont fait ?

– Ils se sont moqués de lui pendant les corvées, je crois. Ils devaient éplucher les patates, mais ils se sont amusés à l'imiter : sa voix nasillarde, ses épaules voûtées, sa manière d'épier tout le monde d'un air soupçonneux. (Brique joint le geste à la parole.) Bref, il est arrivé par derrière et a tout vu.

– Dur.

– Au moins, c'est une chose qui ne nous arrivera pas, ajoute Brique avec un grand sourire.

– Pourquoi ?

– Je lui ai dit que je savais ce qui s'était passé le jour de la foire, quand il a volé les bijoux à la table de Pluie. (Il dévoile un peu le minuscule espace entre ses deux dents de devant.) J'ai fait ça juste après le dîner, en débarrassant la table... à deux pas de Maçon. Tu aurais dû voir sa tête !

Son sourire s'élargit.

– Maçon a entendu ?

– Je ne crois pas.

– Pourquoi as-tu fait ça ? Tu es absolument certain que c'est lui le responsable ?

– Je le sais. Il n'a pas nié, ce filou.

– Tu n'aurais pas dû.

– J'en ai marre qu'il contrôle tous mes faits et gestes. Au moins, avec ça, j'ai un peu d'influence sur lui ; je n'ai plus à le craindre.

Ormeau hoche la tête, mais il a ses doutes.

– Et s'il te rend la vie encore plus difficile, maintenant ?

– Aucune chance. Il m'a déjà dit qu'il voulait qu'on prenne un peu de temps demain pour se parler. Rien que nous deux.

– Seuls ?

Ormeau se remémore les paroles de son cauchemar.

– Évidemment. Il m'a raconté qu'il voulait *discuter* de deux ou trois trucs avec moi... je pense qu'il va partager un peu de son butin... tu sais, pour que je ne répète rien. Soit ça, soit il compte me donner un peu plus d'importance, faire de moi quelqu'un ici. Qu'est-ce que tu dis de ça ?

Brique relève la manche de son tee-shirt pour bomber un biceps pratiquement inexistant.

– Je ne sais pas...

– Je plaisantais, bien sûr, reprend Brique en rabaissant sa manche.

– Non. Je veux dire, je ne pense pas que tu doives le voir seul. Arrange-toi pour qu'il y ait du monde autour de vous.

– Tu fais une crise de parano. J'ai *besoin* d'être seul avec lui. Sinon, comment tomberait-il dans mon piège ? Crois-moi, je n'attends qu'une chose, c'est le mettre à genoux, cet escroc. Et puis, si on est seuls, il y a de bonnes chances pour qu'il m'avoue tout... peut-être même qu'il me montrera des preuves irréfutables. Ensuite, je pourrai aller tout raconter à Maçon.

– Promets-moi que tu ne le verras pas seul, insiste Ormeau en repensant à la conversation qu'il a eue avec lui sur la plage, quand Brique lui a révélé qu'Argile avait une arme.

– Mais pourquoi ? Qu'est-ce qui te prend ?

– J'ai un mauvais pressentiment.

– *Pourquoi ?*

– Parce que... ça ne me paraît pas logique.

Brique soupire et détourne les yeux.

– Rien ne te paraît jamais logique. Argile n'irait pas faire une bêtise, si c'est à ça que tu penses. Maçon ne le permettrait pas.

– Ne m'en veux pas, dit Ormeau, rongé par le doute. Mais ne te retrouve pas seul avec lui. N'accepte aucun marché, d'accord ?

Brique, énervé, passe les doigts dans ses cheveux.

– Et comment veux-tu que j'évite ça ? Que veux-tu que je lui dise quand il voudra me prendre à part ?

– Tu trouveras bien quelque chose, répond Ormeau en lui donnant un petit coup de poing amical dans le bras.

Brique fait bonne figure, mais Ormeau voit bien qu'il est nettement déçu.

– Tu ne le regretteras pas, conclut-il avec un nouveau petit coup de poing.

Brique dégage son bras pour relever sa manche une fois de plus.

– Ben si, je le regretterai. Et toi aussi. On aurait pu faire la loi, ici !

Il montre de nouveau son biceps pour faire rire Ormeau.

Ormeau

Une fois Brique recouché, Ormeau ne se rendort pas. Il prend dans la poche de son manteau une poignée de persil qu'il a réussi à retirer de sa salade au moment du dîner. Il sait confusément que le persil a des propriétés purifiantes et, puisqu'il n'a pas pu piquer une bouteille d'huile d'olive dans le placard – en plus de la bougie qu'il avait déjà dérobée –, il en a bien besoin.

Il fait rouler le persil entre le bout de ses doigts avant de l'étaler sur la base de la bougie. Les petites feuilles vertes se mettent à suinter tandis qu'il les frotte sur toute la longueur de la chandelle en se concentrant sur l'idée de pureté. Il touche le sommet de la bougie.

– Au-dessus, murmure-t-il.

Puis il touche le bas.

– Comme en dessous.

Il continue de consacrer la chandelle pendant un moment avant de détacher sa boucle de ceinture. Avec la pointe, il grave un grand X sur le côté de la bougie, qu'il fixe ensuite sur une soucoupe.

– Avec le pouvoir de la lune et la force de la mer, je veux me souvenir de toi. Dis-moi tout, Rêve. Fais que ce soit clair : comment me suis-je retrouvé ici ?

Ormeau pose la chandelle et la soucoupe sur le sol, loin de tout danger, puis allume la mèche. Il regarde les gouttes de cire qui s'écoulent et lui font penser à des larmes. La flamme vacille légèrement dans le courant d'air. Ormeau tire étroitement ses couvertures autour de lui et serre dans son poing sa pierre au pentacle. Il se détend dans son lit et exhorte son esprit à se souvenir.

Au bout de quelques minutes, il commence à s'assoupir. Il éteint la chandelle avec quelques gouttes d'eau prises dans son verre, puis se laisse aller au sommeil.

L'océan est glacé ce soir. Ormeau nage dedans, retenant son souffle sous l'eau, tâchant de trouver une issue. Les ténèbres sont absolues. Même le clair de lune ne peut pas l'aider là-dessous. Pourtant, il continue d'avancer, en s'efforçant de conserver son souffle. Il a l'impression que ses poumons se remplissent. Il entend un chuchotement :

– Par ici...

Il pivote et voit Angèle. Elle flotte à quelques brasses de lui, dans une longue robe blanche soulevée par les eaux. Des rayons de lumière émanent de sa peau.

– Elle est là-haut, dit-elle en pointant le doigt vers la surface tout en tâchant d'empêcher sa robe de remonter.

Ormeau lève la tête, mais il fait noir.

– Tiens, poursuit-elle en retirant de son dos une paire d'ailes supplémentaire. Tu pourras me payer plus tard.

Il les prend.

– Merci.

– Pas de souci.

Elle l'aide à attacher les ailes dans son dos. Dès qu'elles sont en place, il devient lumineux, lui aussi.

– Pas mal, hein ? dit-elle.

Ormeau opine en silence.

– Tu as failli te noyer, tu sais.

– À l'instant ?

– Non, idiot, rit-elle. Avant... Quand tu es tombé par-dessus bord. Tu ne te souviens pas encore ?

Ormeau, troublé, sent ses traits se crisper.

Elle rit encore.

– Ah oui, c'est vrai ; les amnésiques ne se souviennent de rien, c'est bien ça ?

– Les amnésiques ?

– Oh, comme si c'était un grand secret, boude-t-elle. Ne va pas me dire que tu ne savais pas. C'est tellement évident ! Pourquoi est-ce que tu ne te rappellerais rien de ton passé, sinon ?

Ormeau réfléchit, sûr au fond de son cœur que c'est la vérité, mais qu'il ne voulait pas mettre de nom sur son mal. Il a entendu dire que l'amnésie pouvait durer des mois, voire des années.

La fille lui jette une poignée de goémon à la tête.

– Alors, qu'est-ce que tu attends ? Tu ne veux pas te rappeler ?

Il hoche la tête de haut en bas.

– Alors vas-y, nigaud !

Elle pointe de nouveau le doigt vers le haut, vers la surface de l'eau.

Ormeau nage dans cette direction ; ses poumons sont plus forts, moins oppressés. Au bout de quelques secondes, il atteint la surface et la traverse.

À sa grande surprise, il fait jour à présent. Combien de temps est-il resté perdu en mer ? Il barbote un peu, le temps de reprendre ses esprits. Une longue plage s'étend à sa droite et à sa gauche. La gorge serrée, il remarque la fille assise seule sur le sable. Elle se lève en le voyant et marche vers lui jusqu'à ce qu'ils ne soient plus qu'à quelques mètres l'un de l'autre.

Elle est plus belle que tout ce qu'il aurait pu imaginer : de longs cheveux couleur de chocolat noir ; des yeux d'un brun doré ; un visage en cœur. Elle a un grand X marron foncé dans le cou. Il sait, sans savoir comment, que c'est celui qu'il y a tracé, au henné, bien sûr.

La fille est toute tremblante. Elle plaque les mains sur sa bouche.

– C'est vraiment toi ? lui demande-t-elle d'une voix qui se brise légèrement.

Ormeau acquiesce et la fille court à lui en poussant des sanglots incontrôlables, incapable de reprendre son souffle.

– Je t'aime, lui murmure-t-elle encore et encore.

Ormeau la prend dans ses bras et remarque immédiatement son parfum de lavande. Il se sent plus entier qu'il ne l'aurait jamais cru possible.

Ormeau

Ormeau se réveille en nage, dans un sweat-shirt trempé de transpiration. Il se force à refermer les yeux pour retenir son rêve... pour retenir son visage à elle.

Il sent encore la manière dont ses doigts s'accrochaient à sa nuque, dont elle se pressait contre lui, le cœur battant à toute vitesse contre sa poitrine.

Et ce qu'a dit Angèle : qu'il était amnésique. Ce n'est pas une grosse surprise pour lui ; c'est juste que le mot rend la chose plus réelle. Il y a un passé qui l'attend quelque part, toute une vie... et il ignore absolument comment la retrouver.

En gardant les yeux fermés, il voit aussi la fille lui révéler qu'il est tombé par-dessus bord, qu'il a failli se noyer. Il se demande si c'est pour cela qu'il se sentait tellement mal à l'aise quand il s'asseyait sur la jetée, près de l'eau. Il se concentre de toutes ses forces sur l'image, il s'imagine tombant d'un bateau et sombrant dans les eaux.

C'est là qu'il se souvient. La croisière. Le bastingage qui se détache. Une chute en arrière dans les airs. Sa tête heurte violemment quelque chose, la coque du bateau sans doute. Après, tout devient noir.

Il se souvient de plusieurs heures plus tard... ou peut-être plusieurs jours. Quelqu'un lui parle à voix basse et passe un tissu tiède sur son visage. Il pense que c'est Ocre. Il se rappelle sa voix éraillée qui lui chante des chansons et lui raconte des histoires. Elle lui donne du bouillon de poule et de la tisane, bien qu'il soit à peine conscient, et elle lui rend la santé par ses soins. Il la revoit lui dire la chance qu'il a eue, lui dire qu'il aurait pu se briser la nuque dans sa chute. Elle lui explique qu'il y a une raison à tout... que c'est pour cela qu'Argile et les autres sont partis en mission ce soir-là. Ils suivaient le navire de croisière sur lequel il était et ont vu l'accident, vu sa chute.

Il se demande pourquoi Argile et Maçon n'en ont jamais parlé, se demande si Ocre lui a confié tout cela uniquement parce qu'elle pensait qu'il ne guérirait jamais. Mais ensuite il se rend compte qu'à l'évidence, ils ne voulaient pas qu'il sache. Parce qu'alors il aurait risqué de vouloir partir.

Il rouvre les yeux, impatient de raconter son rêve à Brique, mais ce dernier n'est pas là.

Ormeau se douche et s'habille en vitesse. Il fourre dans sa poche la pierre au pentacle tout en se demandant où a bien pu aller son ami de si bon matin : il est à peine cinq heures.

– Tu n'as pas vu Brique ? demande-t-il à Sarcelle qui rentre de sa nuit passée dehors.

Le garçon secoue la tête en pressant un mouchoir contre son nez : il a sûrement attrapé froid en dormant par moins dix degrés.

Ormeau se demande si Brique a été chargé d'une corvée

matinale. Il fonce au réfectoire dans l'espoir d'apprendre quelque chose d'un autre pionnier.

Et il sait précisément à qui demander.

Lys est devant l'évier de la cuisine, occupée à laver des pommes de terre.

– Tu es bien matinal, lui dit-elle en regardant dehors. Le soleil n'est même pas encore levé.

– Tu n'as pas vu Brique ?

Elle jette un regard discret à Pluie, qui met la table à quelques pas.

– Non...

– Tu es sûre ?

– Bien sûr. Tu en as beaucoup, des questions comme ça ?

– Où est Argile ?

Lys hausse les épaules et se remet à gratter ses patates.

– Je sais que tu mens, lui lance-t-il à voix basse pour que Pluie ne l'entende pas. Je sais que vous êtes très proches ; il te raconte tout. Brique et lui sont-ils ensemble ?

Lys coule un nouveau regard vers Pluie.

– Tout va bien ? demande cette dernière, dont les longs cheveux noirs tombent en cascade sur le devant de son tablier.

– Très bien, répond Lys en essayant de sourire.

– Dis-moi, chuchote Ormeau.

– Te dire *quoi* ?

Elle agite un peu ses mains qui clapotent dans l'eau, peut-être dans un effort maladroit pour couvrir leurs voix.

– Tu n'es pas très gentil avec moi ces derniers temps, ajoute-t-elle.

Ormeau serre les dents et s'efforce de garder son calme.

– Lys, j'ai besoin que tu viennes m'aider dehors une seconde.

– Je suis occupée. Le petit déjeuner est dans une heure.

– Je t'en prie. J'ai besoin que tu me tiennes la porte ouverte pendant que je rentre du bois.

Il la regarde avec insistance en espérant qu'elle comprendra le message.

– Ah, bon, il fallait le dire !

Ormeau fait un signe de tête à Pluie. Celle-ci n'a même pas le temps de remarquer leur sortie car Ocre, qui garde les enfants dans la salle commune, l'appelle. Il emmène Lys à l'extérieur, vers le tas de bois. Il prend quelques bûches dans ses bras.

– Juste un mot. Où est Brique ? Je sais que tu es au courant de ce qui se passe. Il est avec Argile ?

– D'abord, explique-moi une chose, répond-elle d'un air boudeur. Pourquoi es-tu tellement distant avec moi ces temps-ci ?

Ormeau compte silencieusement jusqu'à dix.

– Parce que je sais que tu ne tiens pas à moi autant que tu le crois.

– Bien sûr que si.

– Non. C'est Maçon qui t'a demandé de t'intéresser à moi.

– Pas du tout.

– Tu nies ?

Lys regarde dans le lointain.

– Tu trouves ça normal ? poursuit-il. Tu crois qu'on peut te dire qui aimer ?

– C'est Maçon qui sait ce qu'il nous faut, murmure Lys, les larmes aux yeux. Et en plus, ça ne signifie pas que je ne t'aime pas.

– Tu sais aussi bien que moi que si je n'étais pas arrivé ici, si Maçon ne t'avait pas demandé de t'occuper de moi, tu serais avec Argile à l'heure qu'il est.

Lys hausse une épaule mais ne nie pas.

Ormeau pose les bûches et tend la main vers elle, après quoi elle lui tombe dans les bras. Au bout d'un petit moment, il se détache d'elle et remarque un groupe de pionniers, en route vers les sanitaires, qui regardent dans leur direction.

– Il faut que tu m'aides, chuchote-t-il. Je crois que Brique est en danger. Si tu sais où il est, il faut que tu me le dises.

Lys recule d'un pas en séchant ses larmes.

– Il va bien, soupire-t-elle. Il est parti avec Argile.

– Où ça ?

– Demande à Maçon. Je ne veux pas avoir d'ennuis.

Ormeau sent sa poitrine se tendre. Il serre la pierre au pentacle dans sa poche en pensant à l'idée de force.

– Et où est-il, Maçon ?

– Où veux-tu qu'il soit, à une heure pareille ? Dans son bureau.

Ormeau tourne les talons et fonce à la hutte. Il frappe deux fois à la porte extérieure, mais personne ne répond. Il essaie la poignée. Elle tourne.

– Il y a quelqu'un ? s'enquiert-il en ouvrant. Maçon ?

Il fait deux pas à l'intérieur et regarde vers la porte du bureau. Elle est entrouverte et une ombre vacille sur le mur, sans doute projetée par une lanterne.

– Maçon ?

Le parquet grince. Ormeau avale sa salive, la gorge nouée, en préparant ce qu'il va dire.

– Ormeau ? interroge Maçon en s'encadrant dans la porte de son bureau. Tout va bien ?

– Je cherche Brique.

Maçon serre plus fort le livre qu'il tient à la main.

– Je vois. Entre donc un moment, on pourra parler.

Ormeau hésite mais rejoint Maçon dans son bureau. Ils s'assoient face à face sur les bancs, comme lors de leur dernière entrevue. Maçon ferme la porte derrière lui et se frotte les yeux en poussant un long soupir.

– Pourquoi as-tu besoin de Brique à une heure si matinale ?

– Je ne fais que le chercher. Je n'ai pas besoin de lui à proprement parler.

– Il est avec Argile.

– Où ça ?

Maçon plisse les paupières.

– Que sais-tu sur Brique, au juste ?

– J'en sais suffisamment.

– Suffisamment pour être au courant de sa trahison ?

Ormeau sent la surprise se peindre sur ses traits.

– Sa trahison ?

– Il vole le groupe. Prendre sans s'interroger sur la valeur d'un objet pour son propriétaire, c'est du vol.

– Attends... Que veux-tu dire, au juste ?

– Je veux dire que des objets manquants ont été retrouvés sous son lit... des bijoux fantaisie, principalement. Il nous a trahis. Je suis désolé que ce soit moi qui te l'annonce.

Ormeau a la tête prise dans un tourbillon.

– Mais... tu te trompes complètement. Ce n'est pas Brique qui a volé.

– Trahir l'un d'entre nous, c'est trahir toute la communauté, continue Maçon sans l'écouter. C'est trahir notre mission. On ne peut pas accepter de tels comportements sans rien faire.

– C'est Argile, le voleur.

Maçon pousse un soupir déçu et jette son livre par terre.

– Je ne suis pas étonné que Brique t'ait dit cela, mais j'ai de bonnes raisons de ne pas le croire. Ce n'est pas la première fois qu'il trahit toute la communauté. Il se livre aussi à des actes de sorcellerie absurdes, alors même que je le lui ai interdit. Nos esprits doivent êtres purs si nous voulons faire du bon travail.

– Maçon, insiste Ormeau en se levant, le visage en feu. Ce n'est pas vrai.

– Je suis navré qu'il ait également trahi votre amitié.

Ormeau se contrôle, convaincu qu'il est inutile de discuter avec Maçon pour l'instant. Il faut qu'il trouve Brique.

– Où est-il ?

– Argile a la situation en main.

– Qu'est-ce que ça veut dire ? Brique va s'en tirer ?

Maçon se lève et rejoint la porte, qu'il tient ouverte pour qu'Ormeau sorte.

– Il doit apprendre qu'il a mal agi. C'est ce que l'on fait ici : on enseigne.

– Maçon, je t'en prie.

– Il faut que je m'en aille, dit Maçon en prenant la lanterne et en la balançant d'avant en arrière, comme en signe d'avertissement, comme s'il risquait de frapper Ormeau. J'emmène des aînés en ville. Nous avons des choses à accomplir et serons de retour en début de soirée, pas avant. Nous pourrons alors en reparler, si tu le souhaites.

Ormeau s'en va, plus que jamais sûr qu'il doit trouver Brique… et qu'il faut qu'ils se tirent de là.

Lucy

Je saute de mon lit, attrape mon manteau et enfile une paire de bottes en me laissant tomber sur le lit d'Amber.

– Réveille-toi, lui dis-je tout bas en la secouant légèrement.

Elle se frotte les yeux, encore un peu désorientée par le sommeil.

– Qu'est-ce qui se passe ?

– Il faut que je t'emprunte ta bagnole.

Elle s'assoit.

– Pourquoi ? Il y a un problème ?

– C'est Porsha. Elle sait où est le garçon... celui qui doit mourir.

– Je peux venir avec vous ?

Je fais non de la tête.

– Tu as cours.

– Toi aussi. Où est passé le bon vieux temps... quand tu m'aidais à lutter contre le crime ?

– J'espère être de retour ce soir.

– Hum hum.

Elle soupire, clairement déçue que je refuse de l'emmener.

Elle prend ses clés dans sa boîte à casse-croûte Hello Kitty et me les tend.

– Prends aussi mon portable.

Elle le cherche dans sa boîte.

– En fait, je l'ai déjà, lui dis-je en le sortant de ma poche.

Au lieu de râler, elle s'en réjouit.

– Tant mieux. Appelle-moi si tu as besoin de quoi que ce soit, ou juste pour me signaler que tout va bien.

– Bien sûr.

Je la serre très fort dans mes bras. C'est un peu triste qu'elle ne vienne pas avec moi... que Drea ne soit pas là non plus, et que tout change si vite.

Le vieux Combi Volkswagen d'Amber est garé derrière notre bâtiment. Je monte dedans, démarre et pousse le chauffage à fond. Il est trois heures et demie du matin. Il nous faudra sans doute près de deux heures pour arriver au cap Cod, peut-être plus. J'espère que la prédiction de Porsha sur le soleil levant est fausse, qu'il faisait nuit dans son rêve parce que c'était le soir et non l'aube. Sinon, je ne suis pas sûre que nous arrivions à temps.

Je quitte l'allée de Beacon et traverse la rue pour rejoindre la maison du président. Porsha m'attend déjà devant. Je déverrouille la porte côté passager et elle saute à l'intérieur, vêtue de superpositions noires et anthracite.

– On s'arrache, lance-t-elle en regardant par la fenêtre. Mon père dort encore.

– Tu lui as dit que tu sortais ?

– Mais oui, bien sûr, me répond-elle en attachant sa ceinture. J'ai laissé un mot à Tamara pour lui expliquer que j'étais avec toi. Ça devrait le tenir tranquille un moment.

Je secoue la tête et m'engage sur la route. La voiture cale deux ou trois fois à cause du froid.

– Alors, on va où ?

– À ton avis ? Au cap Cod.

– D'accord, mais *où* ?

Porsha sort quelques feuilles de papier de son sac.

– Une ville qui s'appelle Brutus.

J'ai un haut-le-corps.

– *Pardon* ?

Brutus est juste à côté de l'endroit où nous avons passé nos vacances cet été.

– Ben oui, reprend Porsha en consultant ses feuilles. Ton sort a fonctionné. J'ai rêvé d'une construction qui s'appelle la tour Bargo.

Elle me montre une photo d'une haute tour de brique qui s'élève sur une butte.

– Je l'ai cherchée sur Internet et je l'ai trouvée. Voilà le plan.

Elle place le tout sur le tableau de bord.

– D'accord. (J'inspire à fond pour tenter de garder les idées claires.) Donc, ce garçon...

– Trevor. C'est son nom. Il me l'a dit dans mon rêve. Et ensuite, il m'a demandé si j'étais son ange gardien.

– Qu'est-ce que tu as répondu ?

– Oui. Après tout, c'est vrai, quand on y pense...

– Attends. Il sera à la tour ?

Elle secoue négativement la tête.

– Je te répète qu'il est dans une sorte de campement. Mais c'est près de la tour.

– Près comment ?

– Je ne sais pas trop, mais c'est petit, Brutus. (Elle consulte de nouveau la carte.) Ça ne devrait pas être trop dur de trouver une communauté comme la leur... Tu vois, très primitive, près de la forêt, face à l'océan. Je suis sûre que des gens, en ville, connaîtront l'endroit.

– Et c'est tout ? On est simplement censées demander ? Tu n'as rien vu d'autre ?

– J'ai vu une clôture.

– Quel genre de clôture ?

– En grillage, mais avec des barbelés au-dessus.

– Comme dans une prison ?

– Oui. Et il y avait un trou dans la clôture, vers le bas, comme si on l'avait découpée, avec beaucoup de broussailles autour.

– Il n'y avait pas autre chose ? Des constructions... un point de repère qu'on pourrait reconnaître ?

Porsha réfléchit un instant.

– C'est peut-être près d'un lieu où il y a des abeilles.

– Ah bon, tu as vu des abeilles ?

– Non, mais je les ai entendues bourdonner.

Elle s'enfonce un doigt dans l'oreille comme si elle les entendait toujours. Nous sommes arrivées sur l'autoroute.

– On est en plein hiver. Tu es sûre que c'étaient bien des abeilles et pas autre chose qui bourdonne ?

– Que veux-tu que je te dise ?

Rien. Je regarde la pendule. Il est presque quatre heures ; plus que deux heures avant le lever du jour.

– Ce n'est pas bien, ce que j'ai trouvé ?

– Si. C'est mieux que bien.

– Merci, murmure-t-elle en serrant dans sa main le cristal de guérison-réception que je lui ai donné.

Avec ce geste, elle me fait terriblement penser à moi-même.

Lucy

En roulant vers le Cap, nous ne disons plus grand-chose. Je suis trop tendue pour parler. Je garde le pied au plancher pendant tout le chemin, même en franchissant le pont de Sagamore et en passant devant le panneau « Bienvenue au cap Cod ». Nous dépassons plusieurs villes par l'autoroute et progressons vers les environs de Brutus-Dalmouth.

– On avance bien, remarque Porsha.

Je confirme d'un mouvement de tête, soulagée qu'il n'y ait pas beaucoup de circulation à cette heure-là, que nous n'ayons mis qu'une heure et demie à arriver. Je prends la sortie d'autoroute un peu trop vite et manque soulever le Combi sur deux roues.

– Elle en a sous le capot, cette guimbarde, dit Porsha en tapotant le tableau de bord.

Du coup, la boîte à gants s'ouvre toute seule. Il en tombe un soutien-gorge en dentelle rouge et un masque de Catwoman.

– Je ne veux rien savoir ! rit-elle en refermant le compartiment du bout du doigt.

Je souris légèrement et allume le plafonnier pour lire la carte.

– Merci, me lance Porsha de but en blanc.

Je lui jette un regard.

– De rien.

– Tu n'étais même pas obligée de m'aider. Qu'est-ce que ça te rapporte ?

– Plus que tu ne penses.

Je tourne encore dans plusieurs rues et propose :

– On devrait parler de ce qu'on fera une fois arrivées au camp.

– Sauver Trevor. Évidemment.

– Oui, mais ça m'étonnerait qu'un campement aussi primitif laisse deux jeunes filles entrer comme ça sans réagir, surtout un camp où un assassinat est sur le point d'avoir lieu.

– Pas faux, concède-t-elle. Et si on prétendait simplement qu'on cherche un endroit où habiter ?

Je me mords la lèvre ; mon assurance est en chute libre.

La carte m'amène jusqu'au centre de Dalmouth. L'endroit est pratiquement tel que je l'ai quitté : rues en brique et boutiques pour touristes. Sauf qu'à présent, le tout est semé de plaques de neige.

– Ça va ? me demande Porsha, qui a visiblement remarqué mon humeur morose.

– Ça ira, parviens-je à croasser.

– C'est ici que c'est arrivé, c'est ça ? C'est ici que tu as perdu ton amour ?

Je hoche la tête en silence.

– Désolée, dit-elle.

Je me retiens de craquer.

– Ça craint, hein ? soupire-t-elle.

– Quoi donc ?

– Les coïncidences. Tu as perdu ton amour ici et moi je t'y ramène.

– Je ne crois pas aux coïncidences. Il y a une raison à tout.

– Alors, quelle est la raison, à ton avis ?

Je m'interroge sur l'ironie de la situation, curieuse de savoir si les cauchemars de Porsha sont un peu comme ceux que Jacob faisait sur moi. Il ne savait même pas qui j'étais et pourtant il s'est senti poussé à me trouver, pour me sauver. Parce que nous étions des âmes sœurs.

Peut-être Trevor est-il l'âme sœur de Porsha. Peut-être est-ce pour cela qu'elle rêve de lui. C'est peut-être cela, le lien entre elle et moi. Je l'aide à retrouver son âme sœur pour que mon âme à moi trouve enfin le repos.

Nous entrons dans Brutus et repérons tout de suite la tour Bargo. Elle est en pleine vue, perchée sur une colline, éclairée par les réverbères.

– Il est un peu plus de cinq heures, constate Porsha.

– Le soleil se lève dans une heure.

– Alors il faut qu'on se dépêche.

En s'aidant de la carte, elle me dirige vers l'océan et me dit que la forêt rejoint la côte à plusieurs endroits.

– Il faut qu'on demande à quelqu'un, dis-je en avisant un monsieur qui sort ses poubelles sur le trottoir devant chez lui.

Je me gare et baisse la vitre.

– Excusez-moi !

L'homme lève la tête et fait quelques pas vers ma portière. Il a l'air bien plus vieux de près – au moins soixante-dix ans –, avec ses cheveux gris et rêches et sa silhouette osseuse.

– Nous cherchons un camp.

– Pour un camping-car ou pour une tente ?

Il prend une seconde pour observer attentivement le Combi.

– Non. Nous cherchons un camp où vit un ami à nous. Il n'y a pas l'électricité et ils tirent l'eau au puits.

Je vois bien à quel point j'ai l'air ridicule, mais je n'y peux rien.

– La communauté ? me demande l'homme.

– Oui, c'est ça. Je crois.

– Vous avez un ami là-bas ?

– C'est ça.

– Ils feraient mieux de fermer cet endroit, dit-il en soupirant. Le problème, c'est que le chef est une vraie anguille. Il se tire de toutes les situations.

– Pouvez-vous nous indiquer où se trouve le camp ? le presse Porsha en se penchant vers la vitre.

– Cette communauté n'est pas un endroit pour deux jeunes femmes comme vous.

– Je vous en prie.

– Impossible, répond l'homme en redressant sa casquette. Je ne me le pardonnerais jamais.

– Il faut que nous trouvions notre ami, insiste Porsha. Il est en danger.

– S'il est là-bas, c'est sûr qu'il est en danger. (Il réfléchit pendant quelques secondes, l'air désolé.) D'accord, concède-t-il enfin, à regret. Je vais vous indiquer le chemin.

Lucy

L'homme nous explique comment trouver le campement, en nous recommandant d'être très prudentes et de ne pas écouter le « charabia » du chef. La ville étant minuscule, nous sommes tout près de l'endroit, et lorsqu'il nous dit que c'est juste après une ferme d'apiculture, je manque bondir de mon siège pour l'embrasser.

– *Des abeilles !* murmure Porsha, un peu étonnée de sa propre prédiction.

Nous pénétrons dans ce qui ressemble à un quartier sous-développé de la ville : pas de maisons, peu de lampadaires, et des arbres partout. Après la ferme d'apiculture, la route passe du goudron au gravier.

Le campement est juste devant nous, cerné par une clôture hérissée de barbelés. Au moment où j'approche la voiture de l'entrée, deux faisceaux de torches électriques se tournent vers moi depuis ce qui semble être une petite guérite.

– Qu'est-ce qu'on fait ? me demande Porsha en écarquillant les yeux.

Je suis saisie d'appréhension en voyant deux personnes

devant le portail. Mais je rassemble mon courage et gare le Combi.

– Tu es prête ?

– Comment ça ?

Au lieu de répondre à Porsha, j'essaie d'être efficace : je retire la clé de contact du porte-clés d'Amber et la fourre dans ma chaussette, au cas où on m'obligerait à donner le trousseau. Il ne reste plus sur l'anneau que la clé du coffre arrière et une autre, sans doute celle d'un vieux casier de salle de gym.

– Allons-y, dis-je à voix basse.

– Attends. Qu'est-ce qu'on va raconter ?

– Suis-moi.

J'ouvre la portière en regrettant presque qu'Amber ne soit pas là pour briser la glace, comme on dit. Porsha me suit et je m'approche de l'entrée, le cœur battant à tout rompre, claquant des dents dans le froid du petit matin.

Les deux garçons qui montent la garde sont très jeunes, en fait : ils doivent avoir tout au plus quatorze ou quinze ans. Ils portent des vêtements normaux, mais on voit bien à leur posture que leur boulot est d'empêcher les gens d'entrer. Je me demande s'ils sont armés.

– Excusez-moi, dis-je en posant les mains contre le grillage (au passage, je remarque les pointes de métal qui dépassent des barbelés au sommet). Mon amie et moi, on n'est pas d'ici. On se demandait si vous pourriez nous héberger.

Les deux garçons échangent un regard, puis l'un d'entre eux secoue la tête.

– S'il vous plaît, gémit Porsha en me rejoignant près du portail. On ne peut pas se payer un motel et on n'a pratiquement plus d'essence. Il gèle, dehors.

– On pourrait travailler en échange. Est-ce qu'il y a un responsable à qui on pourrait parler ?

Je regarde au-delà de la clôture. Malgré l'obscurité, je distingue quelques baraquements alignés au centre. Je jette des coups d'œil à droite et à gauche, à la recherche de quelqu'un qui pourrait nous faire entrer. Mais les lieux ont l'air presque vides. Il y a une place de parking juste derrière le portail ; je le vois aux traces de pneus. Il y a aussi un billot et un haut tas de bois près de l'orée de la forêt, et un sentier qui semble se diriger vers une plage.

– Où sont tous les gens ? Ils dorment encore ?

– Il faut que vous partiez tout de suite, nous dit le plus grand des garçons.

Il met une main dans sa poche, ce que je prends pour un avertissement. Il y a très nettement quelque chose dans cette poche. Ce n'est pas assez gros pour être un pistolet ; ce doit être un couteau de poche ou un spray lacrymogène. Quoi qu'il en soit, ce n'est pas une chose contre laquelle je peux me protéger – pas encore, en tout cas.

Je me concentre au maximum. Porsha m'a dit avoir vu en rêve un trou dans la clôture. Je jette un regard vers la forêt, sans oublier qu'elle a aussi parlé de broussailles.

Je finis par reculer, tout en faisant signe à Porsha de retourner vers le Combi.

– Bon. On s'en va.

Ormeau

Une fois Maçon parti pour la ville, Ormeau continue d'arpenter le camp à la recherche de Brique. Personne ne lui donne la moindre indication sur l'endroit où Argile l'a emmené, mais il ne pense même pas que les autres pionniers soient au courant.

Sauf Lys. Après avoir fouillé la plage et vérifié que le bateau de pêche était toujours amarré, il décide de chercher encore une fois dans les bois avant de rentrer au réfectoire pour la convaincre de lui dire où sont partis Argile et Brique.

Il s'enfonce plus profondément dans la forêt, cette fois-ci. Il passe devant le tas de bois et fait quelques pas sur le sentier de terre qui serpente entre les arbres.

Et là, il voit quelque chose : la pierre au pentacle de Brique. Elle est au milieu du chemin, le dessin sur le dessus, presque lumineuse tant elle est blanche. Ormeau la ramasse en repensant au jour où Brique et lui ont gravé leurs cailloux et fait un vœu pour la paix. Il sait que Brique n'aurait jamais eu la négligence de l'égarer de la sorte. Une sensation nauséeuse lui remonte dans la gorge, comme s'il allait vomir.

Il n'y a aucun doute : Brique a fait tomber la pierre volontairement, dans l'espoir que quelqu'un la trouverait et viendrait à sa recherche. Parce qu'il est en danger.

Ormeau la ramasse et fonce dans la forêt, piétinant des branches tombées et des buissons morts, criant le nom de Brique jusqu'à ce que sa gorge le pique. Mais personne ne lui répond. Il reste fermement sur le sentier, comptant sur sa régularité pour le guider dans l'obscurité de l'aube, regrettant de ne pas avoir pensé à prendre une lampe.

Quelques minutes plus tard, il commence à se sentir sur ses gardes et mal à l'aise. Son cœur se serre. Il s'arrête un instant pour reprendre son souffle et ses esprits, la peau cinglée par la bise glacée du matin. Il croit entendre du bruit devant lui. Il plisse les paupières pour tenter de distinguer quelque chose, mais il fait trop noir. Le soleil ne se lève pas encore.

Il se remet à avancer rapidement, manque trébucher sur un tronc, et tâche de se fier à son instinct et à la direction dans laquelle celui-ci l'attire. De plus en plus loin du camp. Il doit bien y avoir vingt minutes qu'il est parti. Il se demande si les autres pionniers ont remarqué son absence, s'ils le diront à Maçon quand il rentrera de la ville. Il le paiera sûrement cher. Mais cela n'a aucune importance. Il faut qu'il trouve Brique.

Il accélère encore le pas, le cœur serré dans un étau. Plus il s'éloigne du camp, plus les arbres et les taillis sont épais et plus le sentier est étroit et obscur. Il est comme pris dans un filet de branches mortes qui lui griffent les bras et les jambes.

Il réfléchit à toute vitesse, se demandant si c'est par là que Pierre et les autres se sont évadés, s'ils l'ont fait tôt le matin pendant que tout le monde dormait encore, s'ils ont attendu que Maçon et Argile s'absentent. Il voit le grillage couronné de barbelés qui cerne le camp devant lui, et son cœur bat encore plus fort. Ses pensées s'embrouillent davantage. Il se demande s'il serait capable d'escalader la clôture, s'il s'en tirerait sans rester prisonnier du fil de fer... s'il réussirait à s'échapper définitivement de cet endroit.

Mais comment pourrait-il abandonner Brique ?

Ormeau halète, il a envie de hurler de frustration pure et simple. Il rebrousse chemin en direction du camp, mais cette fois en s'écartant légèrement du sentier. Il traverse un fourré de végétation morte, protège tant bien que mal son visage pour ne pas se faire griffer.

C'est là qu'il les voit enfin, dans une clairière devant lui. Des lanternes suspendues aux branches soulignent leurs mouvements. Brique est accroupi au sol, dos à Argile. Ormeau leur fonce dessus en voyant que ce dernier tient un pistolet pointé sur la nuque de son camarade.

– Stop ! crie-t-il, à quelques pas de lui. Lâche ton arme !

Argile s'immobilise et jette un regard en arrière. Un rictus apparaît sur son visage. Ormeau tente de reprendre son souffle tout en évaluant la situation et ce qu'il peut faire. Brique l'observe discrètement ; un filet de sang macule sa tempe.

– Tu vas bien ? lui demande Ormeau.

Argile fait volte-face et croise le regard de Brique.

– Qu'est-ce que je t'ai dit ? lui crie-t-il. Bouge pas ! Pas sans ma permission.

Brique pivote vivement pour reprendre sa position et Ormeau remarque que du sang lui coule de l'oreille.

– Laisse-le partir !

Argile secoue la tête.

– Il doit être puni. Il a trahi notre mission.

– En t'attrapant ? C'est toi qui volais.

– Peut-être que toi aussi, tu as besoin d'une correction.

Ormeau ignore la menace et va s'accroupir aux côtés de Brique pour l'aider à se relever.

– Je t'ai dit de ne pas bouger ! répète Argile à Brique.

Ce dernier se baisse de nouveau, visiblement terrifié par la menace.

– Écarte-toi de lui ! ordonne Argile en pointant le pistolet sur Ormeau.

Il lui enfonce le canon dans le cou jusqu'à le faire suffoquer. Un balbutiement s'échappe des lèvres d'Ormeau. Il recule de quelques pas et lève les mains comme pour se rendre.

– Tourne-toi, lui ordonne Argile en armant le pistolet.

Ormeau fait semblant d'obéir, mais au dernier moment agrippe l'arme et tente de l'arracher des mains d'Argile. Il lui tord le poignet et entend un claquement, il arrive presque à se saisir du pistolet. Argile se recroqueville un peu et pousse un gémissement. Ses doigts se desserrent légèrement de la crosse mais il ne lâche pas. Une seconde plus tard, un coup de feu éclate – dans la direction de Brique – et déconcentre Ormeau. Ses doigts glissent de l'arme.

Pantelant, Argile reprend pied. La main fermement serrée autour du pistolet, il se sert de son poids pour donner un coup de crosse à Ormeau. Ce dernier tombe au sol, à plat sur le dos, et l'autre se jette sur lui. Il lui enfonce de nouveau l'arme dans le cou, le clouant au sol.

Ormeau suffoque, la bouche grande ouverte.

– Tu crois que tu peux me battre, hein ? souffle Argile. Tu veux prendre ma place, c'est ça ? Tu veux te mettre Maçon dans la poche et me renverser... et m'enlever Lys.

Ormeau voudrait nier, mais il ne peut qu'émettre un gargouillement. Ses pensées tourbillonnent, il ne sait plus que faire, comment contre-attaquer. Il veut lever légèrement les bras, mais Argile pousse plus fort sur le canon.

– Non !

C'est Brique qui a hurlé cela. Il s'est redressé et n'est plus qu'à quelques pas. Du sang lui coule encore sur le visage. Son arcade sourcilière aussi est sanguinolente.

– Recule ! lui crie Argile sans cesser de regarder par-dessus son épaule : un œil sur Brique, l'autre encore sur Ormeau. Recule et assieds-toi, ou ton copain est mort. Et ton tour viendra juste après.

Brique s'exécute et Argile accorde de nouveau toute son attention à Ormeau.

– Prêt à te rendre, maintenant ?

Ormeau fait oui de la tête tout en continuant de se remuer les méninges, incapable de renoncer. Il veut expliquer à Argile qu'il ne s'intéresse pas à Lys, lui rappeler que c'est Maçon qui a eu l'idée de les rapprocher. Mais il ne peut pas prononcer un mot. Argile lui enfonce toujours l'arme dans la gorge.

Il relâche légèrement la pression du canon et se recule. Ormeau suffoque, porte les mains à son cou et lutte pour respirer, pour trouver de l'air.

– Retourne-toi, lui ordonne Argile. Et ne bouge pas.

Ormeau obéit et s'accroupit lentement, en regrettant que son ange gardien ne soit pas là pour le sauver maintenant.

Lucy

Nous nous éloignons du campement, empruntant une route adjacente qui nous permet de suivre la clôture en barbelés. Je garde le pied sur l'accélérateur et appuie juste assez pour que nous avancions au pas, le plus lentement possible, afin que Porsha puisse chercher attentivement le trou qu'elle a vu en rêve.

– Ça ne va pas être facile, dit-elle en me rappelant que l'ouverture était cachée dans des buissons et que le grillage semblait avoir été découpé, arraché, pour que quelqu'un puisse se glisser à l'extérieur.

Je suis en pleins phares, mais c'est tout de même difficile d'y voir quoi que ce soit. La route est étroite et les arbres – dont certains sont hauts d'au moins dix ou douze mètres – ne sont qu'à quelques pas de nous. Ils nous dominent et la clôture est un peu en retrait, entourée de broussailles et de végétation.

Au bout de quelques minutes, la route s'arrête, mais la clôture continue de s'étendre à travers ce qui semble être des marais salants. Je me gare et éteins les phares.

– Et maintenant ? me demande Porsha.

– À ton avis ?

Nous descendons de voiture et suivons le grillage à pied. Le sol est gelé, ce qui nous permet de marcher facilement dans les marais au lieu de nous enfoncer dans ce qui serait autrement une boue épaisse et molle. Au bout de quelques minutes, Porsha commence à traîner la patte.

– Ça va ? lui dis-je en jetant un regard en arrière.

– Je ne sais pas.

Je me retourne vers elle. Mon haleine forme un nuage dans le froid.

– Comment ça, tu ne sais pas ?

– On gèle. Je suis fatiguée. Il doit y avoir encore un kilomètre de clôture.

– *Et alors ?*

– Et alors je ne sais pas. Si tout cela n'était qu'une vaste perte de temps ? Si mon cauchemar n'avait pas prédit la vérité ? S'il n'y avait pas de trou dans la clôture ?

– Tu devrais faire un peu plus confiance à tes rêves.

Porsha hoche la tête et pousse un soupir. Elle rajuste le bracelet en onyx autour de son poignet, puis agrippe le cristal dans sa poche.

Nous poursuivons notre chemin en tâchant de nous dépêcher avant que le soleil ne se lève. Je passe mes doigts sur le grillage pour tenter de sentir quelque chose. Et je le sens. On dirait que toute ma main s'est réchauffée ; des picotements dans le bout de mes doigts irradient dans tout mon bras.

– Qu'est-ce que tu as ? s'enquiert Porsha, qui a visiblement remarqué que je tremblais de la tête aux pieds.

– On approche, dis-je tout bas.

L'anxiété monte dans ma poitrine.

– Comment tu le sais ?

– Je sais, c'est tout.

Je le *sens* : il y a quelque chose dans cette forêt que je dois voir, que je dois trouver.

– L'ouverture est quelque part par ici.

Ensemble, elle et moi fouillons la clôture mètre par mètre, en écartant les buissons et la végétation. Porsha pousse un soupir impatient mais continue de me suivre. Quelques mètres plus loin, les deux mains envahies de picotements chauds, je trouve.

– Ici !

Nous repoussons les taillis qui entourent le trou : c'est une déchirure rouillée dans la clôture, dont le métal a clairement été cisaillé... et nous entrons en rampant. Une forte détonation éclate au loin. Porsha et moi échangeons un regard en nous demandant sans doute la même chose : si c'était un coup de feu.

Au même instant, le soleil qui point entre les arbres nous indique qu'en effet, il est trop tard.

– Non ! hurle Porsha.

J'ai la tête qui tourne, la poitrine oppressée. Je retire l'écharpe tricotée que Porsha porte autour du cou et l'attache à la clôture, juste au-dessus du trou, pour que nous retrouvions la sortie.

– On ne peut pas s'arrêter maintenant, dis-je.

Un sifflement perçant me vrille les tympans, plus strident à chaque pas. Je me bouche les oreilles et avance en trébuchant, le long d'un étroit sentier de terre qui nous mène dans les bois. Les rayons de soleil qui s'insinuent entre les arbres et les buissons desséchés nous permettent d'y voir clair. Je m'arrête un instant pour regarder Porsha, derrière moi, qui s'efforce de ne pas se laisser distancer. Ses lèvres bougent, mais je n'entends pas ses mots. Le sifflement qui résonne à mes oreilles noie tout le reste et me fait tourner la tête encore plus fort.

Je me retourne en tâchant de garder mon équilibre et d'éviter les branches qui coupent ma route. Au bout de deux petites minutes, je vois quelque chose bouger devant moi : un groupe de garçons, je crois. L'un d'entre eux pointe quelque chose. Comme il a le bras tendu, je devine que c'est une arme à feu. Je m'approche tout près d'eux.

C'est alors que je le vois.

À genoux par terre, il pivote et lance un coup d'œil vers nous... vers moi. Je secoue la tête et regarde de plus belle, la peau couverte de picotements. Impossible, ça ne peut pas être lui.

Et pourtant si. Je le sais.

J'ai les jambes molles, je suis sans force. Il détourne la tête comme si je ne comptais même pas.

Le sifflement me déchire les oreilles et j'ai la tête qui tourne à toute allure. Je hurle. Je crois que mes genoux commencent à flageoler. Les couleurs tourbillonnent devant mes yeux. Je veux le contempler encore, mais je ne peux pas : j'ai la nausée. Mon corps devient flasque. Une brume de mains – celles de Porsha, je crois – flotte autour de moi. Mais il est trop tard. Je suis déjà tombée. Toutes les lumières se sont éteintes.

Ormeau

Toujours accroupi par terre, dos à Argile, Ormeau entend bouger derrière lui dans les bois. Il se tourne pour voir. Deux filles se dirigent vers eux. L'une d'elles l'observe fixement et son corps oscille comme si elle allait s'évanouir.

Ormeau reporte son attention sur Argile, qui pose sur les filles un regard haineux et relâche légèrement son étreinte sur le pistolet. Ormeau se jette sur lui, les poings en avant, et l'envoie rouler au sol. L'arme s'envole de ses mains et va atterrir dans les taillis. Brique court la ramasser.

Pendant ce temps, Argile parvient à échapper à Ormeau en se tortillant. Il se relève péniblement ; Ormeau, à terre, réussit à rester à genoux. Argile est sur le point de lui donner un coup de pied dans la figure, mais il l'intercepte : il attrape son pied et le déséquilibre. Il bondit comme un ressort au moment où Argile tombe à la renverse. Sa tête heurte violemment un rocher. Ormeau l'immobilise au sol en pressant un bâton contre sa gorge, mais Argile est apparemment inconscient.

Ormeau jette un regard à la fille qui s'est évanouie. Couchée par terre, elle lui tourne le dos et ses cheveux bruns sont déployés sur une plaque de neige.

– Elle va bien ? demande-t-il à son amie.

La blonde fait signe que oui, agite une main au-dessus du visage de son amie et ouvre son manteau pour tenter de la ranimer.

– Elle commence à émerger.

Brique, les mains vides, sort des buissons pour aller voir Argile.

– Il ne bouge pas, constate-t-il. Il est... ?

– ... mort ?

Ormeau se baisse plus bas, jusqu'à ce que sa joue soit juste au-dessus de la bouche et du nez d'Argile.

– Non, il respire encore. Il est seulement dans les vapes. Il s'est cogné fort contre ce rocher.

– Peut-être qu'il fait semblant, remarque Brique.

Ormeau en doute, mais il vérifie quand même. Il enfonce à plusieurs reprises la pointe du bâton dans la main d'Argile, mais celui-ci n'a pas un tressaillement.

– Tirons-nous d'ici... avant qu'il se réveille.

– On a une voiture, annonce la blonde.

– Où ça ?

Elle pointe le doigt derrière eux, vers le sentier de terre.

– Il y a un trou dans le grillage, là-bas.

Ormeau hoche la tête et va les aider à se lever.

– Donne-moi un coup de main, intime-t-il à Brique.

Il se prépare à soulever celle qui est évanouie. C'est alors qu'il comprend. Il est assez près pour se rendre compte qu'il l'a déjà vue. Il la reconnaît de son rêve. La fille sur la plage.

Son âme sœur.

Ormeau

Ormeau soulève la fille évanouie dans ses bras pendant que l'autre les guide vers la clôture, hors de la forêt.

– Jacob, murmure-t-elle.

Elle a toujours les yeux fermés, comme si elle n'était qu'à moitié consciente.

– Est-ce que je rêve ?

Ormeau ne sait pas quoi dire, si bien qu'il se concentre sur leur avancée, s'efforçant de marcher vite. Il remarque l'écharpe jaune vif accrochée au grillage, juste au-dessus d'un trou. La blonde la dénoue, l'enroule autour de son cou et franchit l'ouverture, les pieds devant.

– À toi, lance-t-elle à Brique. On pourra t'aider à la faire passer.

Brique passe en rampant et Ormeau s'agenouille pour faire glisser la fille vers le trou. Un instant plus tard, ils entendent un mouvement dans les taillis derrière lui.

– Minute ! crie Argile.

Il est encore assez loin, mais il fonce vers eux à une vitesse inquiétante.

Ormeau s'active, pousse la fille dans le trou pendant que Brique et son amie tirent de l'autre côté. Lorsque c'est fait, il se remet sur pied. Argile est là et brandit en l'air une longue branche épaisse. Il va l'abattre sur la tête d'Ormeau, mais celui-ci l'esquive et plonge dans le ventre d'Argile pour le faire tomber. La branche échappe à Argile. Ormeau le chevauche et lui donne plusieurs coups dans la mâchoire.

Le temps que Brique ait emprunté à nouveau l'ouverture pour lui venir en aide, Argile est déjà hors d'état de nuire, de nouveau K.O. Brique et Ormeau repassent le trou et sautent dans le Combi dont les portes sont déjà ouvertes et le moteur en marche. Ils n'ont pas plus tôt refermé les portières que la voiture démarre et qu'ils s'en vont : enfin libres.

Ormeau

Le Combi est ballotté de droite et de gauche lorsque la blonde s'efforce de reculer sur le gravier de l'impasse. Une fois au bout, elle fait une marche arrière dans une clairière, puis les pneus patinent lorsqu'elle enfonce l'accélérateur.

– Où va-t-on ? demande-t-elle.

Personne ne lui répond. Ormeau reprend encore son souffle et se dit que Brique fait sans doute de même, certainement aussi chamboulé et soulagé que lui-même.

– On ferait peut-être bien d'aller à l'hôpital, continue la fille. Vous avez l'air salement secoués.

– Pas question, tranche Brique, assis à côté d'elle à l'avant.

Ormeau devine que c'est parce qu'il est mineur qu'il ne veut pas y aller ; à l'hôpital, on l'interrogerait sûrement sur ses parents et on découvrirait qu'il est en fugue.

– Mais où, alors ? Je sais que ce n'est pas le plus important pour l'instant, mais je n'ai pas le permis, et...

– Qui es-tu ? l'interrompt Brique. Qu'est-ce que tu faisais dans cette forêt ?

– C'est une longue histoire.

– Je te connais ? insiste-t-il en remuant dans son siège. Parce que j'ai un peu l'impression que oui.

– Tu es Trevor, c'est bien ça ?

Il en reste bouche bée.

– Comment connais-tu mon vrai nom ?

– Ton *vrai* nom ?

– Il y a des années que personne ne m'a appelé Trevor.

– C'est que j'ai rêvé de toi, dit la fille.

Elle cherche des serviettes rafraîchissantes dans la boîte à gants. Elle lui en lance une – pour qu'il s'essuie la figure –, et en passe une autre à Ormeau.

– Au fait, je m'appelle Porsha.

Brique hoche la tête sans prêter aucune attention à la lingette, totalement captivé par cette fille... cette fille qui a rêvé de lui.

Ormeau pense au rêve qu'il lui a raconté, celui dans lequel une voix féminine lui parlait en pleine nuit. Elle connaissait son vrai nom et lui demandait où il était. Un frisson lui descend dans la nuque. Il est sûr, à présent, qu'il y a autre chose au-delà de ce rêve, que Porsha et Brique ont une connexion... peut-être du même genre de celle qui le lie à la fille assise à côté de lui.

Il lui jette un regard juste au moment où elle ouvre les yeux en battant des cils.

– Comment te sens-tu ? lui demande-t-il.

Sans répondre, elle se glisse vers lui et l'entoure de ses bras. Il sent des larmes lui couler dans le cou.

Au bout d'un long moment, elle se dégage de lui, sans doute consciente qu'il reste distant. Il profite de l'occasion pour l'observer attentivement : ses longs cheveux bruns, ses yeux marron doré, le X dans son cou.

– Je te connais, dit-il tout bas.

La fille tremble. Elle plaque les mains sur sa bouche et de nouvelles larmes lui roulent sur les joues.

Ormeau ne sait pas comment réagir.

– Comment t'appelles-tu ? lui demande-t-il tout en s'apercevant qu'il tremble aussi, et que Porsha les regarde dans le rétroviseur.

La fille paraît troublée ; son front se plisse et sa bouche forme une petite moue.

Il répète sa question. Elle secoue la tête en serrant les lèvres comme si elle avait mal au cœur.

– Ça va ? s'enquiert Ormeau.

– Je suis Lucy, murmure-t-elle. Tu ne me reconnais pas ?

– J'ai rêvé de toi, lui explique-t-il en essuyant ses larmes avec son pouce.

– Jacob, gémit-elle en l'attirant à elle et en posant le front contre sa poitrine.

Ormeau se fige en entendant ce nom : il sait confusément que c'est le sien.

– Jacob ? s'étrangle Porsha.

Elle se retourne pour le regarder, et le Combi fait un écart vers la gauche. Elle doit agripper le volant pour reprendre le contrôle.

Lucy embrasse Ormeau sur la joue et lui chuchote à l'oreille combien elle l'aime et combien il lui a manqué. Elle ajoute qu'il ne doit plus jamais la quitter.

Il la laisse continuer pendant quelques minutes avant de s'écarter d'elle.

– J'ai quelques vagues souvenirs, lui chuchote-t-il.

La fille commence peut-être à comprendre un peu. Elle plonge la main dans la poche de son manteau et en sort un amas de cristaux, qu'elle dépose dans sa paume à lui.

– Tu te rappelles ceci ?

Il referme la main dessus en pensant à sa pierre au pentacle.

– Je ne sais pas. Peut-être. Je crois que j'ai comme une impression de déjà-vu.

– Tu me l'as donné pour la protection et la force.

– Je veux me souvenir, dit-il à voix basse en regardant le X dans son cou.

La fille prend sa main et la pose dessus, passant ses doigts à lui sur sa peau.

– On va te ramener chez toi, murmure-t-elle.

Ormeau est d'accord. Il n'a qu'une envie : savoir ce que c'est d'être chez lui.

Lucy

Le sang me bat dans les tempes. Mes pensées forment une vraie tornade. J'ai envie de hurler à tue-tête : « Jacob est vivant ! Trevor est sauvé ! On s'en est sortis ! On est libres ! » Mais il règne un silence comateux dans le Combi. Je crois bien que c'est encore mon cœur qui fait le plus de bruit.

Je ne veux qu'une chose : tenir Jacob contre moi. J'ai envie de sauter sur ses genoux et de le serrer à m'en casser les bras. Mais au lieu de cela, je m'adosse à mon siège, car je sens à quel point mon affection le gêne.

Je sèche mes larmes – un mélange d'euphorie et de tristesse – et m'applique à reprendre mon souffle, soulagée que ma tête ne tourne plus et que le bruit strident ait cessé également.

– On devrait peut-être aller voir la police, dis-je, toujours prête à travailler mon rôle de fille responsable.

– Non ! proteste Trevor. Pas la police.

– Il faudrait déjà qu'on s'éloigne un peu, propose Jacob.

Sa voix me fait chavirer, après presque cinq longs mois passés sans l'entendre.

Porsha fait une tentative pour écouter la radio, mais le son est brouillé et elle finit par éteindre. Je jette encore un regard à Jacob. Il essaie de me sourire mais détourne ensuite les yeux. Mon cœur se soulève.

Je sais que ce n'est pas confortable pour lui, mais c'est l'enfer aussi pour moi. Enfin, pourquoi est-ce qu'on ne se parle pas ? Pourquoi ai-je des démangeaisons sans raison ? Pourquoi est-ce que je ne tiens pas sur mon siège ?

Je me calme en me persuadant que nous gardons le silence parce que personne ne sait quoi dire. Et en effet, que dire ? Quels mots rendront la situation réelle, donneront un sens à tout cela, rendront justice à ce que nous avons traversé ?

Je tourne de nouveau la tête vers Jacob en attendant qu'il croise mon regard, mais il ne réagit pas. Le Combi fait une embardée vers la gauche et mes joues me brûlent comme des braises.

– Je ne me sens vraiment pas capable de prendre l'autoroute, avoue Porsha en se mettant au point mort.

J'observe l'extérieur par la vitre : nous sommes en plein milieu du parking d'un restaurant de pancakes.

– Qu'est-ce qu'on fait ? dis-je.

– À ton avis ? On se gare. Quelqu'un d'autre veut conduire ?

– Entrons, propose Trevor en essuyant le sang de son visage. On pourra se débarbouiller et commander à manger.

Jacob est d'accord. Nous descendons de voiture.

Pendant que les garçons s'en vont aux toilettes, Porsha et moi prenons place autour d'une table ronde à côté de la fenêtre. Elle me questionne sur Jacob et je lui dis que c'est vrai. C'est lui. Il est en vie.

– Mais comment est-ce possible ? Tu es sûre que c'est bien lui ?

Je fais signe que oui.

– Son corps n'a jamais été retrouvé.

– C'est fou, insiste-t-elle, l'air à moitié aussi abasourdie que moi. Quand même, c'est dingue.

– Dingue ou pas, je ne crois pas aux coïncidences. C'était écrit qu'on viendrait ici. C'était écrit que je devais t'aider, pour tout un tas de raisons.

Jacob et Trevor nous rejoignent. La serveuse nous tend nos menus plastifiés et nous commandons de grandes platées de pancakes, de galettes de pomme de terre et d'œufs brouillés. Mais je ne peux même pas envisager de manger. J'ai un goût de rouille dans la bouche et les yeux qui piquent, comme si j'allais me mettre à pleurer d'une seconde à l'autre.

Je me force à respirer à fond, soulagée que mon humeur bizarre n'ait pas tué l'échange entre Porsha et Trevor. Ils bavardent sans s'arrêter depuis au moins un quart d'heure.

J'ouvre la bouche pour prononcer le nom de Jacob, pour tenter d'engager la conversation, mais Porsha m'interrompt pour annoncer qu'elle sort dans le hall appeler son père. Après son départ, la discussion retombe.

– Tu as faim ? me demande Jacob après un moment de silence gênant, encore plus gênant que dans la voiture.

Je reste muette en me demandant ce qui va suivre. Je veux dire, Jacob est *là*, assis à mes côtés, et pourtant tout est terriblement décevant.

– Moi, je meurs de faim, déclare Trevor en se prenant le ventre à deux mains.

– Moi aussi, ajoute Jacob en me souriant. Je ne me rappelle pas depuis quand je n'ai pas mangé de pancakes.

– Quel comédien ! rigole Trevor.

Je me détends, heureuse de cet allègement de la tension. Porsha revient à table.

– Comment va ton père ? je lui demande. Il était fâché ? Il devait être terriblement inquiet pour toi.

Elle hausse les épaules.

– Il s'en remettra. D'ailleurs, je lui ai promis que tu viendrais tout lui expliquer.

Puis elle s'adresse de nouveau à Trevor :

– Il m'a assuré que tu pourrais rester chez nous un moment. Il a des amis qui travaillent aux services sociaux ; il s'occupera de la paperasserie. Et puis, c'est immense chez nous. Les chambres d'amis, ce n'est pas ce qui manque.

– Ça m'a l'air super, répond Trevor en dévoilant sa dent du bonheur. Je n'ai plus qu'à me réhabituer à ce qu'on m'appelle Trevor.

– On pourrait te rebaptiser, suggère Porsha. Mais j'exige un nouveau nom qui commence par un T.

– Pourquoi ?

Porsha hésite, puis remonte sa manche pour lui montrer sa marque de brûlure. Trevor, stupéfait, la regarde au fond des yeux sans savoir quoi dire.

– J'ai l'impression de te chercher depuis toujours, lui déclare-t-elle.

Même à moi, cela me donne le frisson.

Je leur souris à tous les deux, heureuse qu'ils se soient trouvés, et qu'il soit enfin hors de danger.

Notre repas arrive et Jacob et moi parlons de choses sans importance. Il me dit que ses pancakes sont délicieux, qu'au camp il mangeait surtout des céréales et du riz froids au petit déjeuner. Je parle de mon café : je le bois noir maintenant, je n'aime plus les variétés aromatisées. Du moins, je crois que c'est ce que je dis. Je ne pense pas vraiment à la nourriture. Je me demande ce qu'il va se passer maintenant. Qu'allons-nous devenir ?

Je fais semblant de prendre une bouchée d'œufs brouillés pendant que Jacob se régale de ses pancakes. J'ai envie de le questionner sur ses parents, de lui demander quand il compte les appeler, s'il a hâte de les voir, s'il se rappelle même qui ils sont.

– Tes parents et moi, on a été en contact de temps en temps, dis-je au bout d'un moment. Je pourrais les appeler de ta part... pour qu'ils sachent que c'est réel.

Jacob ne réagit pas immédiatement, ce qui me fait regretter ma suggestion... comme si peut-être je le poussais trop dans ses retranchements, comme si j'essayais trop fort. Mais ensuite, il me contemple enfin d'un air content.

– Ce serait super, répond-il d'une voix qui est à peine plus qu'un chuchotement.

Je lui rends son sourire et continue de chipoter dans mon assiette. Un trou énorme se creuse dans mon ventre. Je sais que je devrais être heureuse – et je le suis –, mais il y a aussi de la tristesse.

Rien ne se passe comme je l'avais imaginé.

– J'espère qu'en étant avec mes parents et en revoyant des choses de mon enfance, j'arriverai à me souvenir, ajoute-t-il.

Je lâche ma fourchette sans le faire exprès.

– Ils habitent dans le Colorado.

Je la ramasse et m'efforce de trouver du courage. Je n'avais jamais envisagé que Jacob puisse de nouveau me quitter.

– Je ne te quitte pas, me dit-il comme s'il lisait dans mes

pensées. Je veux passer du temps avec toi aussi. Je veux que tu me racontes tout : ce qu'on faisait ensemble, tous nos vieux souvenirs.

Mon cœur fait un saut périlleux dans ma poitrine, rassuré que nous soyons toujours connectés. J'ai envie de bondir sur place. Mais d'un autre côté, je ne peux pas m'empêcher de m'apitoyer sur mon sort. Il me regarde avec ses yeux bleu ardoise, et j'ai juste envie de me blottir contre lui et de ne plus jamais en bouger.

Sauf qu'il ne sait pas qui je suis.

Il ne se souvient pas du jour où nous nous sommes mutuellement dessiné au henné sur le corps, ni de notre premier baiser. Ni du soir, dans sa cabine sur le bateau, où je lui ai dit pour la première fois que je l'aimais.

Visiblement, il perçoit mon désarroi.

– Ça va ?

Je hoche la tête en réprimant mes larmes.

Il me touche l'épaule, ce qui m'envoie un frisson dans le dos.

– Ça reviendra, un jour. Je veux que tu m'aides à me souvenir.

Je lui prends la main en me retenant de lui avouer combien je l'aime.

– Je veux bien.

Une larme isolée me roule sur la joue. Jacob l'essuie du bout des doigts et je résiste à l'envie de lui embrasser la main.

Et puis je l'embrasse quand même.

Jacob cherche dans sa poche l'amas de cristaux et le place dans ma paume, exactement comme avant. Je le serre pour trouver sa force, passant les doigts sur les arêtes émoussées, là où le cristal s'est guéri tout seul.

– Tout ira bien, me dit-il à voix basse.

– Je sais.

– Tu es sûre ?

J'opine, sachant que Jacob et moi sommes destinés à être ensemble, que rien – ni le temps, ni l'espace, ni l'amnésie – ne nous séparera plus jamais.

Épilogue : Lucy

Il y a deux mois que j'ai retrouvé Jacob, et presque sept semaines que je ne l'ai pas vu. Ses parents sont venus ici par le premier avion. Ils étaient absolument bouleversés et euphoriques de le revoir. Sa mère, surtout, n'était plus qu'un torrent d'émotion. Mais Jacob ne se souvenait pas d'eux.

Ils ont pris une chambre dans un *Bed & breakfast* tout proche et se sont efforcés de refaire connaissance avec le fils qu'ils croyaient avoir perdu. Mais ils l'ont ramené chez eux – dans le Colorado – quelques jours plus tard.

Depuis qu'il est là-bas, il commence à retrouver des bribes de son enfance : son ancienne école maternelle, une cabane dans un arbre qu'il avait construite avec son père, ou encore la fois où il a fait des brownies à la vanille avec sa mère ; ils avaient mangé presque toute la fournée avant le retour de son père et avaient été malades pendant des heures.

Avant que ses parents le ramènent chez eux, il nous a raconté son expérience au camp. Il en a aussi parlé à la police : les vols et le lavage de cerveau ; le fait que des mineurs en fugue vivaient là-bas ; et le fait que tout le monde était captif.

Ç'a été un peu la folie ici quand la nouvelle de sa survie a été connue, mais le plus ironique est que même si Jacob a fini par dénoncer le camp, il a aussi de la reconnaissance envers ce lieu, envers ces gens. Il sait que si les pionniers n'avaient pas suivi le bateau et ne l'avaient pas repêché après sa chute, il ne serait pas là aujourd'hui.

Et moi aussi, je suis très reconnaissante que ce camp ait existé.

Cela me tue presque de ne pas être avec lui en ce moment, mais on se parle au téléphone, on échange sans cesse des mails et on s'écrit des lettres. Je ne l'ai pas suivi dans le Colorado parce que je voulais rester ici pour poursuivre mes études. Je voulais lui laisser le temps de se souvenir.

Et maintenant, il se souvient.

Il m'a appelée l'autre jour pour m'annoncer qu'il se rappelait notre sort avec la bougie blanche... qu'il se souvenait de chaque seconde, de l'huile de rose à notre baiser. Il se rappelle aussi la première fois qu'il m'a dit qu'il m'aimait, un soir de décembre où toutes les étoiles étaient visibles et où nous nous sommes allongés pour faire des anges dans la neige et rire de nos plaisanteries idiotes... Il avait imité Keegan, la surveillante hippie de mon dortoir à Hillcrest.

Il m'a demandé si j'envisagerais de venir passer les vacances de printemps dans le Colorado. *Envisager ?* J'ai failli lui raccrocher au nez pour courir prendre un billet dans une agence de voyage.

J'ai presque bouclé mes bagages. Mon avion décolle dans trois heures. Amber aussi s'en va. Et Janie également. En fait, elles partent en vacances ensemble. Un groupe d'une vingtaine d'étudiants de Beacon, y compris PJ, Tim et le copain de

Janie, Hayden, part pour Cancun. Je suis contente que Tim ne m'en veuille pas de mon accès de folie passagère. D'ailleurs, c'est un super ami.

Et Porsha aussi. Elle va beaucoup mieux ; son père est aux anges... au point qu'il a fait des pieds et des mains pour trouver un foyer à Trevor. Des amis du président, qui ont déjà hébergé des jeunes en souffrance et habitent juste à côté de la fac, l'ont accueilli chez eux et lui ont donné une chambre. Malheureusement, sa vraie mère n'a aucune envie de revenir dans sa vie, et son père biologique est introuvable.

J'espère en avoir appris suffisamment à Porsha pour qu'elle sache mieux affronter ses cauchemars s'ils reviennent. Mais, on dirait bien qu'ils ont cessé et que l'idée d'en refaire ne lui traverse pas l'esprit. Trevor et elle sont très heureux d'être simplement redevenus normaux : ils vont en cours, sortent au ciné, font de la magie. Ils sont inséparables.

Cela me rappelle Jacob et moi... J'espère qu'un jour prochain, nous serons de nouveau ainsi.

La nuit dernière, j'ai rêvé de lui : nous étions assis sur un télésiège et nous regardions les pistes de ski en dessous. Il faisait jour, mais on voyait quand même les étoiles et la lune à son premier quartier, comme si on pouvait presque les toucher. Jacob retirait un de ses gants et dessinait la rune des partenaires sur mes lèvres, du bout du doigt. Puis il m'embrassait, et cela avait un goût de cidre et de champagne, ce n'était que bulles et douceur sucrée dans ma bouche. J'avais l'impression de tomber de mon siège, de dégringoler dans le ciel, le long des montagnes, vers la terre en dessous. Mais quand je rouvrais les yeux, nous étions toujours sur le télésiège et il m'embrassait toujours. Et à présent il faisait nuit... comme si nous nous étions embrassés tout le jour, comme si le monde s'était arrêté pour nous alors qu'il continuait pour les autres.

Je passe les doigts sur mes lèvres, où s'attarde un picotement, pleine de l'espoir que mon rêve soit un présage de ce qui nous attend.

Remerciements

Un grand merci à Lara Zeises, mon amie et partenaire critique, qui a été une source constante d'encouragements. Ces livres ne seraient pas du tout aussi gratifiants à écrire – ni à lire – si elle n'avait pas été là pour m'encourager, chapitre après chapitre.

Un remerciement particulier à mon mari Ed, qui a lu chaque mot de chacun de mes livres, et qui est toujours là pour me donner ses encouragements, son soutien et son humour chaque fois que j'en ai besoin.

Un énorme merci à Megan Atwood qui, au bout de quatre livres, est plus qu'une fabuleuse éditrice pour moi... c'est plutôt une fabuleuse amie.

Merci à mon frère Mark d'avoir vérifié la présence de mes livres en librairie et d'avoir laissé des exemplaires à la disposition des lecteurs à la cantine de son boulot.

Merci aux fantastiques éditrices de chez Llewellyn, Rebecca Zins et Rhiannon Ross, pour leur patience, leurs critiques constructives et leur attention minutieuse aux détails : ce livre n'aurait pas été le même sans tout cela.

Merci à tous les amis et parents qui continuent de m'encourager : vous vous reconnaîtrez.

Un énorme, énorme merci à tous les fans qui continuent de me soutenir en achetant et en recommandant mes livres, en m'envoyant des mails, en m'envoyant des lettres de soutien et de gratitude et en venant à mes séances de dédicace. Tout cela compte encore plus que vous ne le croyez. Enfin, un grand merci à ma plus grande fan, ma mère, qui, à mesure que nous devenons plus vieilles et plus sages, est une amie et un soutien de plus en plus précieux.

Découvrez un extrait du roman

Les vampires de Manhattan

Tome 3

Les Sang-d'Argent

de Melissa de la Cruz

Un

Par un petit matin d'un froid piquant, à la fin du mois de mars, Theodora Van Alen passa les portes vitrées du lycée Duchesne. C'est avec soulagement qu'elle pénétra sous le haut plafond voûté de l'entrée, dominé par un imposant portrait des fondateurs peint par John Singer Sargent. Elle garda la capuche bordée de fourrure de sa parka relevée sur son épaisse chevelure noire, préférant l'anonymat aux saluts échangés par les autres élèves.

Cela lui faisait drôle de considérer le lycée comme un refuge, un lieu d'évasion, un endroit où elle avait hâte de se retrouver. Pendant très longtemps, Duchesne, avec ses dallages de marbre brillant et ses vues dégagées sur Central Park, n'avait été pour elle qu'une salle de torture. Elle redoutait de gravir le grand escalier, se sentait malheureuse dans les salles de classe mal chauffées et en arrivait même à mépriser les superbes sols marquetés du réfectoire.

Au lycée, Theodora se sentait souvent laide et invisible, malgré la profondeur de ses yeux bleus et la délicatesse de ses traits qui évoquaient une poupée de porcelaine. Toute sa vie, ses camarades de classe tirées à quatre épingles l'avaient traitée comme un phénomène de foire, une exclue, malvenue et intouchable. Même si sa famille portait l'un des noms les plus anciens et illustres de l'histoire de la ville, les temps avaient changé. Les Van Alen, qui formaient autrefois un clan fier et prestigieux, avaient dépéri au fil des siècles jusqu'à se retrouver au bord de l'extinction. Theodora était l'un de leurs derniers représentants.

Pendant un moment, elle avait espéré que le retour d'exil de son grand-père changerait la donne, que la présence de Lawrence dans sa vie briserait sa solitude. Mais ces espoirs avaient été réduits à néant lorsque Charles Force l'avait arrachée à la demeure en grès brun délabrée de Riverside Drive, le seul foyer qu'elle eût jamais connu.

– Tu vas te bouger ou il faut que je m'en charge ?

Theodora sursauta. Sans même s'en apercevoir, elle était restée plantée immobile devant son casier. La première sonnerie de la journée résonnait bruyamment. Derrière elle se tenait Mimi Force, avec qui elle vivait à présent.

Si elle ne se sentait pas à sa place au lycée, ce n'était rien à côté de la glaciation arctique qu'elle affrontait chaque jour dans le grandiose hôtel particulier des Force, en face du Metropolitan Museum. À Duchesne, au moins, elle n'avait pas à entendre Mimi lui grogner des amabilités à chaque seconde de la journée. Ou au pire, cela n'arrivait qu'une fois toutes les quelques heures. Pas étonnant que le lycée lui parût si accueillant ces derniers temps.

Malgré sa nomination au poste de nouveau *Rex*, c'est-à-dire chef des sang-bleu, Lawrence Van Alen n'avait rien pu faire pour stopper le processus d'adoption. Le Code des vampires stipulait une stricte adhésion aux lois humaines, afin d'épargner aux sang-bleu une curiosité indésirable. Dans ses dernières volontés, la grand-mère de Theodora avait fait de ses deux domestiques les tuteurs légaux de la jeune fille ; mais par une manœuvre sournoise, les avocats de Charles Force avaient contesté la validité du testament devant les tribunaux sang-rouge. Ceux-ci avaient statué en leur faveur, et Charles, désigné comme exécuteur testamentaire, avait récupéré Theodora avec l'héritage.

– Alors ?

Mimi attendait toujours.

– Ah. Euh... désolée, dit Theodora en prenant un livre de classe avant de se pousser sur le côté.

– Désolée, c'est le mot.

Mimi plissa ses yeux vert émeraude et toisa Theodora d'un air dédaigneux. C'était ce même regard qu'elle lui avait envoyé par-dessus la table au dîner la veille au soir, et le même que lorsqu'elles s'étaient heurtées dans le couloir le matin même. Ce regard disait : *Qu'est-ce que tu fais là ? Tu n'as aucun droit à l'existence.*

– Qu'est-ce que je t'ai fait ? grommela Theodora en fourrant un livre dans son vieux sac de toile.

– Tu lui as sauvé la vie !

Mimi fixa d'un œil mauvais la sublime rousse qui venait de parler.

Bliss Llewellyn, transfuge du Texas et ex-acolyte de Mimi, lui rendit son regard furibond. Ses joues flamboyaient autant que sa chevelure.

– Elle a sauvé ta peau à Venise, et tu n'as même pas la décence d'être un peu reconnaissante !

Il y avait eu un temps où Bliss était l'ombre de Mimi, où elle se pliait volontiers à toutes ses exigences, mais la confiance entre elles était brisée depuis la dernière attaque de sang-d'argent, dans laquelle Mimi s'était révélée être une conspiratrice zélée, sinon efficace. Elle avait été condamnée au bûcher, mais Theodora l'avait secourue en participant à l'épreuve du sang.

– Elle ne m'a pas sauvé la vie. Elle n'a fait que dire la vérité. Ma vie n'a jamais été menacée, répliqua Mimi en passant une brosse en argent dans ses cheveux diaphanes.

– Ne fais pas attention à ce qu'elle raconte, dit Bliss à Theodora.

Cette dernière sourit, plus courageuse à présent qu'elle se sentait soutenue.

– Pas facile. Ce serait un peu comme prétendre que le réchauffement planétaire n'existe pas.

Elle paierait pour ce commentaire plus tard, elle le savait. Il y aurait des cailloux dans ses céréales de petit déjeuner ; du goudron dans ses draps ; ou encore la nouvelle nuisance du moment : la disparition, une fois de plus, d'une de ses affaires, qui s'évaporaient à vue d'œil. Il lui manquait déjà le médaillon de sa mère, ses gants en cuir, et un exemplaire corné et adoré du *Procès* de Kafka, dont la page de garde portait les initiales « J. F. ».

Theodora était la première à reconnaître que la deuxième chambre d'amis de la demeure des Force (la première étant toujours réservée aux dignitaires en visite) n'avait rien à voir avec un cagibi sous l'escalier. Sa chambre était décorée avec goût et luxueusement équipée de tout ce qu'une fille peut désirer : lit à baldaquin queen-size avec couette moelleuse, penderies remplies de vêtements de créateur, matériel audio et vidéo dernier cri, des dizaines de jouets pour Beauty, sa chienne de race, et le tout nouveau MacBook Air léger comme une plume. Mais sa nouvelle maison avait beau être riche en biens matériels, elle n'avait pas le charme de l'ancienne.

Sa chambre d'autrefois lui manquait, avec ses murs peints en jaune fluo et son bureau bancal. Le salon aux tentures poussiéreuses lui manquait. Hattie et Julius, qui étaient dans la famille depuis qu'elle était toute petite, lui manquaient. Et son grand-père aussi, bien sûr. Mais ce qui lui manquait le plus, c'était sa liberté.

– Ça va ? lui demanda Bliss avec un coup de coude.

À son retour de Venise, Theodora avait hérité d'une nouvelle adresse et d'une alliée inattendue. Bliss et elle s'étaient toujours plutôt bien entendues, mais désormais elles étaient presque inséparables.

– Bah, oui. J'ai l'habitude. Je la prends sur le ring quand elle veut.

Elle sourit. Voir Bliss au lycée était l'un des petits répits heureux que lui offrait Duchesne.

Elle commençait à monter l'escalier tortueux du fond, suivant les autres qui prenaient la même direction, lorsque du coin de l'œil elle aperçut l'ombre infime d'un vacillement, et elle sut. C'était lui. Elle n'avait pas besoin de regarder pour savoir qu'il se trouvait dans la meute d'élèves arrivant en face. Elle le détectait toujours, comme si ses nerfs étaient des antennes finement réglées qui le captaient dès qu'il était à proximité. C'était peut-être le vampire en elle qui lui permettait de déceler la présence d'un autre vampire, à moins que cela n'ait absolument rien à voir avec ses pouvoirs surnaturels.

Jack.

Il gardait les yeux fixés droit devant lui, comme s'il ne l'avait même pas vue, n'avait même pas enregistré sa présence. Ses cheveux blonds et fins, de la même teinte translucide que ceux de sa sœur, étaient plaqués en arrière de son front orgueilleux ; et contrairement aux garçons qui l'entouraient, habillés de manière plus ou moins négligée, il était souverain en blazer et cravate. Il était si beau que Theodora avait du mal à respirer. Mais tout comme à l'hôtel particulier – Theodora se refusait à dire « à la maison » –, Jack l'ignorait royalement.

Elle coula encore un regard dans sa direction, puis se dépêcha de gravir les marches. Le cours était commencé lorsqu'elle arriva. Elle s'efforça de se faire toute petite en se dirigeant, contrairement à son habitude, vers les sièges du fond près de la fenêtre. Oliver Hazard-Perry y était installé, penché sur son cahier.

Mais elle se reprit juste à temps et traversa la salle pour aller s'asseoir à côté du radiateur crachotant sans dire bonjour à son meilleur ami.

Charles Force avait été très clair : à présent qu'elle résidait sous son toit, elle devrait suivre ses règles. La première était l'interdiction de voir son grand-père. L'animosité entre Charles et Lawrence était profonde, et pas seulement parce que Lawrence avait sapé l'autorité de Charles sur le Conclave.

– Je ne veux pas qu'il te bourre la tête de mensonges, lui avait-il dit. Il dirige peut-être l'Assemblée, mais il n'a aucun pouvoir chez moi. Si tu me désobéis, je te promets que tu le regretteras.

La deuxième règle associée à la vie chez les Force était l'interdiction de fréquenter Oliver. Charles avait piqué une crise d'apoplexie en découvrant que Theodora avait choisi ce garçon (son Intermédiaire désigné) comme familier humain.

– Tout d'abord, tu es bien trop jeune. Ensuite, c'est l'*anathème*. Une disgrâce. Les Intermédiaires sont des serviteurs. Ils ne sont pas... ils n'exécutent pas les services des familiers. Il faut que tu prennes sur-le-champ un nouvel humain et que tu rompes toute relation avec ce garçon.

Si on avait insisté, elle aurait admis à contrecœur que Charles avait sans doute raison. Oliver était son meilleur ami et elle se l'était approprié, elle avait absorbé son sang pour le mêler au sien, et ses actes n'avaient pas été sans conséquences. Il lui arrivait de souhaiter pouvoir revenir en arrière, avant que tout soit devenu si compliqué.

Theodora ne voyait d'ailleurs pas du tout pourquoi Charles s'intéressait à ses choix en matière de familiers, les Force ayant abandonné l'ancienne pratique consistant à confier leurs affaires à des Intermédiaires. Mais elle suivait le règlement à la lettre. Aux yeux de tout le monde, elle n'avait absolument aucun contact avec Lawrence et s'abstenait de se livrer au « baiser sacré » sur Oliver.

Il y avait tant de choses, dans sa nouvelle vie, qu'elle n'avait pas le droit de faire !

Mais il existait un lieu où les règles n'avaient pas cours. Où Charles n'avait aucun pouvoir. Un lieu où Theodora pouvait être libre.

C'est à cela que servent les cachettes secrètes.

DEUX

Mimi Force aimait le bruit des talons aiguilles sur le marbre. Ses Jimmy Choo en cuir verni faisaient un clic-clic-clac satisfaisant qui résonnait dans tout le hall de la tour Force. Le nouveau quartier général de l'empire médiatique de son père comprenait plusieurs immeubles en plein centre de Manhattan. Les batteries d'ascenseurs rutilants vomissaient régulièrement des escouades de « Forcies », les superbes employés et employées de l'organisation Force News Network : des journalistes spécialisés dans le design, la mode, l'art de vivre, en route pour des déjeuners d'affaires chez *Michael's* ou s'engouffrant dans des berlines pour se rendre à différents rendez-vous en ville. Ces gens vêtus avec soin avaient tous les mêmes traits pincés, comme si leur emploi du temps toujours bourré à craquer ne leur laissait pas le temps de sourire. Mimi était parfaitement à sa place.

Elle avait beau n'avoir que seize ans, elle se sentit incroyablement *vieille* en fendant la foule pour passer du hall à l'alcôve obscure qui dissimulait un ascenseur, accessible uniquement grâce à une clé secrète et impossible à dupliquer. Elle se rappelait l'époque où la tour Force portait encore son premier nom, l'immeuble Van Alen. Pendant des années, ce n'avait été qu'une simple fondation de trois étages, car le krach de 1929 et la Grande Dépression avaient empêché la construction de la tour prévue à l'origine. Il n'y avait qu'un an que la société de son père avait fini par achever son édification complète, conformément aux anciens plans, et par rebaptiser le gratte-ciel.

Mimi regarda autour d'elle et envoya discrètement une forte suggestion pour distraire tous ceux qui risquaient de s'approcher. Elle pressa son index contre la serrure, le piquant afin d'en tirer une goutte de sang. L'analyse sanguine pratiquée n'était pas le dernier cri de la technologie, elle était au contraire antédiluvienne. Son sang était analysé et comparé aux fichiers ADN du Sanctuaire ; une concordance confirmerait que c'était bien une véritable sang-bleu qui se tenait à la porte. Le sang ne pouvait être ni copié ni prélevé : il s'évaporait en quelques minutes une fois exposé à l'air.

Les portes s'ouvrirent dans un glissement silencieux et Mimi descendit par l'ascenseur. Ce qu'ignoraient les sang-rouge, c'était qu'en 1929, le bâtiment avait bien été construit dans son entier... sauf qu'il se déployait vers le bas, et non vers le haut.

La tour était en réalité un « gratte-terre » : une structure creusée dans le sous-sol, qui s'enfonçait vers le noyau de la planète au lieu de s'élever vers le ciel. Mimi regarda défiler les étages. Elle parcourut cinquante, puis cent, puis deux cents pieds sous la surface. Dans le passé, les sang-bleu avaient vécu sous terre pour se cacher de leurs assaillants sang-d'argent. Mimi comprenait à présent ce qu'avait voulu dire Charles Force en déclarant, dans un sarcasme, que Lawrence et Cordelia pousseraient les vampires « à ramper de nouveau dans des caves ».

Enfin l'ascenseur s'arrêta et la porte s'ouvrit. Mimi fit un signe de tête à l'Intermédiaire posté derrière le comptoir. Le sang-rouge ressemblait à un rat-taupe aveugle, comme s'il n'avait pas vu le soleil depuis bien longtemps. Il ressemblait tout à fait aux personnages des fausses légendes qui se perpétuaient sur les vampires, pensa Mimi avec amusement.

Elle ressentait les barrières, les lourdes protections placées autour de la zone. Cet endroit était censé être le refuge le plus secret et le plus sûr des sang-bleu. Lawrence était enchanté de la nouvelle tour étincelante et voyante construite par-dessus.

– On se cache à la vue de tous ! avait-il commenté avec un petit rire.

Le Sanctuaire de l'histoire avait récemment été réinstallé sur plusieurs des étages inférieurs. Depuis l'attaque, le repaire situé sous le club avait été abandonné. Mimi se sentait encore coupable de ce qui était arrivé là-bas. Mais ce n'était pas sa faute ! Elle n'avait pas vraiment voulu faire le mal. Tout ce qu'elle souhaitait, c'était se débarrasser de Theodora. Peut-être avait-elle été naïve. Mais de toute manière, il n'était plus temps de s'attarder là-dessus.

– Bonsoir, Madeleine, l'accueillit poliment une femme élégante, vêtue d'un tailleur Chanel très chic.

– Dorothea.

Mimi la salua du menton et suivit la vieille chouette dans la salle de conférences. Elle savait que plusieurs membres du Conclave désapprouvaient son admission dans le premier cercle. Ils craignaient, au vu de son jeune âge, qu'elle ne soit pas en pleine possession de ses souvenirs, de toute la sagesse de ses vies passées. Le processus qui mène à l'autoréalisation complète d'un sang-bleu commençait par la transformation, à quinze ans, et se poursuivait jusqu'à la fin des années du Crépuscule (c'est-à-dire jusqu'à vingt et un ans environ), moment où l'enveloppe humaine cédait totalement pour révéler enfin le vampire tapi dessous. Mimi se moquait de ce qu'ils pensaient. Elle avait un devoir à accomplir, et même si elle ne se souvenait pas de tout, elle en savait bien assez.

Si elle était là, c'était parce que Lawrence s'était présenté à l'hôtel particulier des Force un soir tard, peu après leur retour de Venise, pour s'entretenir avec Charles. Mimi avait entendu toute la conversation à leur insu. Lorsque Lawrence avait pris le pouvoir en tant que *Rex*, Charles avait volontairement renoncé à son siège au Conclave ; mais Lawrence le pressait de changer d'avis.

– Nous avons besoin de toutes nos forces en ce moment. Nous avons besoin de toi, Charles. Ne nous tourne pas le dos.

Il avait la voix grave et rocailleuse. Il toussa plusieurs fois, et l'odeur sucrée de son tabac à pipe envahit le couloir devant le bureau de Charles.

Celui-ci ne voulait rien entendre. Il avait été humilié et rejeté. Si le Conclave ne voulait pas de lui, alors il ne voulait pas du Conclave.

– Pourquoi auraient-ils besoin de moi alors qu'ils t'ont toi, *Rex* ? cracha-t-il comme si ces mots eux-mêmes avaient mauvais goût.

– Moi, j'irai.

Lawrence avait simplement haussé un sourcil en découvrant Mimi devant eux. Charles non plus n'avait pas eu l'air trop surpris. Savoir passer les portes verrouillées avait toujours été l'un des talents de Mimi, même toute petite.

– Azraël, murmura Lawrence. Tu te souviens... ?

– Pas de tout. Pas encore. Mais je me souviens bien de toi... *grand-père*, dit-elle avec un rictus narquois.

– Voilà qui me suffit. (Lawrence sourit d'une manière assez

similaire à celle de Charles.) Charles, c'est décidé. Mimi prendra ta place au Conclave. Elle t'y représentera et, à ce titre, te rendra compte de ce qui s'y passe. Azraël, tu peux disposer.

Mimi allait protester, lorsqu'elle constata qu'on avait utilisé le *Glom* pour la chasser de la pièce sans même qu'elle s'en aperçût. Le vieux chnoque était futé. Mais rien ne l'empêchait de coller son oreille aux portes.

– Elle est dangereuse, disait Lawrence à voix basse. Cela m'a surpris de voir que tu avais appelé les jumeaux dans ce cycle. Était-ce vraiment nécessaire ?

– Tu l'as dit toi-même, elle est forte, répondit Charles avec un soupir. Si nous allons au-devant d'une bataille, comme tu veux nous le faire croire à tous, Lawrence, tu auras besoin d'elle à tes côtés.

Lawrence eut un ricanement ironique.

– À condition qu'elle reste loyale.

– Elle l'a toujours été, affirma Charles d'une voix dure. Et elle n'est pas la seule à avoir aimé l'Étoile du matin.

– Une grave erreur que nous avons tous commise, acquiesça Lawrence.

– Non, pas tous, le corrigea doucement Charles.

Mimi s'éloigna de la porte d'un pas léger. Elle n'avait pas besoin d'en entendre plus.

Azraël. Il l'avait appelée par son vrai nom. Un nom profondément gravé dans sa conscience, dans ses os, dans son sang même. Qu'était-elle, à part son nom ? Lorsqu'on était en vie pendant des milliers d'années, qu'on enchaînait les pseudonymes, les noms devenaient semblables à du papier cadeau. Un élément décoratif auquel on répondait. Prenez son nom dans ce cycle, par exemple : Mimi. C'était un nom de mondaine, de femme futile qui passe ses journées à faire chauffer ses cartes de crédit et ne s'intéresse qu'aux traitements Spa et aux dîners.

Il cachait sa véritable identité.

Car elle était Azraël. L'ange de la Mort. Elle apportait les ténèbres dans la lumière. C'était son bienfait et sa malédiction.

Elle était un sang-bleu. Comme l'avait dit Charles, l'un des plus forts. Charles et Lawrence avaient discuté de la fin du monde. La Chute. Lors de la guerre contre Lucifer, c'étaient Azraël et son jumeau, Abbadon, qui avaient inversé le courant, qui avaient renversé l'issue de la dernière bataille. Ils avaient trahi leur prince et rejoint Michel, s'agenouillant devant l'épée d'or. Ils étaient restés fidèles à la lumière, bien qu'ils fussent faits d'obscurité.

Leur désertion s'était révélée cruciale. Sans Jack et elle, qui sait qui aurait gagné ? Lucifer serait-il roi des rois, assis sur un trône céleste, s'ils ne l'avaient pas abandonné ? Et qu'avaient-ils gagné, d'ailleurs, sinon cette vie sur Terre, ce cycle sans fin de réparation et d'absolution ? Pourquoi et pour qui s'amendaient-ils ? Dieu était-il seulement conscient qu'ils existaient encore ? Retrouveraient-ils un jour le paradis perdu ?

Tout cela en valait-il la peine ? se demandait Mimi tout en prenant son siège au Conclave. C'est seulement à ce moment-là qu'elle remarqua les rumeurs de protestation parmi ses pairs.

Elle suivit le regard fixe de Dorothea Rockefeller. Le choc faillit la faire tomber de sa chaise. Au sein même du refuge le plus protégé, le plus sûr des sang-bleu, assis à côté de Lawrence à la place d'honneur, se trouvait l'ancien *Venator* disgracié en personne, le traître sang-d'argent, Kingsley Martin.

Il croisa son regard et pointa dans sa direction deux doigts tendus en forme de pistolet. Et, fidèle à lui-même, il sourit et fit semblant d'appuyer sur la détente.

TROIS

Contrairement à la plupart des *showrooms* de créateurs décorés dans un style minimaliste, presque clinique, au maximum garnis d'une composition florale pour adoucir le blanc éblouissant des espaces, les salles d'apparat qui abritaient la collection Rolf Morgan ressemblaient aux quartiers cosy d'un club anglais à l'ancienne : livres reliés de cuir alignés sur des rayonnages, gros fauteuils club et tapis confortables à longues mèches disposés autour d'un feu crépitant. Rolf Morgan avait gagné la célébrité en proposant au grand public un style BCBG classique, sa création la plus répandue étant une chemise à col uni discrètement brodée de son logo : une paire de maillets de croquet entrecroisés.

Bliss, nerveuse, était assise dans l'un des fauteuils de cuir, son book posé en équilibre sur les genoux. Elle avait dû sortir du lycée quelques minutes en avance pour être à l'heure à son « *go-see* », tout cela pour apprendre en arrivant que le styliste aurait une demi-heure de retard. Typique.

Elle regarda les autres mannequins autour d'elle. Toutes les filles affichaient le genre de beauté bien américaine que l'on voyait couramment dans les pubs « Croquet by Rolf Morgan » : pommettes bronzées, chevelure dorée, petit nez retroussé. Elle ne voyait absolument pas pourquoi le styliste s'intéressait à elle. Avec ses cheveux blond vénitien qui lui descendaient à la taille, sa peau claire et ses grands yeux verts, Bliss ressemblait plus à une créature descendue d'une peinture préraphaélite qu'à la fille qui sort d'une partie de tennis endiablée. Mais d'un autre côté, Theodora avait été retenue pour le défilé l'autre jour, lors du premier casting : peut-être recherchaient-ils quelque chose de différent pour cette fois.

– Vous voulez quelque chose, les filles ? De l'eau ? Du soda light ? demanda la standardiste souriante.

– Rien pour moi, merci, déclina Bliss tout comme les autres filles, qui secouaient également la tête.

C'était agréable qu'on vous pose la question, qu'on vous propose quelque chose. En tant que mannequin, elle avait l'habitude que les employés l'ignorent complètement ou la regardent de haut. Personne n'était jamais très amical. Bliss comparait les *go-see* aux inspections de cheptel que faisait son grand-père autrefois au ranch. Il vérifiait les dents, les sabots et les flancs des bêtes. Les mannequins étaient traités exactement comme du bétail dont on pesait et mesurait les atouts.

Bliss aurait bien aimé que le styliste se dépêche d'en finir. Elle avait failli annuler le rendez-vous, et seul un sens profond de l'engagement vis-à-vis de son agence (et une légère frousse de son *model booker*, un gay chauve et impérieux qui la houspillait comme si elle était son esclave, au lieu du contraire) la poussait à rester dans son siège.

Elle était encore perturbée par ce qui s'était produit plus tôt au lycée, lorsqu'elle avait tenté de se confier à Theodora.

– Il y a quelque chose qui cloche chez moi, lui avait-elle dit en déjeunant à la cantine.

– Comment ça ? Tu es malade ? l'avait questionnée Theodora en déchirant un paquet de chips pimentées.

Est-ce que je suis malade ? s'était demandé Bliss. Sûr, elle ne se sentait pas bien ces derniers temps. Mais son malaise était particulier : c'était son âme qui allait mal.

– C'est dur à expliquer.

Mais elle avait essayé quand même.

– Je vois... comment dire... des choses. Des choses qui font mal.

Des choses terribles. Elle avait raconté à Theodora comment tout avait commencé.

Quelques jours plus tôt, elle faisait son jogging le long de l'Hudson. Elle avait cligné des yeux et là, à la place des eaux placides et brunes de la rivière, elle avait vu du sang rouge, visqueux, bouillonnant.

Puis il y avait eu les cavaliers qui avaient surgi à grand fracas une nuit dans sa chambre : ils étaient quatre, sur de hauts destriers noirs, derrière des masques ; leur aspect était immonde et leur odeur encore pire. On aurait dit la mort revenue à la vie. Ils étaient si réels que les chevaux avaient laissé des traces de sabots sales sur la moquette blanche. Mais la vision de l'autre nuit avait été encore pire : bébés transpercés à la baïonnette, victimes éventrées, nonnes pendues à des croix, décapitées... et ce n'était pas tout.

Mais la chose la plus terrifiante au monde ?

En plein milieu d'une vision, un homme était apparu. Un homme en complet blanc. Un homme élégant, couronné de cheveux blonds brillants, avec un sourire éclatant qui l'avait glacée jusqu'aux os.

L'homme avait traversé la chambre pour venir s'asseoir auprès d'elle sur le lit.

– Bliss, avait-il dit en posant une main sur sa tête comme pour la bénir. Ma fille.

Theodora leva les yeux de son sandwich au thon. Bliss se demandait comment elle pouvait avoir de l'appétit pour la nourriture normale : elle-même en avait perdu le goût depuis longtemps. C'était à peine si elle supportait de manger son steak haché saignant. Elle tendit la main vers une chips, par curiosité. Elle mordit dedans. C'était salé et épicé, d'une manière qui n'était pas déplaisante. Elle en prit une autre.

Theodora était pensive.

– D'accord, donc un type louche t'a appelée sa fille, et alors ? Ce n'était qu'un rêve. Et quant à tout le reste... tu es sûre que tu ne regardes pas des films de zombies trop tard le soir ?

– Non, c'est juste...

Bliss secoua la tête, irritée de ne pas savoir communiquer l'effet malsain que lui avait fait cet homme. Ni exprimer à quel point il avait eu l'air de dire la vérité. Mais comment cela aurait-il été possible ? Son père était Forsyth Llewellyn, le sénateur de New York. Elle s'interrogea de nouveau à propos de sa mère. Son père ne parlait jamais de sa première épouse ; à peine quelques semaines plus tôt, Bliss avait eu la surprise de trouver une photo de lui aux côtés d'une femme blonde qu'elle avait toujours prise pour sa mère, marquée au verso de ces mots : « Allegra Van Alen ».

Allegra était la mère de Theodora, or si Allegra était sa mère, cela faisait-il de Theodora sa sœur ? Quoique, les vampires n'avaient pas de famille au sens où l'entendaient les sang-rouge : ils étaient les anciens enfants de Dieu, immortels, sans véritables pères ni mères.

Forsyth n'était son « père » que dans ce cycle. Peut-être en allait-il de même pour Allegra. Bliss s'était gardée de faire part de sa découverte à Theodora. Celle-ci était très protectrice avec sa mère, et Bliss était trop timide pour revendiquer une connexion avec une femme qu'elle n'avait seulement jamais rencontrée. Toutefois, elle ressentait une parenté avec son amie depuis qu'elle avait trouvé cette photo.

– Tu as toujours ces... tu sais, ces absences ? lui demanda Theodora.

Bliss secoua la tête. Les absences avaient cessé à peu près au moment où les visions avaient commencé. Elle n'aurait su dire ce qui était le pire.

– Theo, est-ce qu'il t'arrive de penser à Dylan ? lui demanda-t-elle avec hésitation.

– Tout le temps. Je voudrais bien savoir ce qui lui est arrivé, répondit Theodora en ouvrant son sandwich pour le manger élément par élément : d'abord une bouchée de thon, puis une feuille de salade, puis le pain. Il me manque. C'était un bon pote.

Bliss hocha la tête. Elle se demandait comment aborder le sujet. Il y avait trop longtemps qu'elle gardait un secret énorme. Dylan, que tout le monde tenait pour mort, qui avait été enlevé par un sang-d'argent, qui avait complètement disparu... était revenu, fracassant sa fenêtre deux semaines plus tôt pour lui raconter les histoires les plus extravagantes. Depuis la nuit de son retour, Bliss ne savait plus que croire.

Forcément, Dylan était complètement cinglé. Fou. Ce qu'il

avait dit cette nuit-là n'avait aucun sens, mais il était convaincu que c'était la vérité vraie. Elle était incapable de l'en dissuader, et voilà qu'il s'était mis à menacer de faire quelque chose. Le matin même, il débloquait gravement. Il délirait. Il hurlait comme un dingue. C'était presque insoutenable. Elle lui avait promis qu'elle... qu'elle... qu'elle ferait quoi ? Elle n'en avait aucune idée.

– Bliss Llewellyn ?

– Je suis là, répondit-elle en se levant et en serrant son book sous son bras.

– Nous sommes prêts à vous recevoir. Désolés pour l'attente.

– Pas de problème, dit-elle en dégainant son sourire le plus professionnel.

Elle suivit la fille dans une vaste pièce au fond. Bliss eut l'impression de devoir couvrir la longueur d'un terrain de foot pour atteindre la petite table à laquelle était assis le styliste.

Cela se passait toujours ainsi. On aimait vous regarder marcher, et une fois que vous aviez dit bonjour, on vous demandait de faire demi-tour et de marcher encore. Rolf procédait au casting de son défilé de la Fashion Week, entouré de son équipe : une blonde bronzée qui portait des lunettes noires, un homme mince et efféminé, et plusieurs assistants.

– Bonjour, Bliss, dit Rolf. Je te présente ma femme, Randy, et lui c'est Cyrus, qui organise le défilé.

– Bonjour.

Bliss lui tendit la main et serra fermement la sienne.

– Nous connaissons bien ton travail, dit Rolf en jetant un rapide coup d'œil à ses photos.

C'était un homme extrêmement bronzé aux cheveux poivre et sel. Quand il croisait les bras, ses muscles saillaient. Il ressemblait à un cow-boy, des pieds à la tête, jusqu'à ses santiags sur mesure en alligator. Ou du moins à un cow-boy qui serait allé chercher son bronzage à Saint-Barth' et ses chemises à Hongkong.

– En fait, nous sommes sûrs que tu es la fille qu'il nous faut. Nous voulions juste faire ta connaissance.

Au lieu de la mettre à l'aise, l'amabilité du styliste ne fit qu'aggraver la nervosité de Bliss. À présent, si elle perdait le job, elle ne devrait s'en prendre qu'à elle.

– Ah bon, très bien.

Randy Morgan, la femme du styliste, était la quintessence même de la « Morgan girl », jusqu'à sa coupe de cheveux comme soulevée par la brise. Bliss savait qu'elle avait été le premier mannequin de Rolf, dans les années soixante-dix, et qu'elle figurait encore à l'occasion dans certaines des campagnes publicitaires. Randy releva ses lunettes noires sur son crâne et lui adressa un sourire éclatant.

– La marque veut quelque chose de nouveau pour le défilé. Nous souhaitons évoquer un romantisme à l'ancienne, une ambiance édouardienne. Il y aura beaucoup de velours, beaucoup de dentelle, voire un ou deux corsets dans la collection. Il nous faut une fille qui n'ait pas un physique trop contemporain.

Bliss hocha la tête, pas bien sûre de comprendre où ils voulaient en venir, vu que toutes les marques qui l'avaient engagée par le passé la trouvaient tout à fait « contemporaine ».

– Vous voulez que je marche, ou bien... ?

– Je t'en prie.

« Pour l'éditeur, le principe est d'utiliser des papiers composés de fibres naturelles, renouvelables, recyclables et fabriquées à partir de bois issus de forêts qui adoptent un système d'aménagement durable. En outre, l'éditeur attend de ses fournisseurs de papier qu'ils s'inscrivent dans une démarche de certification environnementale reconnue. »

Édité par Hachette Livre, 43 quai de Grenelle, 75905 Paris Cedex 15.

Composition Nord Compo
Achevé d'imprimer en Espagne par BLACKPRINT CPI IBERICA S.L.
32.05.3296.4/01 - ISBN : 978-2-01-323296-8
Loi n° 49-956 du 16 juillet 1949 sur les publications destinées à la jeunesse
Dépôt légal : mai 2012